波斯的追緝
Persia
Pursuit
追風人◎著

重要聲明

《波斯的追緝》為虛構的文學作品。除了歷史及公眾人物外，書中所有人物、事件和對話都來自作者的想像，而不可當成事實。當歷史人物和公眾人物出現在書中時，所有和他們有關的情況、事件和對話都是虛構，絕非描述發生的真實事情或是改變本書為虛構的本質。在所有的其他考慮下，如與任何現在或已死去的個人有雷同之處，純屬巧合。

《Persia Pursuit》is a work of fiction. All incidents and dialogue, and all characters with the exception of some well-known historical and public figures, are products of the author's imagination and are not to be construed as real. When real-time historical and public figures appea, the situations, incidents, and dialogues concerning those persons are entirely fictional and are not intended to depict actual events or to change the entirely fictional nature of the work. In all other aspects, any resemblance to persons living or dead is entirely coincidental.

目錄

Contents

第一章：序幕——皇家藏寶點

「南松法律事務所」所在的大樓，坐落在台北市林蔭夾道的敦化北路。事務所的負責人之一，徐鏡濤大律師，住在不遠的敦化南路。只要是天氣涼爽，他就會提著公事包從家裏走路到辦公室，他會利用在路上大約二十分鐘的時間，思考當天要處理的重要案子。

今天早上的第一個案子，是紐約的「史密斯和魯賓斯坦律師事務所」所介紹的，當事人是菲律賓來的祖孫兩人，案情非常奇怪，引發徐鏡濤很大的興趣，何況紐約的事務所還是徐鏡濤離開學校後第一個工作的地方。但是今天他腦子裏的思想卻令他充滿了對未來的不安，不僅是事務所，還有他個人的前途，似乎都攪混在一起。

徐鏡濤在九點鐘進到辦公室，瑪利亞．山托士和她的孫女莉莎．山托士已經來到了事務所。徐鏡濤拿著她們的檔案夾在事務所的會客室見到祖孫二人。

根據檔案，瑪利亞．山托士已是位八十歲的老太太了，但外貌看起來卻只有七十歲的樣子，不僅身體健康，服飾合宜，完全不顯一絲老態。

她的孫女莉莎，看來是位三十歲出頭的中年婦女，穿著時尚，雅致緊身的連身裙，配著花色的圍巾，襯托出她的身材份外姣好。從她們的衣冠打扮，可以看得出是來自有教養和富裕的人家。

彼此寒暄和介紹後，秘書就端上了咖啡。徐鏡濤和當事人見面時，慣常不需助手或秘書在場，他會用一本筆記簿寫下重要談話。

徐鏡濤說：「兩位從馬尼拉飛到台北，一定是很辛苦了。」

祖母瑪利亞．山托士緩緩開口道：「我們是兩天前到的，已經休息過了，身體完全恢復了。」

「太好了。山托士小姐寄來的文件我們收到，再加上紐約律師事務所轉過來的資訊，我們對於您的案情已經有所瞭解，但我還是需要問一些問題，做成筆錄。此外，我希望知道兩位對於我們事務所的收費能夠接受嗎？」

孫女莎莉．山托士回答：「我們完全可以接受。同時我們還希望，貴事務所不必為我們節省開銷，該花錢的地方就花。紐約的律師說，我們的案子牽涉了四個國家和地區，包括了美國，日本，菲律賓和台灣，追蹤調查所需費用和來往太平洋兩岸的旅費，我們都已有所準備。重要的是，祖母一生都在等待著她的丈夫回家，已經超過半個多世紀了。我們準備了一筆錢，做為尋找祖父的費用，就是要讓祖母知道，到底祖父發生了什麼事？」

徐鏡濤聽了很動容，正要回答時，山托士老太太開口了：

「徐先生，我在這世上的時日已經不多，我知道卡羅是不能回來了，所以我要去找他，但是我必須知道他在哪裏，才能和他見面。紐約的魯賓斯坦律師說，您有能力找到他。請看在我是個行將就木的老太婆份上，接受我們的委託吧！」

徐鏡濤連忙開口道：「您千萬不要這麼說，看您的身體很硬朗，一定是個高壽的人。魯賓斯坦先生打過兩次電話來，除了將您的案情發展做了說明外，還一再叮囑我，一定要接受您的案子。所以您放心，我們事務所一定會全力以赴。雖然現在紐約方面已經把案子的相關文件都送過來了，我還是希望聽聽您對案情背景的說明，同時我也有些問題想提出來。」

瑪利亞．山托士回答：「好的。我的丈夫，卡羅．山托士是一位工程師，我們是在一九四三年結的婚。兩年後我們有了個兒子，他就是我孫女莉莎的父親。在二次大戰結束的那年，也就是一九四五年，卡羅被菲律賓日本佔領軍司令部徵召赴呂宋島的山區擔任緊急工程任務，從此人就失蹤了。」

徐鏡濤舉起手來示意老太太停下，接著問道：「根據紐約送過來的檔案，您的丈夫卡羅曾有資訊給您，但沒有說到他所在的地方，也沒有提到他的工作單位。您後來還有接到他的消息嗎？」

老太太回答說：「卡羅的信是寄給他朋友，再轉給我的。戰爭結束後，我曾去找過這位朋友，但是他已經不在了。」

徐鏡濤問：「您是說，他已經搬家了？」

「不是的。我記得當時莎莉的父親只有三歲大，我帶著他去找卡羅的朋友，等我到達時，以前的房子不見了，只看見一片灰燼。鄰居說，不久前那棟房子在半夜起火，火勢很快蔓延開來，房子完全燒毀，一家人都燒死在屋裏。當時戰爭剛結束，社會混亂，警察局還不接受尋找失蹤人口的案子，於是我就帶著孩子回家，想到日本投降了，卡羅的任務也該結束，應該會回家了。所以我就在家等他，沒想到這一等，就等了半個多世紀。」

「山托士夫人，這真是難為您了。」

瑪利亞．山托士說：「家裏沒有男人，我就必須出外工作賺錢養家，把東尼，就是我們的兒子，養大，供他上學受教育。我的娘家也不時的幫忙，在經濟上接濟我。東尼很順利的上了大學，從建築系畢業，考取了建築師的執照，開始工作。他很努力，加上也有些天份，幾年後他事業有成，結了婚，生了莎莉，也有了自己的建築師事務所，事業蒸蒸日上。我的媳婦很有商業頭腦，她幫助我兒子打拚，累積了不少財富，而我也不需要工作，在家裏專心照顧莎莉。」

山托士老太太的臉上露出了燦爛的笑容，她繼續說：「那些年裏，日子雖然辛苦，但心靈十分富足。尤其讓我欣慰的，就是看著莎莉長大，她不僅人長得漂亮聰明，用功上進，也非常有孝心，我們相處得很好。三年前，我兒子東尼和媳婦相繼因病去世，我又進入了悲哀的世界。幸好有莎莉在我身邊，我才能熬過來。」

徐鏡濤說：「其實，山托士夫人，您是個有福之人，到了晚年能有一位貼心的孫女在身邊陪伴的人，不是很多的。」

「讓我最高興的是，我一手帶大的孫女莎莉，除了有孝心之外，還是個非常能幹的人。她不僅讀書讀得好，也考取了建築師執照，東尼去世後，莎莉繼承父業，把建築師事務所做得有聲有色。家裏也請了幫傭的人，讓我享受清福。徐先生，您說得對，我是個有福的老太婆。」

莎莉緊握著她祖母的手說：「祖母辛苦了一輩子，也應該享受一下了。只是這兩年，她老人家思念祖父的心情越來越重，有時她抱著祖父的相片，流著眼淚，一整天一句話都不說，我看了非常的心酸。所以我答應祖母，一定要找出祖父的下落，還有他失蹤的真相。」

徐鏡濤說：「尋人的過程是怎麼開始的？為什麼會跑到老遠的紐約找律師呢？」

「二次大戰結束後，在菲律賓的民間就不斷的出現謠傳，說當年日本人將他們在亞洲搜刮的大量黃金藏在菲律賓的山洞裏。而這些山洞都是在當地徵用民工和菲律賓的工程師設計和建造，謠傳還說，日本人為了保密，在隱藏了黃金之後，就把參與的菲律賓人都殺害了。多年來，祖母就一直在懷疑，我的祖父就是碰到了這樣的結局。」

「除了謠傳之外，是否有相關的證據出現過？」

「多年來，在多個山區裏曾發現過亂葬崗，挖掘出來的屍骨裏也曾有當年被日本人徵召後而失蹤的人。幾年前，菲律賓爆發了掘金熱潮，世界各地的探險者都來尋金，但是都沒有發現當年日本人的藏金山洞。

「兩年前，我們從報紙上看到了一篇報導，它是根據美國軍方解密後的文件所寫的。內容說到，當年參與藏金的日本軍人為了逃避軍事法庭的戰犯審判和被推上絞刑台的命運，他們將藏金的秘密告訴了美軍的情報人員，最終是美國的情報機構取得了大量的黃金，而那些日本戰犯也逃脫了被處死刑的結果。經過朋友們的介紹，我和祖母在紐約見到了魯賓斯坦大律師，他接受了我們尋人的委託。」

徐鏡濤說：「魯賓斯坦先生是位非常能幹的律師，尤其是他和政府部門的關係非比一般，有結果嗎？」

莎莉．山托士說：「您說得很對，魯賓斯坦律師事務所似乎有過人的能力打開政府部門的大門，他們自國防部取得了有關菲律賓藏金的解密文件，在其中的一份裏，寫有我祖父的名字。」

「太好了！請您詳細說明一下。」

「解密的文件是來自當年佔領菲律賓的日軍參謀本部，說明在一九四五年，強迫徵召菲律賓工程師及民工，構築秘密隧道，做為隱蔽儲藏黃金的空間。文件後還附有一份被徵召者的名單，祖母看見上面赫然有『卡羅．山托士』的名字，她淚流滿面哭泣著，久久不能停止。」

徐鏡濤看見山托士老太太的眼裏出現了淚光：

「過了半個多世紀才知道丈夫的下落，當然激動了。文件裏還有其他資訊嗎？」

莎莉繼續說道：「解密文件裏的資訊非常有限，只是說明被徵召的人是被派到呂宋島去擔任一項開闢山洞的軍事工程，當時負責的軍官是日本皇軍的陸軍中佐『酒井雄二』，僅此而已。」

徐鏡濤問說：「這位陸軍中佐『酒井雄二』的下落呢？」

「文件裏沒有提到，律師們追查日軍在二戰時戰死軍官的名單裏，也沒有此人。所以很可能他還活著。另外還有一份解密文件，是在戰後審訊一位叫『本．沃爾莫里斯』的菲律賓人的記錄，他提起了『酒井雄二』，同時他也講說了一個傳奇故事。」

莎莉．山托士娓娓說出：

「在二次大戰時，日本的鐵蹄迅速踏遍整個東亞地區。在侵略擴張過程中，日本軍國主義者專門成立了掠奪亞洲人民財產的秘密機構，就是『金百合』會。裕仁天皇任命皇族成員竹田宮恒德親王為該組織在亞洲的負責人，他們將從中國掠奪來的大量財物、黃金等都運回了日本本土。

「但是，在東南亞掠奪的大量金銀財寶卻由於各種原因沒有運回日本國內。面對緊急情況，日本法西斯分子開始做最後的黃金處理和保密工作。

「一九四五年，日本『金百合』部分負責人安排了『皇家藏寶點』的工程師們在菲律賓呂宋島深山裏的一個『八號地道』裏舉行了盛大的告別儀式。那個地道距離地面有六十七公尺深，堆積著一排又一排的金條。午夜時分，就在工程師們喝得酩酊大醉時，負責『皇家藏寶點』建設的日本菲律賓方面軍山下奉文大將和皇族成員們溜出了『八號地道』，用爆炸力極強的炸藥封住了通道出口。這些工程師和工人們就這樣與財寶一起被埋葬在地道中。就這樣，那些『皇家藏寶點』就成了外人不知道的秘密。

「三個月後，山下奉文向美軍投降。日本侵略軍費盡了心機，卻百密一疏，他們在執行計畫時留下了一個活口，他就是菲律賓人本·沃爾莫里斯。年輕時他曾給裕仁天皇的大侄子，也就是明治天皇的孫子武田，當過貼身男僕，而武田王子就是『皇家藏寶點』的負責人之一。當時，日本王子偶然萌生的同情心，使本·沃爾莫里斯在爆炸前離開，撿了一條命。在他的審訊記錄裏，他說起了『八號地道』工程的負責人就是陸軍中佐『酒井雄二』。」

徐鏡濤說：「看來，這位日本人『酒井雄二』是尋找您祖父的關鍵人物。」

「沒錯，魯賓斯坦律師也是這麼說的。在二戰結束時，美軍接收了所有的日軍參謀本部人事檔案，雖然還在保密中，但經過魯賓斯坦先生的努力，在人事檔案裏找到了一個線索，就是在『八號地道』被封死後，『酒井雄二』馬上被調離了菲律賓，派往中國戰場，日本投降時，他是在中國的山西省太原市，當時日軍在中國的最高指揮官是崗村寧次將軍，日軍投降後，他和酒井雄二成了山西軍閥閻錫山的座上賓，參與了對抗中國共產黨的內戰，一直到蔣介石節節敗退到台灣之前，酒井雄二才回到了日本。」

徐鏡濤問：「在解密的文件裏，有沒有說到『八號地道』的事？」

莎莉．山托士說：「非常遺憾，在其他的解密文件裏，再也沒有出現有關『八號地道』的資訊。」

「因此，酒井雄二是唯一的線索了。目前此人還在日本嗎？」

「此人現在失蹤了。魯賓斯坦律師事務所委託調查人員在日本追尋『酒井雄二』，得知他在一九四九年受聘到台灣工作，但是在一九六四年，第二個工作合同期滿後，他並沒有回日本，並且和家人失去了聯絡。因為日本沒有他在一九六四年後入境的記錄，我們相信他如果還在世的話，很可能在台灣。魯賓斯坦先生介紹由您來為我們尋找『酒井雄二』。徐先生，請看在我祖母一生的渴望，在有生之年能夠找到丈夫的下落，祖母的年歲不小了，我要讓她有個快樂和充滿希望的晚年。請您接受我們的委託。」

徐鏡濤聽了很動容，他站起來回答：

「山托士夫人和莎莉小姐，卡羅．山托士先生的失蹤和可能的死亡完全是個人間悲劇。它發生在戰爭年代是可以理解，甚至接受的。但是半個多世紀過去了，這悲劇還在延續，這是不能接受的。所以請二位女士放心，南松律師事務所一定全力以赴，完成委託任務。」

山托士祖孫二人離開後，徐鏡濤將整個案情的發展做了詳細的文字報告，包括了從紐約送來的資料以及委託人提供的資訊，然後又將委託人的談話寫成筆錄。這些都成為南松律師事務所的「客戶檔案」的內容，正式進入事務所的檔案庫，同時也做成電子拷貝存檔，也有一份放進了徐鏡濤的個人電腦。

午間休息過後，徐鏡濤請他的秘書把新上任的「研究員」夏萍潮叫來見他，她是大學歷史系的應屆畢業生，半年前才被南松事務所招聘進來。秘書用對講機通知他夏研究員已經來到，徐鏡濤將辦公室的門打開，看見了臉露笑容的夏萍潮，才猛然記起，半年前他招聘來的研究員是個大美女。

這位二十歲出頭的大學畢業生，瓜子臉，身材高挑，體型均勻，除了淡淡的口紅外，沒有化妝，但是給人氣質優雅的印象，緊身無袖的襯衫和牛仔褲凸顯了她惹火的身材，散發出性感的魅力。她的長髮梳成馬尾，用髮夾紮在後腦。

徐鏡濤多看了她兩眼，夏萍潮顯露有些神秘的微笑，似乎是在告訴徐鏡濤，讓你好好看個夠吧！同時她也環顧四周，把辦公室好好的打量一番，然後站在落地窗前說：

「果然不錯，大老闆的頂樓辦公室窗外景色無敵，能把整個台北市東區都收入眼底，真是太棒了！」

「如果我沒記錯的話，你們的辦公室不是也有窗子嗎？」

「是的，我的辦公桌就在窗子旁邊，但窗外就是隔壁大樓的窗子，距離很近，窗戶打開就可以和蘇家媛談天了。」

徐鏡濤問：「她是誰？」

「就是坐在我對面窗子裏的那位女生，從鄰居成為朋友。蘇家媛是個包打聽，這兩棟大樓裏的事都瞞不過她，是她告訴我的，說徐先生的辦公室裏有這兩棟大樓裏最好的頂級咖啡，是嗎？」

夏萍潮曖昧的笑了，臉也有點紅，徐鏡濤說：

「我不曉得是不是最好的頂級咖啡，但是我櫃子裏是有個自動咖啡機和各種不同的咖啡。如果你是咖啡愛好者，就請自便吧！」

徐鏡濤起身將書架邊上的櫃櫥打開，裏頭是一套很新穎的自動咖啡機和已經分類好了的密封咖啡豆小盒，只要把小盒放進咖啡機，它就會自動的開盒，磨豆，衝開水，一分鐘後，一杯熱騰騰，香噴噴的咖啡就好了。夏萍潮像是看到了新奇玩具的小孩，一臉非常興奮的樣子，她說：

「徐先生，這麼多種的咖啡，哪一種最好喝呢？」

「對咖啡的喜好因人而異，每個人的味覺和感覺都不同，不過我建議你試試藍山咖啡，它的香味和口感都不錯。你也幫我做一杯吧！」

在徐鏡濤的觀看下，夏萍潮聚精會神的按照說明操作咖啡機，完成了兩杯美味的藍山咖啡。兩人坐在辦公室的小圓桌，開始品嘗，配上徐鏡濤拿出來的精美小餅乾，著實的享受了一頓午餐後的熱飲。

「太好喝了。真沒想到，終於騙到了老闆的精品咖啡，一定會把蘇家媛羨慕死了，她也是個喝咖啡的行家。」

徐鏡濤說：「看樣子，兩棟大樓間又要有資訊傳遞了。夏小姐，總是因為事忙，沒有機會好好的和你談談，你到我們事務所工作，已經有幾個月了吧？」

夏萍潮回答：「再過一個月就滿半年了。」

徐鏡濤說：「日子過得真快，你對這裏的工作還滿意嗎？和同事們相處得還好嗎？如果有不妥的地方，就請你告訴我吧！」

「我的工作很輕鬆，完全能勝任。其實，到現在為止，我只用到我高中時學到的東西，在大學歷史系學的本事都還沒用到呢。」

「大材小用的情況會慢慢的改善。我有一個任務要交給你，是需要你的歷史專業知識。」

夏萍潮說：「太好了！我想告訴您，同事們對我非常好，都很照顧我。」

「這點我能理解。當時把你請來時，我們事務所的年輕帥哥們都感謝我請來了一個大美女，所以對你一定很好。你對我們的年輕人印象如何？」

「不怎麼樣，眼界很高，但除了會耍嘴皮外，沒什麼真本事。」

「是這樣嗎？這些年輕的律師們可都被人說是『鑽石王老五』，女人是人見人愛。」

「真正的『鑽石王老五』是我們的兩位大老闆，蘇家媛說你們是台灣上流社會裏名女人追捧的對象。」

徐鏡濤說：「那一定是在說程非武律師了，他是經常出現在社交場合的。說說你自己吧！難道我們的帥哥裏，就沒有讓你看中的嗎？」

夏萍潮曖昧的看著他說：「我欣賞有內涵，又不故意炫耀的『鑽石王老五』，但是都太晚了。」

「沒聽懂你的意思。」

「我是已經訂了婚的人，不久就要嫁到美國去。而我看中的『鑽石王老五』也已經是名花有主了。這不都是太晚了嗎？所以不談這些了，告訴我，你要給我的任務吧！」

徐鏡濤很詳細的將山托士祖孫委託尋人的案子說給夏萍潮，然後說：

「所有的委託人文件都已經存入了我們的電腦檔案庫，我已經許可你隨時下載。我需要你給我兩個報告，一個是關於二戰時日本皇軍在菲律賓收藏黃金的事實。另一個是關於日本皇軍軍官『酒井雄二』和日軍藏金的相關事蹟，還有他的最後下落，他是在台灣失蹤的。你對這個任務感興趣嗎？」

「太感興趣了，很像是個偵探小說。」

「太好了。你剛才說，不久會去美國結婚，希望你在此之前完成這個任務。」

「沒問題，保證按時圓滿達成任務。」

「可以告訴我，那位將要娶你的幸運男人是誰嗎？他追求你多久了？」

「說來也許您不會相信，徐先生，我的婚姻是父母安排的。未婚夫比我年歲大很多，是在美國東部一間大學教數學的。您覺得我很封建嗎？」

徐鏡濤愣了一下，他說：「這只能說明我們是生活在一個多元的社會裏，存在著不同的價值觀。請記住在大喜之日前通知我，好送個賀禮。」

夏萍潮喝完了第二杯徐鏡濤的咖啡後，帶著滿意的笑容和給她的任務離開了。

徐鏡濤有點茫然，當初夏萍潮在口試時，並沒有給他留下特別的印象，只記得她是個很漂亮的人，但是今天卻讓他感到了她也是個有性格和內涵的人，怪不得自古就有人說，「十步之內必有芳草」。夏萍潮的一句，「我看中的鑽石王老五也已經是名花有主了」，是什麼意思？他非常明白自己心動的原因是他的事業和人生在這半年來面臨了難關，很可能會帶給他一帆風順的世界天翻地覆的改變。

徐鏡濤的父親曾是部長級的大官，在台大法律系讀書時成績優越，在畢業前就以同等學歷通過考試院的高等考試，取得了台灣的律師資格，在服完兵役後到美國耶魯大學留學。畢業後考取了美國紐約州和加利福尼亞州的律師執照。

之後，他進入紐約市的史密斯和魯賓斯坦律師事務所工作，因為表現出色，三年後，被派到三藩市及洛山磯的分支事務所，主持更重要的案件。徐鏡濤的亞洲背景和中文語言能力起了關鍵性的作用，使他成為事務所裏的亞洲案件專家。

以後的幾年成為他事業的起飛點，在他的生活裏，除了事務所，沒有任何其他的事讓他關心，這是他專業生涯中最快樂的時期。徐鏡濤的專業特長是商務法，用他精闢的分析能力，配合不同地區的人力資源、天然資源，以及不同的法律規範，他為客戶們找出一條最佳的經營道路，取得了最大的利潤。他們在亞洲的合作夥伴是香港約翰．麥金利律師事務所，兩個事務所的聯合作業涵蓋了美洲，歐洲和亞洲，徐鏡濤多次來到香港，辦理案件和會見客戶，留給麥金利先生很深刻的印象，也建立了良好的互動。

麥金利是一位非常有經驗的老律師，很會看人，特別是一起工作的年輕同事們具有的潛力，逃不過他的眼力。他非常看好徐鏡濤，覺得他是個有為和有理想的人，他們曾有過幾次推心置腹的長談，麥金利認為徐鏡濤的前途在亞洲，他會在亞洲發展出輝煌的事業，要比他在美國的前途好得太多了，他對此表示，希望徐鏡濤考慮加入麥金利事務所。他說，在他這個年齡，他的兩個一生的嗜好，高爾夫球和釣魚，對他的吸引力越來越強。並且強力的暗示，因為沒有子嗣，退休後，如果徐鏡濤不反對，麥金利律師事務所就歸他了。

徐鏡濤聽了很是動容，他告訴麥金利，非常感激對他的信任，他將一生珍惜這份友誼。他自己也一直認為他的前途是在亞洲，因為他是在台灣長大，對那裏的同胞和土地都有抹不去的鄉思。他一直不停的思考台灣的未來，也有許多想法，希望有一天回到台灣去創業。

老麥金利雖然有些失望，但還是很高興自己沒看走眼，徐鏡濤是個有思想的人，他將話題轉到台灣的未來，很仔細的聽徐鏡濤說他的想法，他非常高興，因為理解到，在未來的時間，徐鏡濤心目中要在台灣發展的事業裏，有很多和麥金利事務所業務互動的空間。他們也多次的深入探討中國大陸快速發展的經濟，以及中國大陸對台灣未來發展的影響。

麥金利將他深思熟慮後的看法說出來，他認為中國大陸的政治制度不是很完美，當老百姓的知識水準日益增加時，對制度的反感，甚至抗拒都將發生，社會的穩定將會出現問題，但是從正面看，這也是改革的驅動力。

而麥金利對台灣的看法完全不同，在表面上它是推行西方的民主制度，但由於法令不健全，政治領袖們缺乏能力，沒有高尚的品德，以至於充滿了胡作非為、肆無忌憚的貪污腐敗政客，選民們分不清「民主和民粹」，很容易被政客們天花亂墜的說詞影響，再加上私下被買通的媒體推波助瀾，左右了民意。

他引述一則新聞報導，說大陸貪污犯為隱藏不法所得，打造了一個三公斤重的「大金魚」放在後院的魚池裏，台灣的一個消防隊長貪污，家裏被搜查出一個箱子，裏頭有十三公斤的黃金，可以打造四條大金魚外還可再加幾隻金魚仔，台灣海峽兩岸的官員們貪污，決不手軟也決不落後於對方。

所以在麥金利律師事務所的眾多客戶中沒有一位是政府官員，他們也從不接受政府的案子。因此，麥金利事務所成為中國大陸民間企業追捧的對象。在這樣的環境裏，徐鏡濤練就了一身的本事，同時也和各地的企業家們建立了深遠的人脈關係。

香港和台北近在咫尺，幾乎只是一個小時的飛機旅程，利用週末，徐鏡濤不時會回到他兒時成長的地方。從前在淡水的一間居屋，在他父母親去世後就轉到他的名下，現在成了他到台灣時的落腳之處，他很喜歡有個地方可以讓他離開熙熙攘攘的繁華台北市。

秋去冬來，台北已是寒意甚濃，街頭上、捷運上，女人穿著各式冬裝，款樣繽紛，五彩豔麗。走在淡水漁人碼頭的河畔木板道上，更如身臨時裝表演的走步台，非常養眼。落日夕陽將大自然的天幕和水體著色，製成一幅絕美的動畫。不禁想起白居易的詩句：「潯陽江頭夜送客，楓葉荻花秋瑟瑟」。

遺憾的是淡水河口不是潯陽江頭，千呼萬喚也不見猶抱琵琶半遮面的彈琴美女，更聽不見大弦嘈嘈，小弦切切，大珠小珠落玉盤的琴聲，就只能在想像中去體會白大詩人「別有幽愁暗恨生，此時無聲勝有聲」的境界了。

徐鏡濤是帶著多名國外投資客戶的檔案，返回台北創業。進入南松律師事務所，成為主要的合夥人。

他和許多從美國回到台灣來的「歸國學人」一樣，也是威權時代的官宦人家子弟，是個如假包換的「官二代」，但不同的是，他不但沒有「我母生我時，頓覺滿室異香，經國濟世，非我莫屬。」的自我感覺，還堅拒為官的邀請，遊走在民間，為私人企業出力、出錢、出主意。

同時徐鏡濤的獨特風骨，也常令人側目相看；徐鏡濤的好友之中有一位鍾廣霖，是他的中學同學。他是台灣二二八事件的遇難者家屬，當時他是個七歲大的孩子。從任何普世的觀點看，這兩人之間應該是有仇恨和迴避的意願，但是他們之間卻展開了超過半個世紀的友誼。

中學畢業後，徐鏡濤進了台灣大學，鍾廣霖去了台中的東海大學。他們再相逢時是在服兵役前的暑期集訓的時候，被分發到同一個連隊，睡在上下鋪，他們之間的共同話題是台灣的過去和未來，兩個年輕人在有限的歷史背景知識下，能夠從南轅北轍的不同個人經驗中找到了共同點，開始了他們的友誼。

到美國後，他們曾先後在耶魯大學待過。鍾廣霖在學成後受聘到美國中西部愛荷華州首府的一所大學任教，並且牽頭成立了「北美洲台灣人教授協會」的消息，成立後的第一件事就是寫了一篇評論，幫助當時以台獨意識為主導的《蓬萊島》雜誌打筆墨官司，結果他們幫了個倒忙，讓雜誌社敗訴，社長陳水扁被判監一年和賠償新台幣兩百萬元。但是很快的「北美洲台灣人教授協會」相繼的發表了不少有關台灣法理地位和主權的文章，成為台獨運動的最高智庫。

這些事實都沒有影響他們之間的友誼。不幸的是幾年後，他得了不治絕症，當徐鏡濤接到電話時，他已走到人生的最後時刻，他要求家人一定要讓他見老朋友一面，隔著太平洋和半個美國大陸之間一萬多公里的距離，他們在電腦的視頻上見面，癌症奪走他說話的力量，但是他聽見了徐鏡濤的獨白，激勵他不要放棄對生命的信心，眼神和表情成為他們交流和感受互動的工具，「別有幽愁暗恨生，此時無聲勝有聲」，數十年的人生起伏，成功和勝利的喜悅，失望和失敗的哀傷，一生的縮影在他們的腦海裏閃過，但是最後話別的時刻還是來臨了。幾小時後，徐鏡濤接到電話，告訴他，好友鍾廣霖去世了。

回到台灣後，他努力於促成世界來台灣，美國商業銀行、美林證券，就是早期的例子。麥當勞是他引進的第一家國外速食連鎖店，它引發了台灣餐飲業的革命性變化。台灣退出聯合國以及和美國斷交後，徐鏡濤致力於台灣企業走進世界，發展台灣的技術輸出。他將不斷思索的構想形成一個台灣在二十一世紀的策略，取名為「亞太營運中心」。

最近，這個構想終於開花結果，但不是在台灣，而是在上海，那裏成立的「自由貿易區」，已經有上千家從世界各地來的企業進駐了，它的運作機制基本上是「亞太營運中心」的構思。徐鏡濤成立了「時代基金會」培養了無數的創業人才，並且協助企業界推行台灣特有的營運模式。數十年來，台灣製造業的蓬勃發展造就了舉世稱頌的台灣經濟奇蹟。

但如今台灣的經濟結構正走到十字路口，徐鏡濤認為當時台灣的年平均國民所得已達一萬七千美元，應該如何提升到二萬、二萬五千美元，甚至三萬美元？他積極的鼓吹台灣不能沉溺在過去的榮光中，倘若停滯不前，那麼前景恐怕會是悲觀的。

台灣需要一股向上提升的新思維與新戰略。徐鏡濤擅長企業經營策略規劃與跨國性經濟及商業事務，特別是面臨的不同地區的法律和規範問題。他對現有的政策、知識、技術、產業等問題有獨特的全面性觀察及分析能力，同時也提出開創新一波經濟奇蹟，最有可能也最具潛力與資源的策略。

他說台灣面積雖小，人口也不多，但格局可以大。台灣現有的扎實基礎建設、豐富知識資源，以及獨立思考、追求創新的能力，是破除當今限制及壓縮企業發展緊箍咒政策的唯一方法。他主張要以長遠的眼光及宏觀的策略、與國際接軌的思考高度，引領台灣的發展方向。

他多年來堅持著麥金利老律師的教誨，婉謝政府官職，不愛評論時政，但是對台灣的未來之路卻多有所建言。他參與了研擬新竹科學園區設立法規，吸引外資進駐園區。說服政府修改法規，開放國外服務業，引進麥當勞和直銷商雅芳合法登台投資，帶動三十年來台灣服務業的革命。他預見資本市場轉變的契機，以民間團體身分起草創投及投信的法律，提供給政府參考，使台灣的創投業起步領先亞洲各國。

台灣一份權威刊物「天下雜誌」選出當時對台灣經濟發展最有貢獻的兩百人，徐鏡濤也是其中之一。

為官並非唯一經國濟世之道的理念是他一生的堅持，同時也使他事業有成，累積了財富。當年他回到台灣時隨身帶著國外客戶的檔案和一筆在美國和香港工作報酬的儲蓄存款，他選擇了南松律師事務所的原因是：除了那是一間名聲很好的律師樓之外，另外還吸引他的是；事務所的股東們同意讓他用不多的存款和國外客戶簽訂的合同換取了事務所百分之十的股權，讓他即時成為一名南松的小股東。

憑著他卓越的能力和敬業的精神，在不到十年的光景，徐鏡濤成為南松最得力的律師，在台灣的法律界和國際貿易的領域，他成為數一數二的人物，理所當然，他也成為南松的資深領導律師，掌握了事務所裏不小的決定權。

當時南松事務所最大的股東是張嘉陽，擁有百分之五十的股權。雖然他是來自世代經商的家族，繼承了家族的巨大財富在他名下，但是他熱衷法律，創辦了南松法律事務所，成為一位經驗豐富的大律師和經理人，他非常欣賞徐鏡濤的為人處世，同時也認同他的以民間為主來推動社會發展的理念，因此南松事務所幾乎不接受和政府有關的案件。

張嘉陽年紀大了時，健康出了問題，決定退休將身體養好，他將南松的一半股權以很優惠的價格轉讓給了徐鏡濤，使他即刻以百分之三十五的股權成為南松的最大股東。他的另外一半，百分之二十五的股權，給了他女兒張慧雯，她成為南松的第二大股東。

十年裏，南松在徐鏡濤的運籌帷幄下，業務蒸蒸日上，事務所的人員不斷的增加，已經超過了六百人，其中一半是有執照的律師。但是徐鏡濤謹記著麥金利的話，他們分別在台北和香港的兩個法律事務所沒有建立任何正式的合約關係，他們之間所有的互動都是兩人的個人交往。麥金利在香港的事務所大門是為徐鏡濤永遠開著的，他隨時可以進去，而不必擔心有任何的牽扯。

可觀的財富、輝煌的事業，加上他一表人才的外貌，將近中年的徐鏡濤，在台北的社交場合裏是一位成熟的翩翩紳士，他風流倜儻，是典型的精品鑽石王老五，周旋於紅粉佳人之中遊刃有餘。但是事業和家庭兩件人生大事，徐鏡濤選擇了事業優先，所以遲遲沒有發展他的感情生活。一直到那一位慧眼識英雄的南宋創辦人病重時，在醫院病榻前提醒他該成家了，他才開始了真正的感情生活。他看上的對象不是別人，就是張嘉陽的小女兒張慧雯。

她是個聰明、漂亮又能幹的年輕職業婦女，在台灣的國際紅十字會工作，兩人趣味相投，感情迅速的發展，已經有了「肌膚之親」和談到「來日方長」的事了。張嘉陽病逝後，女兒張慧雯接替了她父親，過問南松的業務。

但是最近徐鏡濤感覺張慧雯對他有所改變，兩人間的感情溫度在下降，他們已經有三個多星期沒見面了。剛剛秘書送進來的電話留言單子，就是張慧雯再次取消了他們吃晚飯的約會，理由是她突然接到通知，需要馬上出發到菲律賓的馬尼拉，出席明天早上亞洲紅十字會的工作會議。

徐鏡濤瞪眼看著留言字條愣住了，這是張慧雯在過去兩個星期內第四次臨時取消了他們相聚的約會。再次說明他們之間的關係可能發生了徹底的變化。

他陷入了沉思，然後打開電腦，進入南松事務所的內部網頁，當部門主要負責人的行事曆出現在眼前，他又陷入了沉思，漸漸的，他的臉色變得很難看。電腦關機後，徐鏡濤提起電話，接通了香港麥金利律師事務所，他和麥金利先生做了兩個多小時的談話。

作為南松律師事務所的高層，徐鏡濤每年可以享受三個星期的有薪假期，但是因為事忙，他每年只會使用大約一個星期的假日，其他的都累積起來，已經超過有半年了。

因此當他宣佈要去度假兩周時，並沒有人覺得奇怪。更何況如有重要事情，還是可以用手機取得聯絡，在業務上進行遙控。但是徐鏡濤的手機是永遠關機，不接聽任何的電話，包括了南松的另一位資深高層程非武律師，以及主要股東和女友張慧雯的電話。

當徐鏡濤沒有出席已經定好了的股東會議時，事務所就傳出了「高層要出大事」的謠言，有部分的人覺得，這似乎是「風雨欲來」的前兆。

按照事務所的規定，南松的總體業務運作方向，是由事務所裏的資深大律師們組成的每月定期舉行的「行政會議」來決定，例如什麼樣的案子該接，或不該接。如果資深律師間產生了重要的分歧意見，而不能得到妥協，就要召開股東會議來做最後的決定。

自從成立以來，南松每年只開過一次股東大會，聽取年終報告。南松的二號人物是程非武律師，他的大伯父曾是創辦人張嘉陽的同夥人，而程非武是繼承了他大伯父百分之二十的股份，成為南松的資深律師。他的法律知識及能力並不出色，但是辦事手段卻很圓滑，給人一種擅於解決問題的印象。程非武在政商界的人脈關係非常深厚，給他帶來不少的案子，但是實際處理案子的事，都是由他手下的律師們來打理的。

南松一直有著只接受民間案子，而遠離與政府牽扯的原則，從創辦人張嘉陽開始，到徐鏡濤接班，都是本著這個原則。但是等到張嘉陽去世後，程非武就開始接辦政府的案子，從小小的案件開始，徐鏡濤是容忍沒有反對，但是慢慢的政府的案子越來越多，也越大，最後當程非武要接受國防部的軍備採購案及代理外國的軍火商時，徐鏡濤在行政會議上提出強烈的反對，他對自己的堅持是胸有成足，一來這是從南松創辦人開始就有的傳統，二來他和張慧雯加起來的股權過半。所以當程非武提出召開股東會議來裁決時，徐鏡濤很是納悶，想不通。一直等到張慧雯來找他，說她同意程非武的做法，希望他也能回心轉意，不要再堅持己見。

起初徐鏡濤認為這只是公事上的意見不同，但是坐下來仔細想想，再把張慧雯最近對他的態度和行為連起來，很顯然的，他們之間的感情是出現問題了。等到他接到香港麥金利律師事務所送來的資訊和資料後，終於真相大白，但是也幾乎讓他崩潰。

徐鏡濤離開了台北市，住進了一家鄉下海邊的民宿，他需要靜靜的思考自己的未來前途，如何從一敗塗地的人生和事業，再重新站起來。他遠離了山珍海味的大魚大肉，每天吃的都是非常清淡的食物，包括大量的青菜和水果。

每天的清晨和傍晚，他會伴隨著升起和落下的太陽，在一波又一波海浪沖刷過的海灘上，快速長跑，消耗了大量的體力，但是同時吸收了健康的營養和新鮮的氧氣，使他身體的新陳代謝作用達到最高效率的狀態。徐鏡濤要保持他的身心是在百分百的最佳狀況下，對他未來要走的路作思考和決定，他不能再犯錯誤了。

在這兩周的「度假」期中，他只有和兩個人保持聯繫，一個是香港的麥金利律師，他為徐鏡濤的前途指出了一條平坦的大道，就是進入他在香港的律師事務所，麥金利認為一個從第一流法學院畢業，又有過人能力的律師不應當把自己局限在一個區域性的事務所發展，而是要面對全世界的法律事業。

在香港的麥金利事務所是為全世界的客戶提供在中國解決法律問題的基地，同時也為中國的客戶提供觀察世界各地的法律運作窗口。中國是發展最快的國家，可想而知，麥金利事務所的前途是如何。徐鏡濤承認當年沒有留在香港的決定是錯誤的，但是麥金利反而指出，他在台灣的這幾年沒有浪費，讓他學到了「人性」的真面目，以及人與人之間的關係。這些是書本裏學不到的，對他日後的工作會很有價值。

另一個保持聯繫的人是夏萍潮，在她完成撰寫日本皇軍在菲律賓藏金的報告後，他們又見過幾次面，名義上是討論報告的內容和騙喝極品咖啡，但是真正的原因是兩個人都喜歡和對方接近及說話。雖然麥金利為徐鏡濤的未來前途鋪展開一條道路，但是他在感情上所受到的打擊還是讓他有無比的沮喪和鬱悶，終於忍不住，在電話上將他和張慧雯之間所有的事都說給了她聽。

夏萍潮說了幾句安慰的話之外，又分析說：男女之間的移情別戀是會充滿了歉意和無奈，不應該含有打擊對方的意圖。她認為此事有背後的原因，她的隔窗鄰居，包打聽蘇家媛告訴她，程非武的馬仔們已經在放話說，南松的二號頭頭不僅在股東會議上把大頭頭打敗了，還把他的女人也搞定了。這是有人在打擊他，要把他趕出南松，要他在事業上無立足之地。如果他不立刻反擊，程非武就會得逞了。

徐鏡濤很感激夏萍潮的這番分析，他明白，即使他到了香港，做出一番事業，程非武永遠可以將他說成是他的手下敗將，不僅毀了他在台灣的事業，連帶著他的女人也搶過去了。

在徐鏡濤結束他的兩周休假前一天，南松的股東們都接到了專人送來的法律文件，說明田程凱大律師接受徐鏡濤先生全權委託，代理他向南松律師事務所提出辭職申請，一切程序希按既定規則辦理，並負責任何必須之去職協議。

當然最高興的就是程非武了，他終於把對手逼走，即將成為夢寐以求的南松龍頭老大了。為了急於要搬進事務所裏最大的辦公室，他指示人事室要同意田程凱律師提出的要求，馬上開出了離職金和未使用假期轉換的薪金支票，目的是儘快完成徐鏡濤的辭職手續，爭取在一周內生效。

雙方沒有任何爭議，唯一的是南松的財務室要求「離職金」可否以分期方式付給，因為徐鏡濤任職超過了十年，又是為南松賺取了最大收益的律師，因此離職金是筆大數目，如以現金付給，將會影響到南松的運行儲備金，但是代理人堅持按既定規則，提取現金，程非武也同意了。

徐鏡濤在南松的案件業務由程非武全面接管，夏萍潮和秘書兩人說明整理了所有的檔案，要在最後一天把辦公室清理得乾乾淨淨。因為有高層的指示，不允許在事務所裏舉行任何送行活動，徐鏡濤知道這是程非武針對他的指示，他並不在意，就準備請為他工作了多年的秘書吃個晚飯，謝謝她多年來的辛苦，也計畫請夏萍潮作陪。但是張慧雯急急忙忙的衝進來，說有重要的事，請二位女士暫時迴避。

徐鏡濤見到張慧雯時，說：「啊！太好了，終於見到面了。」

「你是什麼意思？」

「不重要的事，往往會使人健忘。我是說，在我去度假前的兩周裏，我曾四次約你，你避不見面。但是今天你終於出現了，我在南松的日子只剩下最後的兩天了，還有什麼需要保密的嗎？」

張慧雯：「那是因為臨時有公事，我才取消了晚飯的約會，我不是都跟你說清楚了嗎？」

徐鏡濤的臉上出現了神秘的笑容：「是嗎？」

「你這又是什麼意思？你不相信？你是說我在說謊嗎？」

「你說要去馬尼拉開會，不能跟我吃飯，但是你卻出現在香港。」

張慧雯的臉上突然失去了血色，她驚慌的說：「一定是看錯人了。」

「又健忘了吧？還記得，香港金鐘道萬怡大酒店七一四號房間嗎？」

徐鏡濤拿起桌上的牛皮紙信封，取出八張放大的照片，攤開在桌上，這些照片是在敘述一對戀人親密的進出萬怡酒店，燭光下的晚餐，甜蜜的擁抱親吻，手牽手走進七一四號房間，雖然沒有房間內的照片，但是卻有無限的想像空間，這對戀人就是程非武和張慧雯。她用顫抖的聲音說：

「鏡濤，我對不起你，請你聽我解釋，行嗎？」

徐鏡濤沒有回答她，他說：「你知道，上一次我接到牛皮紙信封寄來的照片是什麼嗎？」

過了一會兒，他看張慧雯沒有回答，就繼續說：「那是你穿著婚紗的照片，徵求我的意見。」

「對不起。你現在一定很激動，等過幾天平靜下來，我會給你一個解釋，你是個講理性的人，你會原諒我的。」

「哈！說起激動，那你要看幾天前我是什麼樣子，那才是激動。我現在一點都不激動，因為我終於想通了。我們會走在一起是個錯誤，我們的共同點太少了，甚至連價值觀都是南轅北轍，你的美豔和能幹，加上你父親對我的過去，以及南松的絲絲縷縷關係，我們沒有經過大腦就決定終身了。你的馬尼拉，噢！你的香港之行終於讓我醒了。其實，冰凍三尺非一日之寒，我不癡呆，也不麻木，早在幾個月前我就有感覺程非武對你有所行動，而你並沒有反對，只是我不肯面對現實，去質問你。從這些照片看來，萬怡酒店應該不是你們第一次上床，是不是？」

「你現在對我充滿敵意和怨恨，所以就否定了一切。難道你連聽我的解釋都不願意嗎？」

「你是不是要告訴我，你們進了房間後，是如何的雲雨巫山嗎？還是他要我知道，他的床上功夫如何高強，如何把你搞得死去活來。我已經聽到了傳言說：程非武在股東會議上把我打得落花流水，又睡了我的女人，所以我就只能落荒而去。」

「這是別人在胡亂造謠，跟我沒有關係。」

「其實，我是很幸運的，還好你是現在去和程非武開房間，要是等我們結婚以後，你才突然從馬尼拉轉彎到了香港去，買了一頂綠帽子給我戴，那我就非得要跳河了。」

徐鏡濤轉開了話題繼續問：「你知道我對婚姻的追求是什麼嗎？」

「當然是找一個伴侶幫助你成家立業了，不對嗎？」

「那不是我最終目的。我追求的是一顆心，愛我和我愛的心，然後相濡以沫，終老一生。」

張慧雯說：「你曾經認為我是你心目中的最佳伴侶，我認為現在我還是，只是走了一些彎路，聽我解釋了你會明白的。你曾經說過，永恆的愛情在過程中會有變化的，所以你會原諒偶爾出現的彎路，只要目標不變，愛情的永恆還是常在。」

「說得沒錯，但是你忘了我還說過，永恆的愛情裏是充滿了諒解，甚至犧牲，但是不能有絲毫的欺騙。馬尼拉和香港不是在同一個空間，彎路也只能走一次，以後的就是在時間裏的欺騙，它趕走了永恆愛情裏諒解和犧牲的內涵。」

張慧雯：「徐鏡濤，我沒有背叛我們的愛情。」

他繼續的問說：「回到現在，有了彎路後，我在你心目中又變成是什麼呢？」

她即刻回答：「一點都沒變，和以前一樣，還是要託付終身的男人。」

徐鏡濤問：「那麼你把程非武放在哪裏？」

她又是沉默不語，徐鏡濤替她說：「如果你們之間有真的愛情，你當然是想和他花好月圓，天長地久，尋找你們的快樂。但程非武是有婚姻的人，他的妻子未必會同情你們的夢想，那就麻煩大了。要解決法律、道德和社會帶來的困難不是不可能，但是所需要的金錢可就是我離職金的好幾倍了。」

張慧雯突然打斷他的話，插嘴說：「你是想用這些照片來威脅報復我是嗎？你毀了我，毀了程非武，但是你也會毀了南松，你對得起我父親嗎？」

「女人移情別戀比比皆是，我又何必要報復呢？所以你就放心吧，我沒有把照片交給狗仔隊的打算。可是話又說回來，你沒有告訴我，你找到了更精彩的男人，也沒說要和我斷絕來往，更沒有取消預定的婚紗，看來你還是要嫁給我。但是，為什麼你要欺騙我呢？」

張慧雯說：「這就是我要解釋給你聽的。你還看不出來嗎？只要你願意，你就會是南松的一把手，當年我父親就是這麼說的，而事實也是如此。程非武是個野心極大的人，同時他在建立人際關係的能力非常強，南松有他是有好處的。如果我能好好的控制他，不也對我們自己有好處嗎？」

這次輪到徐鏡濤沉默無語，他愣住了，過一陣子才說話：

「如果我沒聽錯，你是要我帶著綠帽子來發揚光大你父親一手建立的南松律師事務所，是嗎？」

「你怎麼這麼說話？男人戴綠帽子是因為老婆找到了比丈夫更優秀的男人。論學識、人品、能力，包括辦事和床上功夫，程非武都無法跟你比。」

「那他是用什麼把你迷住了？他有特異功能嗎？」

張慧雯紅著臉說：「你是故意在氣我，你明明知道，你我的男女生活配合得很好。也許你會覺得我很可憐，程非武不能滿足我。」

「市面上到處都有賣威爾剛的，你的幸福要緊，叫他別太小氣了。」

她用徐鏡濤非常熟悉的特殊語氣說：

「我們不說這些不愉快的事了，你不接我電話，我去你住的地方找了你兩次，你都不在。今天跟我一起吃頓晚飯好嗎？飯後我到你那裏，我們可以好好的談談，把事情解釋清楚。我們太久沒有在一起了。」

徐鏡濤像看陌生人似的看著她說：「我搬家了，有太多不堪的回憶，相信你應當理解。對不起，我沒有戴任何方式的綠帽子習慣，更沒有吃人家剩菜的習慣。」

他從口袋裏取出一個信封交給她：

「這是你送給我的虎符項鍊，說是你父親要送給他未來的女婿，我不是候選人，所以就請你收回吧！」

聽了這話，張慧雯明白了，眼前這位曾經愛過她，要和她天長地久，終老一生的優秀男人，也曾是一次又一次的將她帶入那銷魂蝕骨境界的男人，竟拒絕了她的獻身，而且就要徹底的離她而去。但是她有信心，總有一天他會回到自己的身邊。

「鏡濤，你要是鐵了心要和我分手，沒有人能強迫你。但請你看在我們曾是朋友一場，也有過一段甜蜜日子的份上，你能幫我兩個忙嗎？」

「當然，只要是我能辦得到的，沒問題。」

「你的辭職離開南松已經傳開了，很多客戶都在詢問你辭職的原因，相信是和他們要不要與南松續約有關。希望你能幫忙替南松保住他們。」

「你們是怎麼回答他們的詢問？」

「一概回答說，請他們去問當事人，所以你會接到不少電話的。」

「我現在基本上是不接電話的，但是有人問到我時，我的回答是因為私人理由，不便透露。」

張慧雯：「明白內情的客戶會追問，是不是南松有了內部矛盾，把你逼走了？這是個敏感問題，如果回答不妥，將會影響客戶的信心。能不能由你來宣佈，南松沒有內部矛盾？」

徐鏡濤：「這與事實不符，你知道我的原則，我不會為任何人說謊的。我可以告訴你我的心路歷程，你要告訴任何人，只要據實，我不反對。我原本是要出席股東會議的，詳細說明民間為主的接案優點，我認為股東們會同意我的看法。但是這些照片幾乎使我崩潰，思考過後，明白了也許就是因為你不同意我的看法才去支持程非武，又因為我的堅持才背叛了我。社會在變，人在變，南松也在變，包括上代人的接案原則。你和程非武都是南松創始人的後代，我是個外人，不應該指手畫腳的。這是我決定不出席股東會議的理由。」

張慧雯很感動的說：「我還記得你從前的老相好說過，你是個高尚的人，永遠站在道德的據高點。所有的人都知道，南松之所以有今天，你是最大的功臣。別忘了，你還是南松人，會為南松的前途著想的。」

「但是我現在和南松沒有任何瓜葛了。」

「你只是不在南松工作而已，你還是南松的大股東，有百分之三十五的股權。你當然還是南松人了。」

徐鏡濤：「我忘了告訴你，我委託田程凱的律師事務所處理我離開南松所有的手續，包括了在市場上拋售我的所有南松股票。田律師說，他本人對南松也很感興趣。」

張慧雯急得跳了起來：「這怎麼行？田程凱是程非武的死對頭，他成了南松的最大股東，那程非武怎麼做事啊？」

「你們兩人的股份加起來就超過他從我這買的股票了，你們頂著跟他對抗，他在股東會議上也是動彈不得。」

「但是他只要在股東會議上指手畫腳，說三道四，南松就無法正常運作，客戶們也會裹足不前。南松的業務會一落千丈，間接給田程凱增加了生意。」

「說得也是，那唯一的方法就是程非武出比別人高的價錢收買我的股權。」

張慧雯說：「這一下你不就會漁翁得利了嗎？」

「也該輪到我時來運轉了，總不能老是我賠了夫人又折兵吧！」

又過了一會兒，徐鏡濤說：「其實，你們也有辦法不讓我漁翁得利。你們把這幾張照片流露出去，程非武的婚外情一旦曝光，南松的股票就會一落千丈，那不是他的婚外情又讓我吃大虧了。」

但是又過了一會兒，張慧雯聽見徐鏡濤喃喃自語的說：「可是話又說回來，婚外情曝光，程非武的老婆要是發飆，那離婚費就不得了。慧雯，你要當心啊！搞不好，人財兩空。」

走出徐鏡濤的辦公室時，張慧雯突然有種不舒服的感覺，似乎她是整個事件裏的最大輸家。

徐鏡濤離開南松的第二天，夏萍潮的隔窗鄰居，那位外號叫包打聽的蘇家媛就告訴她，所有被認為是徐鏡濤的人，都要靠邊站了。隨後她就發現她的電腦出現問題，不但無法上網收發資訊，連南松的內部網路都被禁止進入，她自己的檔庫也被鎖住了。

夏萍潮打電話到資訊管理部門詢問，回答是：「因為正在進行內部調整」。她坐下來思考了一會兒，對自己說了聲「活見鬼了！」拿起筆來在南松的信紙上用很大的字寫了：「致南松律師事務所：我，夏萍潮，辭職，不幹了，請注意，即刻生效。」簽了字，寫上日期，然後親自送到人事室。

回到自己的辦公桌，看看周遭，想到在南松還不到半年，就如此地走了，感到有點茫然。她發了個簡訊給徐鏡濤：「有要事相告」。桌上的電話響了，是內部打來的：

「夏萍潮，請講。」

「夏小姐，我是人事室主任，程非武先生請您到他的辦公室去一趟。」

「主任先生，您收到我剛送去的辭職信了嗎？」

「收到了，程先生找您就是要討論您的辭職。」

「請您告訴他，我的辭職是即刻生效，我已經不是南松的人了，現在我正要回家。」

掛上電話，夏萍潮開始整理辦公桌，一切都妥當了，她拿起手提包往外走時，人事室主任和程非武已經走進來了，主任滿臉笑容的說：

「夏小姐，對不起，程律師有些話要跟您說。」

但是程非武不苟言笑，直截了當的說：「在南松律師事務所做任何事都是有規矩的，包括申請辭職，是有既定的過程，你知道嗎？」

「太好了，我真高興南松的新任大老闆是講究規矩的人，讓我提醒您，南松給我的雇傭合同是研究員，但是第一年是試用期間。」

程非武立刻打斷了她，插嘴說：「在試用期也是要遵守南松的規矩的。」

「作為律師事務所，南松的第一規矩是一切按合同行事。南松給我的合同中有一條，就是在試用期間，雇傭雙方無需任何理由，可隨時終止合同，即時生效。」

程非武一下就愣住了，看著她啞口無言。人事主任趕快說：「這是按勞工部所定的條款。」

夏萍潮笑著說：「謝謝主任，程大律師，您明白了嗎？那就再見了。」

「等等！」不知什麼時候張慧雯走進來了：「我們是要確定你在辭職前的事。」

夏萍潮第一次和張慧雯近距離的接觸，明白站在面前的就是傷害徐鏡濤的女人，敵意油然而起，她聽到：

「我們的行政會議雖然決定終止南松和菲律賓山托士簽訂的尋人委託案，但是所有的資料都還是南松的財產，你不可以帶走任何為徐鏡濤所做的研究資料。」

「原來南松有了新的領導人和新的政策，現在是股東直接介入行政會議了，非常有創意的管理制度。」

程非武說：「這些事和你無關，我們就只要確定你沒有帶走南松的財產。」

夏萍潮：「在我送進辭職書之前，我已經不能上南松的內部和外接網頁了，連我自己的存檔都無法取得。我要如何帶走南松的財產呢？其實，我為徐鏡濤律師所收集的東西都是公共資料，不是美國政府解密的檔就是國防部大溪檔案裏的資料，任何人有正當理由就能拿到，不必這麼緊張。」

夏萍潮撰寫的有關日軍在菲律賓藏金和陸軍大佐「酒井雄二」下落的報告是這樣的：

瑪利亞及莉莎．山托士委託尋人案件的背景調查報告——研究員夏萍潮　撰寫

根據當事人提供的美國政府解密檔所述，二戰期間日本裕仁天皇任命皇族成員竹田宮恒德親王組織和啟動「金百合」計畫，將從中國和東南亞掠奪來的大量財物、黃金和珠寶運回日本本土。但是，面對即將戰敗的緊急情況，「金百合」負責人安排了「皇家藏寶點」隱埋他們的掠奪物。「八號地道」以及地道工程的負責人，日本陸軍中佐「酒井雄二」的存在皆應屬實。

紐約律師魯賓斯坦先生又從戰後美軍接收了的日軍人事檔案中查出，在「八號地道」被封死後，「酒井雄二」馬上被調往中國戰場，日本投降時，他是駐紮在中國的山西省太原市。以後他跟隨當時日軍在中國的最高指揮官是岡村寧次將軍，參與了國共內戰，並且到了台灣。成為國民黨的軍事顧問。但是顧問工作結束後，他失蹤了。

因此，追尋當時在「八號地道」內工作的菲律賓人下落，「酒井雄二」是唯一的線索。

雖然解密檔提供了真實資訊，但是並不完整。

以下為本研究員的調查結果：

長久以來，菲律賓流傳著一個被稱之為「山下黃金」的傳奇，圍繞著它，發生了許多邪惡無比、稀奇古怪、匪夷所思的事情。

日本在菲律賓投降後，日軍指揮官山下奉文大將被控為甲級戰犯受審，美國情報官員從山下的司機口中審出了藏金地點。這些藏寶點都是「金百合」組織秘密建立的。以後又陸續在菲律賓的許多島嶼上發現了那些被埋藏起來的從各國搶劫而來的黃金。

美國情報機構派人悄悄地挖走了價值高達數十億美元的金塊、鑽石和白金。盟軍統帥麥克阿瑟將軍和杜魯門總統，從一開始就把挖掘這些藏寶點作為美國國家頂級機密。

這批價值約幾百億美元的黃金被運到美國，沒有將其歸還給東南亞國家的受害者，而是分別存入了四十二個國家的一百七十六家銀行，其中瑞士聯合銀行日內瓦分行以「蘭斯代爾」名義開出了一個擁有上百億美元的黃金帳戶，當二戰時成立的戰略情報局解散後，這筆巨大的財富被中央情報局接收，成為其帳面外資金，其使用和支配不受任何監督。

還有一部分黃金成為美國人的私財，其中最大的帳戶是以麥克阿瑟的兒子亞瑟・麥克阿瑟的名義在蘇黎世的瑞士信貸銀行開設的，數目高達近百噸的黃金，而美國前總統胡佛在瑞士信貸銀行的私人帳戶上也有七噸多的黃金，尋找到大量寶藏大大增加了美國進行冷戰時期的資本。也使美國政府改變了對日本的態度。華盛頓不再懲罰日本，也不再要求日本向受害國道歉並賠償包括勞工在內的受害者，甚至沒有要求日本歸還搶劫而來的財寶。

隨著「八號地道」的毀滅，美國和日本聯手一起將這個二十世紀最大的藏金秘密永遠掩埋了起來。但是美國中央情報局內部還保留著沒有曝光的驚人秘密。此外，日本法西斯極右派組織，黑龍會，以及黑社會組織也掌握有二次大戰期間，日本在東南亞藏金的秘密。

有關「酒井雄二」的背景調查及去向：

二次大戰結束後，國民政府明白對日抗戰若無美國的介入是可能獲勝，但是從過去的經驗理解到美國對中國政策依歸於美國利益，有必要時美國隨時會因利益轉向而放棄台灣，國民政府領導人寄望與在反共的大日本帝國軍官，借重他們的力量來進行軍隊的再教育，同時考慮到岡村寧次等日本將官過去在大陸作戰與剿共成績斐然，所以要借重日本軍人的力量。

第二次世界大戰結束後，日本參謀本部次長河邊虎四郎要求在華方面軍總司令岡村寧次，與在山西的第一軍司令官澄田睞四郎，與國民政府軍最高指揮官何應欽和將領閻錫山締結「共同打擊共軍」的秘密軍事協定。其中岡村寧次與何應欽之密約在芷江簽訂，被稱為「芷江協定」。而岡村寧次便出任中國戰區日本官兵善後聯絡部長官，並且出任國民政府軍參謀。

一九四九年，岡村寧次與澄田睞四郎、十川次郎等日軍高級軍官商議，募集舊日軍兵團參謀或連隊長級軍官富田直亮等高級軍官，在東京組成軍官團，來台灣協助國民政府對抗中共，由陸軍少將富田直亮，化名為「白鴻亮」，擔任軍官團團長，所以在後來軍官團就被稱為「白團」，而富田直亮也被任命為中華民國陸軍上將。

白團在台灣的目的，第一是負責設計台灣防衛計畫，二在重建國民政府的部隊，並施予精神教育，以及戰時的動員體制施行。白團的教官都是過去日軍少將至少佐級中堅核心精英，實力相當於戰前日軍三個師團的腦力。美軍駐台後，白團駐在地由圓山轉往石牌，並且以實踐學社名義運作。另外，白團在東京也有一個支援的軍事研究所，稱為「富士俱樂部」，專門搜集研究有關戰史、戰略、戰術的資料，每週定期開一次研究會，並以台海危機等列為主要研究課題。白團在一九六八年解散。

根據美國政府解密的檔案，以及參考台灣國防部的大溪檔案，「酒井雄二」是進入日本陸軍中野學校接受軍官養成教育，那是一所專門為了侵略中國所設立的諜報及特工的軍事學校，他學會了流利的漢語。

酒井畢業後被派往日本關東軍擔任情報官，但是太平洋戰爭爆發後，南進的日軍統帥山下奉文要求參謀本部調派酒井雄二為他擔任天皇的特別任務，就是極機密的「金百合計畫」。二戰結束前，他來到山西，日本投降後，閻錫山請他協助對抗中共。之後，當年的在華日軍最高司令官岡村寧次，邀請他加入「白團」，來到了台灣，取了一個中國名字「鄭忠」。

對於日本帝國的軍官，台灣是個很奇妙的地方，因為台灣和日本的官方以及民間互相疼惜親愛，日本一有天然災難如地震和海嘯，台灣的老百姓和政府就感同身受，小小台灣的捐款通常會遠遠的超過了世界上的大國和富國。對於國外的報導說日本將核污染的海產賣到台灣和中國大陸卻沒有反應。

台灣民間懷念「日治」的心態是很普遍，從日本的美食和觀光旅遊到日本的外交政策，一律照單全收。台灣的政府官員們也有「日本皇民」的心態，教育部審定的教科書裏肯定了「日治」史觀。宣揚日本軍國主義侵略光榮的一個紀念公園昂然挺立在宜蘭縣的南澳鄉，無人去干涉。在台北市中山堂舉辦的「紀念抗戰展覽」居然能見到為日本人統治台灣歌功頌德的評論。

在日本皇軍記錄中，有一位日本陸軍第十一期的飛行員，名叫「泉川正宏」，他實際是台灣苗栗人，中文名是「劉志宏」。在二戰後期，日軍在太平洋節節敗退時，他參加了日軍的「神風特攻隊」，在菲律賓出擊美軍時被擊落，年僅二十一歲，靖國神社裏有他的牌位。

二〇一三年六月十七日是日本開始統治台灣的紀念日，台北市政府舉行北投公園建立一百周年慶祝會，會上的主持人追思日本神風隊的豐功偉績和一位台灣苗栗人的神勇，特別指出公園裏的「北投文物館」就是當年的「佳山旅館」所在地，是隊員在出擊前夕，和慰安女一夜風流，宣淫作樂的「洞房」，形容得浪漫悲壯，燦爛如櫻花。慶祝會上有神風隊的「後人」和美麗少女穿著和服演出歷史劇，傳說「後人」是當年神風隊員和慰安女一夜情的結晶。

市府官員有如當年殖民地的皇民思古，回到百年前懷念被統治的美好。一位歷史學教授的同事曾跟我說，二戰勝利後，老蔣拒絕了盟軍統帥部的要求，逮捕日軍在華最高指揮官岡村寧次，引渡到東京，接受盟軍軍事法庭控告他是甲級戰犯的審判。

日後，當他的日軍同僚一個個被判處死罪，走上絞刑台時，在中國發生了集體失憶症，忘記了曾在南京發生的大屠殺，南京軍事法庭宣判這名同時被中共在延安宣佈為

「第一號戰犯」的岡村寧次無罪，然後他就成為老蔣的軍事顧問。

二次大戰後的初期，許多日本舊軍人紛紛舉家遷居到台灣謀求出路，一則台灣有五十年屬於日本「領土」的歷史，語言和生活習慣等均能適應；二則國民黨成立了「革命實踐研究院」，黨總裁親自任院長，培訓黨政幹部和各級軍事幹部，岡村寧次等一些原日軍將佐被聘請為「研究院」的高級軍事教官。他還組織「白團」，號召了百餘位老部下，到台灣訓練軍隊，五十年代駐台灣新竹的第三十二師，就是經他們的訓練，成為當時台灣的第一流部隊，老蔣檢閱後曾誇獎其為「模範師」。上行下效，政府的集體親日行為，其來有自。

一九三〇年日本人和霧社的原住民賽德克族人發生了流血衝突，日本總督調派大批員警與軍隊入山，原住民在首領莫那・魯道率領下退守斷崖絕壁，利用地形的險要和山林洞窟繼續頑強抵抗。日軍違反國際戰爭公約裏的嚴格規定，施放毒氣，毒死了數百名原住民。霧社首領莫那・魯道看到大勢已去，殺死了妻子後在山洞裏自殺。也許是因為毒氣的關係，莫那・魯道的屍體沒有腐化，變成了木乃伊。

一九三三年他的遺骸被人意外尋獲，將其送至當時的台北帝國大學，這位英勇台灣原住民領袖的屍骨，就成為「土俗人種研究室」的學術標本。

直到一九七四年，台灣大學在原住民強烈的要求下，才將莫那・魯道的骨骸，送到霧社的《山胞抗日起義紀念碑》下葬。

但是台灣官方從沒有為他舉辦過任何紀念活動。世界上還有什麼人會比台灣的原住民對台灣有更大的發言權呢？莫那・魯道對台灣的價值，在今天的台灣人眼裏是不如一個開飛機去撞美國軍艦的苗栗客家人。

在台灣，「親日」已經不是政治行為，它已成為普世的價值觀。台灣的年輕人全面的擁抱日本，它的文化、歷史、社會風俗、風景地理、產品、飲食、時尚等等。不少的知識份子每天定時收視日本NHK電視台的新聞報告，對在日本發生的點點滴滴如數家珍。

台灣的大學生不清楚什麼是「九一八事件」、「七七事件」和「八一三事件」，不曉得盧溝橋在那裏。因為這些都是「外國歷史」，他們沒有印象。但是他們不知道中國曾有過一位王牌飛行員高志航，當年日本皇軍精銳的木更津航空兵團，大編隊從台灣新竹基地起飛，準備對上海進行轟炸，高志航率機從杭州筧橋機場升空攔截，在錢塘江口杭州灣上空遭遇，發生激戰，一舉擊落六架日機。

中國的抗戰史實，已經不是課堂上的教材，對台灣的年輕人是太遙遠了。在台灣，有不少的人說：「我出生在日本國（當時的日本帝國版圖包括了台灣島和朝鮮半島），聽到的第一個國歌是日本國歌，看見的第一面國旗和第一個國家領袖肖像是日本太陽旗和日本天皇，喊的第一句口號是『天皇萬歲』，按任何法理，我都應該是日本人。可是非常遺憾，今天的日本國人不要他。」

這批人成為台灣獨立運動的基本教義派，他們把日本當成是第一祖國，堅決相信大和民族是世界上最優秀的民族，既使是當一個日本的二等公民也是光榮的，他們在書信往來中使用日本天皇的紀年「平成」，每年要去日本觀光旅遊，除了看櫻花、賞楓葉和泡溫泉外，最重要的是去參拜靖國神社。

在台灣，無論是個人或是集體的「親日」、「崇日」，甚至「媚日」，只要是在法律範圍內的行為，都是「人權」的一部份，如果有人不同意，那只能去當孤臣孽子，或是就像「天要下雨，娘要嫁人」，只能是遺憾了。

鄭忠，原名「酒井雄二」的日本人，就是在這樣的背景下，在他結束了「白團」的顧問工作後，決定留在台灣。

紐約的魯賓斯坦律師事務所根據美國的解密檔，在日本和台灣尋找酒井雄二的下落，日本政府的出入境記錄，顯示酒井雄二最後一次離開東京飛往台北後，就沒有再入境了。也沒有護照過期後申請延期的記錄。台灣有他的入境記錄，但是沒有出境記錄。所以魯賓斯坦律師事務所告知委託人山托士的結論是：酒井雄二在台灣失蹤了。

但是台灣卻有一個姓名叫做「鄭忠」的人，此人來頭很特殊，他是由總統府秘書室直接發文給內政部戶政司，辦理了身分證。上面的出生地是日本九州福崗縣，職業是革命實踐研究院軍事教官，住址是工作機關的宿舍，身分證照片就是和酒井雄二日本護照上的同樣一張。

可以確定的是，在台灣是曾經有一個名叫酒井雄二的日本人，以「鄭忠」的中文姓名生活在台灣，但是他現在何方？在台灣兩千多萬的茫茫人海裏，需要繼續追查。

徐鏡濤和夏萍潮是在南京東路巷子裏的一家專門賣鰻魚飯的日本料理店見面，小小的店面很隱蔽。徐鏡濤開門見山就問：

「你的報告我看了，非常完整，也很精彩。南松的情況怎麼樣？」

「謝謝你的肯定和誇獎，我還怕你不滿意呢！南松的情況不是很好，替你幹活的人都開始辭職或是接到了解聘通知書，不過我聽說有好些事務所都主動的在邀請他們。」

徐鏡濤說：「這些人在台灣找個好工作應該是沒有問題的。那你呢？」

「我辭職了。」她把發生的經過情形一五一十的說給徐鏡濤，他的反應是：

「這就怪了！程非武終止了山托士祖孫的尋人委託案，但是對於你做的背景資料又格外在意，好像深怕你不拿出來。這是怎麼回事？我想不通。」

「告訴你，老天爺是最公正的。我在辦公室上網，原來是要修改我給你寫的報告，想把我後來又找到的資料補進去。但是他們已經不讓我進入我自己的檔案，我無法補充我的報告，結果是程非武讓自己虧大了。」

徐鏡濤：「你是有了重大的發現，所以才發簡訊說有要事相告，是嗎？」

她笑著說：「當然，讓你看看本姑娘的厲害。我想那位日本人『酒井雄二』，雖然在變成『鄭忠』後就失蹤了，但是一定會留下一些痕跡的。人都會思念自己的親人，說不定他會去日本探親，那他一定需要護照，果然不差，鄭忠曾申請過護照，他沒有親自來領取，而是用郵寄。根據外交部護照科的記錄，按申請人的要求，鄭忠的護照是用掛號信寄到在永和的地址，由人代收。」

徐鏡濤：「看你的表情，這地址和代收人都是有文章的。」

「我一看地址，就知道那是在永和的軍眷區裏，我父親是軍人，有不少朋友住在那裏，小時候還帶我去過。代收人的姓名是蘇珍。鏡濤，對這名字有印象嗎？」

徐鏡濤想了一下：「似乎在哪裏看過，但是不能確定，她是誰？」

「我要是說了，會把你嚇一跳。不過先讓我繼續說這位叫『鄭忠』的日本人。他的身分證戶籍是在革命實踐研究院宿舍的所在區公所，在他們的記錄備註裏，鄭忠是被列為失蹤人口，原因是在兩次人口普查期間，沒有此人存在的跡象。」

「所以鄭忠失蹤了，也就是那位日本人酒井雄二的確是不見了。所有的線索都斷了。」

「不對，還有一條線沒斷，就是在永和軍眷區的蘇珍。我去打聽出來，多年前她就搬出來，住在大安區的一棟高級公寓裏。根據地政事務所的資料，蘇珍是寄住人，那棟公寓的戶主名叫陳翔。所以現在又多了一條陳翔的線索，但是這兩人都已經去世了。記得嗎？我說過這尋人案像是偵探小說，夠複雜的吧？」

徐鏡濤：「陳翔的來龍去脈你知道嗎？」

「他去世後戶口就登出了，但是根據舊的戶口名簿資料，陳翔是個經法院批准證明的新改姓名，他原來的名字是鄭忠。」

她發現徐鏡濤滿臉驚愕的問她：「酒井雄二的陰魂不散，又出現了。你有大安區那棟公寓的地址嗎？」

夏萍潮從她的筆記本裏找了出來後，徐鏡濤說：「我去過那裏做客。」

「什麼？這怎麼可能？是誰請你到那去的？」

「程非武就住在那裏，我曾被請去吃過飯。我是突然想起來誰是蘇珍。雖然沒見過她，但是程非武提過他母親的名字是蘇珍，才把大安區的公寓連起來。」

夏萍潮驚訝的說：「你是說程非武的母親和一個取了中國名字的日本人住在一起？太不可思議了！」

「更不可思議的是，這個日本人居然是我們在南松接的案子所要找的人。我得好好的想一想。」

徐鏡濤又叫了兩罐啤酒和一客生魚片，希望能幫助他思考，夏萍潮保持安靜不打擾他，但是她握住了他的手，慢慢的來回撫摸，過了一會兒她看沒有動靜，就問：

「想出來了嗎？快告訴我。」

「你繼續摸，我繼續想，好舒服。」

「你要是跟我開玩笑，我就要掐你了，會痛死你的。」

「饒命！別掐我，我怕痛。這事太詭異了，我還是想不通。但是我想到幾個問題，相信是關鍵所在。」

徐鏡濤喝了一大口啤酒：

「第一，根據程非武自己在網上說的，他是烈士遺孤，很小就失去父親，是由母親帶大的。後來還有一個義父也經常照顧他。從你的資料裏判斷，日本人酒井雄二，也就是後來的鄭忠和陳翔，顯然和程非武的母親很早就建立了親密的關係。我相信他就是程非武的義父，同時母子二人很可能知道此人是日本人假冒的中國人，至少蘇珍是應該知道的。問題是母子二人知不知道這位義父在菲律賓幹的事。」

「問得太好了，我認為程非武母子二人對這位義父的底細是一清二楚。蘇珍和這日本人顯然是同居關係，又是這麼多年，再厲害的男人也無法隱瞞自己的過去。鏡濤，你的第二個問題呢？」

「我辭職後，程非武全面接管山托士的委託案，按你的說法，他已經知道酒井雄二在台灣去世，他只要出示證明有關證件，這個案子就算解決了。但是他不這麼做，為什麼？」

夏萍潮：「程非武是要隱瞞一件事，是嗎？」

「說得沒錯。回憶一下山托士的案子；當事人要尋找的對象是消失在『八號地道』，所有相關的人都已經去世了，還有什麼值得隱瞞的呢？」

「你是說藏金？只有那是價值連城的財寶。你認為程非武是在企圖隱瞞藏金的事？」

「我認為這是最可能的理由，他還特別去找你，不讓你的報告流傳出去。」

夏萍潮說：「這幕後的推手，很可能是你前任女友張慧雯，你同意嗎？」

「有此可能，基本上，張慧雯是比程非武要聰明。這件事我得去請教莫馨，她曾經調查過程非武，但是沒結果，還弄得灰頭土臉的。」

「莫馨是不是那個女記者？曾經是你的心上人，後來硬是被張慧雯橫刀奪愛把你搶走了。」

徐鏡濤：「你怎麼知道這些陳年舊賬？」

「當然是蘇家媛告訴我的，你過去的一點一滴我都知道，你原來是個風流人物，身邊美女如雲。但是張慧雯把你占為己有後，趕走了所有的女人，你就成了個乖寶寶。現在張慧雯背叛了你，你就想和老相好莫馨舊情復燃了，是不是？」

「人家已經有要好的男朋友，可能已經在論婚嫁了。當年我是勸過她，放程非武一馬，不要再追查了，現在想起來覺得很對不起她。我想把你的報告給她一份，希望你不在意。」

夏萍潮說：「報告原來就是你的，當然可以給她了。鏡濤，我找你出來還要跟你說件事，我要提早到美國去了。」

「為什麼？發生了什麼事嗎？」

「因為我碰見了你，我如果現在不走，就無法走了。」

徐鏡濤看著她，沉默不語，夏萍潮說：「你懂嗎？怎麼不說話了？」

「萍潮，對不起……」

她打斷了他，接著說：「你可以送一樣東西給我做紀念嗎？」

「當然，你想要什麼？」

「你身體裏有成千上萬的精子，能不能留給我一些做紀念？」

徐鏡濤愣住說不出話來，夏萍潮說：

「如果你不想把紀念品留在我的子宮裏，讓我吞到肚子裏也行。」

夏萍潮看他沒有反應，她說：「難道我在你的眼裏，就一點女人魅力都沒有嗎？」

說完了，一顆顆的淚珠就流了下來。

徐鏡濤用雙手握住她的肩膀：「夏萍潮聽好了，我第一眼看見你時，就曾有非分之想，但是我不能傷害你，因為我太珍惜你了。」

「可是你沒有了婚約的限制後，為什麼還不要我？」

「可是你還有婚約。我自己剛剛經歷了做一個男人最痛苦的經驗，當另一個男人睡了你的女人時，那份痛苦不僅是來自你失去了她，而是你的尊嚴、自信、能力、自我價值、社會地位以及他人的評語，都突然完全的崩潰。我沒有權利把這份痛苦加在你未來的丈夫身上。」

「我只是想在婚前短暫的擁有你，你連這一點愛情都捨不得給我，對我太殘酷了。」

但是蘇家媛說，張慧雯靠著她老爸和她的床上功夫，就把你霸佔，等到她把你不當回事，踩在腳底下糟蹋，可是還是把你捆得牢牢地，動彈不得。她憑什麼？」

「你我之間的愛情，如果存在，就不會是天翻地覆的折騰一夜後就說再見的一夜情，因為我無法面對那位數學教授和你們的一群孩子。我追求的愛情是相濡以沫的天長地久。夏萍潮，有一天，如果老天眷顧我，讓你解脫了所有的束縛，我會天涯海角的找到你，讓你赤裸裸的在我身體底下掙扎，無論你如何呼天搶地的苦苦哀求，我也絕不手軟。」

三天後，夏萍潮留下了無限的遺憾，帶著傷感，離開了台灣，飛赴美國。

徐鏡濤把夏萍潮的報告和他們的討論內容一同電郵給莫馨，兩天後，他們在小銅板牛排館見面。莫馨和他腦海裏的印象一樣，穿著時尚的漂亮美女，刻意的顯示誘人的身材，但是保持住優雅的體態。想到他們曾是熱戀過的情人，他悵然若失。

「徐鏡濤，你不認識我了嗎？怎麼這樣看人呢？我可以坐下來嗎？」

「當然，士隔三日，刮目相看。更何況美豔依舊，讓人有無限遐想。」

「隔了這麼久沒見，一見面就吃我豆腐，你是想跟我吵架，是不是？」

「不敢，吃了熊心豹膽的人都不敢和無冕王吵架，更何況我這無用的、被人遺棄的小男人。莫馨，我是在驚歎你的美麗，青春常駐，好像永遠不老。」

「這都是美容院和高級化妝品的功勞，讓你好好的看看我，你是不是後悔了？」

徐鏡濤：「看樣子，你對我還是懷恨在心，所以就大量的在我傷口上撒鹽。」

「這麼說來，外面關於你和南松律師事務所的傳言都是真的了？」

「告訴我，傳言都是怎麼說的？是不是很難聽？」

莫馨：「從好來好散，到大打出手，有各種不同的版本。」

「那你的看法呢？哪一個版本是真實的。」

「按我跑新聞的經驗和對你的認識，第一，我認為你和南松的股東們有了理念上的分歧。第二，你的那個風騷女人和程非武睡了覺，給你戴了頂綠帽子。我說得對嗎？」

「到底是著名的調查記者，什麼事都瞞不過你。我想你現在一定很高興，當年和我分手是對了，你看穿了我是個沒用的男人。」

莫馨按住了徐鏡濤放在桌上的手：「不許這麼說我的前任男朋友，因為他是世界上最優秀的男人。」

「但是到頭來，我還是讓你失望了。」

「我從來沒有對你失望過，我失望的是那個壞女人，她不珍惜一個好男人。張慧雯和我是大學的同學，我知道她是個什麼樣的女人，你這麼聰明，難道你還沒看出來，也沒感覺到，她是個野心很大，同時手段也很狠毒的女人嗎？還有人說她好男色，跟不少男人都曾有過魚水之歡。」

「在半年多前，我就覺得她和程非武之間有勾搭和曖昧的動作，但是她對我和往常一樣，可能還更熱情一些。我們談論到婚嫁的事，還去做了驗血和選購婚紗的事。她不像是個要紅杏出牆的女人。」

「她實在是太厲害了，怪不得你被她迷住了。當時你不聽我的，放棄了我而擁抱了她。鏡濤，我不恨你，我恨的是張慧雯，她深深的傷害了你。所幸，你終於清醒了。」

徐鏡濤很動容握住了她的手：「謝謝你沒有放棄我這個不值的朋友。好了，說說你吧！快結婚了嗎？」

「你是說那個小開嗎？已經吹了。」

「為什麼？我聽說他出身豪門，可讓你當一輩子的闊少奶，永遠風光，可惜了。」

莫馨說：「他不成材，跟我要比的底線男人差得太遠了。」

「那個男人是誰？」徐鏡濤好奇的問。

她回答：「你真的不知道嗎？那你就猜吧！」

徐鏡濤看著她，隔了一會兒說：「莫馨，對不起。」

「不是你的錯，你說什麼對不起。徐鏡濤，我餓了，我們吃飯了好不好？飯後我有重要的事告訴你。」

「小銅板」是以前他們常光顧的餐館，兩人點了各自所好的餐點，就專心用餐。等吃得差不多了，莫馨才開口說：

「我看你吃得挺香的，是不是這幾天你的生活很不正常？其實，我接到你發來的檔後，就在找你，可是你手機一直關機，我到你住的地方找你，他們說你已經搬走了，如果你是為了張慧雯而去過出世的生活，我認為太不值得了。」

「其實也不是，我不想成為你們媒體的目標，也不想和程非武在報紙上喊話，在南松已經有人在說，我被姓程的在股東會議上打敗，他又睡了我的女人，所以就落荒而去。我是不想給張慧雯造成更多的困擾，知道實情的人，會指責她的，我又何必讓她更難堪。所以我就搬進一間小酒店，閉關自守，輕易不見人。」

「鏡濤，你知道嗎？你的問題就是為人太善良了，張慧雯把你整得這麼慘，你還是為她著想。我看你是跳不出她的掌心了。」

「不見得，我來找你，不是就跳出來了嗎？」

「至少這是第一步，那你的事業怎麼辦？躲在小旅館裏不是開展事業的方法。」

「說得對，我決定到香港去發展，我已經賣了我的房子和南松的所有股票。姓程的為了不讓他的敵手進入南松，也想要成為南松大股東，他就出了天價收購我的股權，我看他是要欠一屁股的債了。你還認為我善良嗎？我要是決定反擊，力度就會很大。我將夏萍潮的報告發給你看，也是反擊的一招。」

「太好了，這才有點像是我的舊情人。徐鏡濤，來日方長，我認為你去香港是對的，至少香港的格局要比台灣大得多，那是中國大陸的門戶，發展前途應該很好，我祝你成功。」

徐鏡濤說：「謝謝你的祝福，希望不會讓你失望。」

莫馨有些傷感的說：

「我有信心你一定不會讓我失望，但是我也知道，你會忘記我的。香港是亞洲的世界城市，你將面對的也將是全世界的業務，也包括全世界的美女，我這個台灣的草地人，還會存在你心目中嗎？」

「你別小看我，我不會忘記你的，我倒要看是誰先忘記誰，我們等著瞧。你說有重要的事，說吧！」

「首先我要你知道，對於程非武和張慧雯的底細和所作所為，我是最有發言權。前者曾是我的調查對象，雖然把我弄得灰頭土臉，但是沒人敢批評事實的真實性。後者是我大學同學，又是和我搶男朋友的死敵，在鬥爭中為了知己知彼，我把她調查得清清楚楚，雖然她戰勝，奪走了我的愛人，但是她的一切事實，我全明白。」

「這些我都明白，這也是我來找你的原因。」

「那就先讓我把整件事的不合理之處告訴你，然後再說我的分析。張慧雯和程非武上床是笑話，從男人的本質、人品、學問和能力上比較，姓程的那副德行差你十萬八千里，但是她犧牲了你，為的是什麼？是她看中了姓程的南松理念嗎？我認為是她對南松的傳統理念從來沒有弄清楚。這對狗男女是覬覦在『八號地道』的黃金。這也是他們退回了你已經解決了的尋人委託案，就是不讓菲律賓藏金的事實曝光。」

徐鏡濤說：「我和夏萍潮也是這麼想的，但是他們的目的是什麼？難道他們是想奪寶嗎？黃金是屬於菲律賓人民的，他們沒有份。」

「別的我不知道，但是我知道張慧雯是個貪心的人，她要好男人，更要財富。程非武也是一樣，能力不怎麼樣，但是野心很大。其實當年我的調查對象是他的老爸程承璋，結果他把我告到法院，有他在政府裏的人脈關係，把我弄得灰頭土臉的。」

「我還記得，你是說他老爸不是『烈士』，可能是個叛徒。那你是在說程非武是個冒牌『烈士遺孤』，他當然無法忍受了。」

「我看不見得，他是捨不得『烈士遺孤』帶給他的好處，包括考大學會加分數。我的問題是新聞從業員的道德約束，不能讓我透露我的新聞來源。」

「他不是個精神病患者嗎？」

「現在所有的當事人都去世了，我可以告訴你真相。當年來向我洩底的老兵是一個精神病人，根據他說的，他親眼看見程承璋走進共軍的前方指揮部。我去國防部查詢，這個老兵的確是有參加過山西太原保衛戰，他的團長就是程承璋，並且他曾被俘，後來才逃出來。

「我不可能只靠一個精神病人所說，就發佈新聞，我的另一個消息來源是個軍官，李建哲，他是一輩子跟隨在程承璋的身邊，從勤務兵幹到衛士，後來又成了他的副官。他說當天他是一直跟在程承璋的身邊巡視陣地，但是突然叫他回團部去拿一張地圖。回來時就有人告訴他說團長被共軍的狙擊手槍殺了。他就趕到軍醫院要看他團長最後一眼。當時國軍正在全面撤退，情況很亂，他在醫院裏看見一個身穿團長制服的死人，滿臉污垢，全身是血，是個他認識的人。但是他不是程承璋團長，而是他的勤務兵。」

「是不是李健哲不允許你透露他是你的消息來源，所以這些事都沒見報？」

「是的，再加上國防部又出示一本中共的『擊斃敵軍名單』裏，程承璋的名字是在裏頭。所以我只能收回了。但是事後我又去採訪了李建哲，他透露說，當時程承璋團長的心情不好，精神恍惚，原因是他懷疑老婆紅杏出牆，正在辦理離婚。」

徐鏡濤說：「居然有人膽大包天，敢去和團長的老婆私通，可見愛情有多偉大，連被槍斃都不怕。」

「李健哲說他老婆的男朋友是『酒井雄二』，是個日本軍事顧問，是何應欽的人，來頭太大，也只能離婚。這是我第一次聽見『酒井雄二』這個名字，但是前兩天在你送來的資料裏，這日本人的名字又第二次出現。」

「當時你在調查『冒牌烈士』的時候，如果也去調查烈士的寡婦和與她同居的男人，就可能大不同了。」

莫馨說：「當時我是去訪問過程非武的母親蘇珍，她給我的印象是一個典型的烈士遺孀，靠撫恤金辛辛苦苦的把唯一的兒子帶大，終於碰到了一位愛她也喜歡她兒子的男人，他們同居了是件可喜的事。再也沒有想到她和鄭忠多年前在太原有過婚外情。」

「莫馨，你同意嗎？張慧雯遺棄了我，投進程非武的懷抱，是為了奪取菲律賓藏金。」

她回答說：「我同意，因為這是唯一的理由，並且和他們兩人的個性吻合。」

「你是說愛錢的個性嗎？我知道程非武是嗜錢如命，但張慧雯是個富家女，她會嗎？」

「鏡濤，張慧雯一定沒跟你說過，她是小老婆生的，所以張嘉陽的大老婆不讓她進門，他去世後分財產也沒有她的份兒，恨得張慧雯牙癢癢的，發誓日後一定要發財給張家看看。這是她親自告訴我的。」

「你認為他們尋寶的進展如何？」

莫馨說：「我想他們是遇到一些困難，否則他們不就是大富豪了嗎？」

「可是根據美國政府的解密檔，酒井雄二是參與封閉『八號地道』的主要人物，也是後來唯一還生存的人，顯然他沒有把地道的所在地告訴程非武，所以程非武和張慧雯一定是在尋找此人。接到你的資料後，我聯絡了我們在出入境管理處的線民，今天上午接到他的消息說，鄭忠和陳翔的護照都曾多次從台灣進出日本和菲律賓。可見酒井雄二在生前很可能是為了尋找藏金在奔波。」

「莫馨，你會繼續追蹤這個案子嗎？」

「當然，我還要想盡一切辦法不能讓他們兩人拿到藏金。如果可能，我還要順便報仇，我對當年的灰頭土臉和強奪我男友的事一直耿耿於懷，一直想要出這口氣。另外，如果今晚你還能讓我滿意，我也順便為你被掃地出門和戴綠帽子的事報仇。」

「聽不懂，能不能解釋一下。」

「別囉嗦，快去付帳，然後跟我走。」

莫馨和徐鏡濤來到陽明山的麗緻溫泉酒店，因為兩人都喜歡泡湯，這間隱蔽在樹林裏的旅館曾是他們常來「幽會」的地方。

這裏的「湯屋」和一般酒店的房間一樣，有一張舒適的大床，不同的是還有一間大浴室，中間是個很大的泡湯池，打開溫泉水的龍頭，帶著濃濃硫磺味的溫泉熱水就一湧而出。顯然，莫馨是有備而來，她拿出一瓶徐鏡濤最愛的紅酒在他眼前晃一晃：

「也許我已經沒有魅力，引不起你的興趣，但是你能拒絕它嗎？」

「你還沒忘記我這個永遠的弱點。」

「我還記得你別的弱點，以及你的強勢地方。你就拭目以待吧！」

拿出了兩個酒杯，倒滿。一杯美酒後，兩人脫衣入池，溫泉水的熱度將徐鏡濤皮膚的毛孔張開，他頓時感到全身舒暢，將這幾天的緊張和勞累一掃而光。

眼前赤裸裸的美女送上一杯美酒，耳邊的鶯聲細語，將多年前熱戀的情景出現，一幕一幕的閃過，當水蒸氣模糊了他的視線時，他想起了白居易的長恨歌，「溫泉水滑洗凝脂」，美酒讓他分不出滑膩是來自硫磺溫泉水，還是緊貼在他身上貴妃美女的皮膚，徐鏡濤忘記了自我，回到了從前的熱戀，他擁抱著初戀的愛人，步出湯池，纏綿在「芙蓉帳暖度春宵」。

「春宵苦短日高起」，清晨的天光還只有微微的發亮時，大床上的人有了動靜，俯臥著的莫馨說：

「你要是繼續在我背上這麼摸下去，一切後果都要你負責。」

「別緊張，我只是舊地重遊。」

「有新發現嗎？」

「每一處都是出人意料的完美，我想要再度佔領。」

「我的大律師，言下之意是對從前的離別有些後悔了嗎？」

「當然，還望大美女寬宏大量，手下留情，不計小人之過。」

「我問你，姓張的女人是不是常常在床上調教你？我看你伺候女人的功夫大大有長進，膽子也大了，什麼都敢。她大概就只顧得紅杏出牆，沒時間讓你播種，所以你就全發洩在我身上，把我弄得昏死了好幾回。」

「看你反應得那麼熱烈，我以為你很喜歡。」

「我是女人，受不了你的進攻而不起反應。可是你上下一起來，我想出聲反抗都沒辦法。有像你這樣全面佔領女人的嗎？」

徐鏡濤說：「你驚天動地的呼喊，別人聽見了還以為是我在強姦你，所以只好封你的嘴了。」

「張慧雯沒告訴你嗎？女人叫床是為了增加高潮時感受的強度，你封我的嘴，太不厚道了。」

莫馨翻過身來，仰臥在床上把自己張開：「再愛我一次好嗎？可是你要像我們初戀一樣的溫柔。」

當兩個赤裸的身體再度汗水淋漓時，莫馨又翻過身來，伏在枕頭上，亦步亦趨的激烈反應，枕頭淹沒了她的呼喊，但是她不要徐鏡濤看見她滿臉的淚水。

徐鏡濤離開台灣的決定，知道的人只有夏萍潮和莫馨。前者已經赴美，因此去機場送行的只有莫馨一人，他們在離境大廳吻別，她還緊緊的擁抱著他：

「鏡濤，我知道我沒有緣分和你天長地久，但是有空時打個電話來和我說說話，香港和台灣這麼近，找時間和我上陽明山去泡湯。雖然不是千里共嬋娟，但是可以聊解我的思念。」

「我永遠不會忘記你。」

然而，當徐鏡濤再次回到台灣時，已是十年以後的事了。

第二章：香港諜蹤

徐鏡濤來到香港已經是第十個年頭了。

在這十年裏，他的事業和個人都有了天翻地覆的變化。首先，他現在是四十歲出頭的中年男人，已經不是剛來時的「年輕人」了。人生經驗使他成熟，十年來的打拚，使他成為香港的「名律師」，而他的「香港麥金利律師事務所」也成為真正國際性的法律事務機構，為來自世界各地的客戶，提供服務。

他來到香港後的第五年，老約翰．麥金利決定退休，將事務所交給了徐鏡濤，他兢兢業業的本著麥金利留下的傳統，將事務所的業務提升到更上一層樓。

事務所的辦公室是在香港中環維多利亞港邊上的怡和大廈十樓，那裏是黃金地段，香港的中心地點，不但交通方便，景色也是壯觀怡人。

徐鏡濤住在香港高檔住宅區的中環半山上，距離他的辦公室不遠，只是地形高度不同，他在台灣養成的習慣沒變，只要是好天氣，他就會抄小路，一路飛奔下山，然後在辦公室換下休閒裝，穿上體面的西裝，開始工作。

但是今天徐鏡濤比平常提早了一小時離家，他沒去怡和大廈，而是去了置地廣場，在那裏的便利店買了一張高儲值的電話卡，然後在大廳邊上的早餐店叫了咖啡和一份火腿煎蛋，但是他的注意力卻是在他手錶上的時間。

這都是因為昨晚在入睡前看他的電郵時，看到了一行字句：「今天的暖風是從北方吹來」。

這是預先安排好的訊號，表示有十萬火急的危難來臨。

七點五十五分時，徐鏡濤用電話卡在早餐店門口的公用電話打海外電話，在倫敦市中心的一間酒吧裏，女廁所外的一個公用電話鈴響了，立刻有人接聽：

「我是蘇珊。」

「徐鏡濤，蘇珊，你出了什麼事？」

「我們內部出了問題，我派出去的臥底行動員很可能會曝光。他們將會有生命危險。」

「找到叛徒了嗎？你自己的安全有問題嗎？」

「就是因為還不知道誰是洩密的人，我已經無法相信任何人了，所以才跟你聯絡，我需要你的幫忙。」

「沒問題，蘇珊，你就說吧！」

「麥金利在伊朗還有客戶嗎？關係好不好？」

「伊朗最有影響力的商業機構就是伊朗戈爾博集團，它所屬的『伊朗進出口公司』和『波斯礦業公司』都是我們的客戶。你知道戈爾博企業的大老闆是伊朗伊斯蘭革命衛隊，實際掌權的人是他們的二把手阿馬內貝德。他和我們的關係非常好。你是要打聽什麼資訊？」

「我的行動員是進到塔利班恐怖組織去臥底的，我想知道的就是誰是我們軍情六處的叛徒，在向塔利班洩密。」

「蘇珊，塔利班是遜尼派穆斯林的恐怖組織，但是伊朗是什葉派穆斯林的國家，他們會有你想要的資訊嗎？」

「遜尼派和什葉派的鬥爭已經有一千多年了，少數的什葉派為了生存一定要清楚遜尼派的一舉一動。他們非常可能知道遜尼派在我們軍情六處的內線。」

「好的，這個我可以替你問，有無結果就不敢保證了。但是你派到塔利班的臥底，他們的任務是什麼？」

「就是去調查我們內部的叛徒。」

「蘇珊，他們的目標嫌疑人是誰？」

「一位英國上議院的國會議員，李查．泰勒。」

「你說什麼？你在調查你的老公？」

電話裏許久沒有傳來回答，徐鏡濤繼續問：

「這是多久前的事了？」

「你不會想知道真正的答案。」

這回輪到徐鏡濤沉默不語，隔了一陣子，電話裏才傳來：「對不起，我求你別恨我了。」

「當年你說愛上了別的男人，不肯嫁給我，都是騙人的，是不是？騙了我，還騙了你老爸。」

「我是奉命騙人，否則就被開除。我的選擇傷害了你，同時也讓我一生遺憾，沒當成你的妻子。」

「我剛剛問你自己的人身安全情況，你不回答。不許再騙我，告訴我，你是不是有危險了？」

「想要我命的人是我們的叛徒，只要他們認為還沒有暴露他們的真面目，就不會對我下手，這你就放心吧！我現在的問題是，雖然我有對抗的計畫，但是不能執行，因為我不能相信任何人。所以才來找你幫忙。徐鏡濤，你絕對不能恨我。」

「那你就好好的給我保住你的小命，等我來收拾你。」

「死在你手裏，比死在叛徒的手裏要強多了。何況還有一線希望，你會憐香惜玉。」

「那就要看你到時候的表現了。」

「你不可以嚇唬我。我需要把事情的背景和我的行動方案告訴你，我會用我們預設的保密電郵帳號傳給你，你需要用我給你的密碼解碼軟體才能看內容。我們的電話也要像現在一樣，用我臨時告訴你的號碼，絕對不可以打到我的手機或是辦公室。」

香港的麥金利律師事務所創辦人約翰．麥金利有一個女兒，蘇珊．麥金利。傳說是他沒有子女，所以他姐姐就把女兒過繼給他，又有傳說蘇珊是老麥金利的私生女。

當年徐鏡濤在香港短暫的工作期間，和蘇珊曾有過親密的交往，老麥金利很看好這對年輕人，盼望他們能百年好合，也好傳承他的薪火。可是最終還是讓他失望，徐鏡濤離開了香港去台灣，蘇珊雖然從名校畢業，取得了律師資格，但是她卻進了英國秘密情報局，成為軍情六處科裏年輕有為的情報官。

蘇珊非常喜歡她的工作，工作表現很好，很快的一路升遷。也有人說，她和一位上議院的議員結婚，對她在英國秘密情報局的事業有了舉足輕重的影響。英國秘密情報局，又稱為「軍情六處」，是英國對外的情報機構，負責在海外進行間諜工作。

自伊莉莎白一世時期，英國國務大臣法蘭西斯・沃爾辛厄姆爵士創建英國保密局後，曾幾度變更機構形式，直到二十世紀初，它都被公認為世界上效能最高的情報機構。在納粹德國侵略歐洲時，它在歐洲、南美洲以及亞洲大部地區從事諜報活動。當美國參加第二次世界大戰時，它曾幫助美國戰略情報局，也就是後來的中央情報局，培訓情報人員。從那時起，這兩個機構之間一直保持著緊密合作關係。

從五十年代中期開始，關於蘇聯間諜長期滲透進入其組織內部的醜聞敗露，引起人們震驚。英國的新聞報導傳統上是極少透露軍情六處的工作情況，以及與該部門有關聯的新聞。西方情報界把軍情六處看成是英國情報機關的「開山祖師」，從伊莉莎白的開創初期至今，它和它的前身都是嚴格保密，軍情六處的主要任務是；負責在國內外搜集政治、經濟和軍事情報，從事間諜情報和國外反間諜活動。

目前，它工作的重點是防範恐怖主義、大規模殺傷性武器擴散、政局不穩、犯罪活動和販賣毒品等方面。蘇珊·麥金利的主要任務是收集塔利班恐怖組織對英國發起恐怖活動的情報，以及他們的主要負責人員行蹤。

「金新月」位於阿富汗、巴基斯坦和伊朗三國的交界地帶，因地形近似新月，又盛產利潤極高的毒品鴉片，被稱為「金新月」，它包括了巴基斯坦的西北邊境省和俾路支省、伊朗的錫斯坦—俾路支斯坦省、阿富汗的雷吉斯坦和努里斯坦等地區。

「金新月」地區人口稀少，交通不便，氣候乾燥，主要居住著以尚武和剽悍著稱的帕坦族和俾路支族。長期以來，他們保持著傳統的民族風格與個性，比較自由地來往於三國邊界地帶。阿富汗、巴基斯坦和伊朗三國政府均未對其進行有效的行政管理，使該地區發展為世界範圍內主要的鴉片產地。

一九九六年，巴基斯坦的鴉片產量已超過兩百噸，罌粟種植面積超過了一千多公頃。於是，在「金新月」古老的伊斯蘭棧道上和茫茫的沙漠中，一隊隊販毒的駝隊便絡繹不絕。這些駝隊將鴉片和海洛因源源不斷地輸入歐亞大陸。

近年來，「金新月」的毒品走向是分成三路：一是從南路經巴基斯坦、印度，流向日本、北美地區；二是從西路經伊朗等沿海國家和土耳其，流向西歐地區；三是從北路經塔吉克斯坦、烏茲別克斯坦和土庫曼斯坦等中亞國家，流向俄羅斯和東歐地區。地處巴基斯坦與阿富汗邊界崇山峻嶺之中的棧道小鎮蘭迪·高圖，幾乎是「金新月」毒品流向世界的始發站。

二十世紀末，由於民族衝突、宗教矛盾和戰亂等原因，「金新月」毒品經濟圈再度崛起，使它又取代了「金三角」，成為世界最大的鴉片類毒品產地。從「金新月」出口輸入英國和西歐等地的海洛因，一度曾佔領過百分之九十左右的市場，因而，「金新月」便成了一輪名副其實的「新月」，正在冉冉上升。更值得一提的是，「金新月」生產的海洛因，其純度幾乎都在百分之八十以上，如此貨真價實的「名牌」，在世界毒品貿易競爭中，自然可以後來居上。「金新月」，成了世界毒源的「新生代」。

「金新月」毗鄰中國西北部邊境地區一九九七年以來，中國公安機關和海關在新疆的紅旗拉甫和霍爾果斯等口岸共查獲走私出境至「金新月」地區的煉毒化學品醋酸酐六十六噸，而烏魯木齊海關自一九九八年以來查獲走私入境大麻四千多公克以及海洛因三千多公克。「金新月」地區的毒品對中國的威脅將越來越嚴重。

新疆的民族分裂勢力、極端宗教勢力和暴力恐怖勢力開始參與販毒活動，潛在危害很大。在深刻研究軍情六處有關塔利班恐怖活動及「金新月」地區毒品情報時，蘇珊・麥金利發現了隱隱約約有國會上議院議員，李查・泰勒的身影，當她接到調查任務時，為了接近目標，她決定下嫁給李查・泰勒。

英國秘密情報局在政府的組織裏是隸屬於英國外交部，英國駐香港總領事館位於香港金鐘法院道一號，是英國在香港的官方機構，並為英國在全球最大的外交代表機構。它和美國駐香港總領事館是不同於其他國家的領事館，都是在一棟獨立的建築物裏。英國總領事館與毗鄰的英國文化協會是英國在香港的最大型機構。它為香港及澳門居民，也為英國公民提供領事服務。

蘇珊・麥金利曾多次來到香港，在軍情六處香港情報站執行任務，她會借機和徐鏡濤見面，以解相思之苦。也有傳說，她將是下一任的香港情報站站長，因此她和舊情人的幽會，一定都安排得滴水不漏。十幾二十年來，徐鏡濤和蘇珊・麥金利的友誼不僅沒有中斷，隨著年歲的增長反而成熟了，偶爾的相逢，激情的肌膚之親，更加促成他們之間的相互理解和關懷。

赫伯．費特勒是徐鏡濤在耶魯大學的同班同學，他們也成為非常要好的知心朋友。但是他們的興趣卻不同；徐鏡濤是衷情於商業法，而費特勒則是專攻國際法，但是兩人同樣對事務的超強分析能力，不僅促成他們經常在一起切磋問題，也引起了教授和同學們的側目相視。

一九九五年他和徐鏡濤同時畢業，也同時考上了紐約州的律師執照，隨後費特勒就進入了華盛頓的國務院，成為專業的外交人員。他的特別專長是對中東地區的國際形勢分析，他有流利的阿拉伯和波斯語言文字能力，工作非常出色。所以三年後他就被中央情報局用高薪挖角過去，從此徐鏡濤就不清楚他的好友赫伯．費特勒都在幹些什麼，費特勒對他在中情局的工作是守口如瓶，滴水不漏。

多年來，兩個好朋友每年還是要見幾次面，雖然赫伯不能談他的工作，但是他們可以暢談徐鏡濤的多彩多姿生活，以及許許多多的共同興趣和話題。

最讓徐鏡濤想要接近這位老同學的原因，就是他對徐鏡濤的瞭解，有時候要比徐鏡濤本人還更有深度。費特勒是第一個向他指出張慧雯不適合做他終身伴侶的人，他們的分手是可以預料的。他的分析讓當時身心幾乎要瀕臨崩潰的徐鏡濤，恢復了一些平靜，兩人的友誼從此更是根深蒂固。

徐鏡濤和費特勒在香港中環花園道聖約翰大廈登上山頂纜車，太平山頂纜車是從一八八八年就開始營運，一百多年來從未出過事故。從山下到山頂全程一點四公里，只需八分鐘就可到達山頂。以鋼索拖行的纜車，沿斜坡攀升三百七十三公尺，坡度陡峭，讓人以為沿途的高樓峻宇都在傾斜。置身車廂內，身子不由得向後傾。

高樓大廈和茂密叢木看起來彷彿倒往一旁，感覺非常奇妙。離開了纜車，在山頂車站的大廳就能俯看山腳下的維多利亞港及九龍半島，一覽無遺，太陽下山後，天色漸暗，在山頂可以體現香港的夜景，果然是名不虛傳，世界著名。他們在附近古色古香的獅子亭逗留了一會兒，就去到空曠怡人的山頂公園。那裏林蔭夾道，古樹茂密，徐鏡濤能夠感到事態嚴重，從他們見面起，費特勒就沒說兩句話。他明白到山頂來的目的，就是要找個沒有人煙的地方。山頂公園裏除了兩對忘我的情侶外，不見別人。

「老徐，你絕對不能告訴任何人，說我到香港來找你。」

「包括你們情報站裏的人嗎？」

「尤其是情報站的人，對他們一定要滴水不漏，什麼都不能說。」

徐鏡濤是指中情局的香港情報站，它和設在北京和日本東京的情報站，是中情局在遠東的重點海外情報站。香港的外國人社會圈子不大，再加上律師事務所的工作性質，徐鏡濤認識了不少西方國家的外交人員，經常在社交場合上碰面，他們之中有些實際上是情報人員。顯然費特勒這次來香港是秘密行動。

「赫伯，你們情報站是設在你們總領事館裏，就在這山下的花園道上，你就不怕碰見他們嗎？」

「我今天下午才到香港，馬上就來會你。然後要搭今天半夜的班機回去。只有我的頂頭上司知道我來香港。老徐，我碰到大難題了，我是來找你幫忙的。」

「聽你這麼說，你到香港來是對中情局保密的。你小子是不是和有老公的女人搞婚外情，要露餡了，怕中情局會開除你，所以來找我商量辦法。沒看出來你還是個花心的男人。」

「你到現在連老婆都還沒有，你懂什麼是婚外情嗎？我還真希望只是婚外情，那就好了，我們也不會吃不好，睡不好了。」

「赫伯，你說『我們』，除了你之外，還有誰跟你一起碰到難題了？」

「就是我剛剛說的，我的頂頭上司。難題是出在我們中情局的內部，我老闆是個老情報員，在中情局幹了快三十年了，他認為我們將有大難臨頭，是他叫我來找你的。」

「我是個律師，沒幹過情報工作，我怎麼有本事幫你們中情局解決難題呢？」

「老徐，我還沒說我們的難題是什麼呢，也許這也只有你能幫我們了。我老闆告訴我，他認識你那位已經退休的老闆，約翰．麥金利先生。你一定知道，他以前是英國秘密情報處，也就是眾所周知的軍情六處特工，一直做到英國遠東情報站的站長，當時也曾是他們情報處處長候選人之一，結果沒有被提名，他就離開了，到香港開了麥金利律師事務所。」

「這些背景我們都知道。就是因為麥金利先生的人脈關係，我們事務所的很多生意都和軍情六處有絲絲縷縷的關係，但這並不代表我們有能力為中情局解決難題。」

「你先讓我把問題說清楚。老徐，你還記得我們曾經討論過，任何大機構或是團體都會有內部爭權奪利的事發生。你認為那是壞事，會帶來傷害。我認為未必，因為那是一種競爭，強者獲勝的結果，會帶來進步。多年來，我們中情局的內部鬥爭從沒有間斷過，我們也在持續的成長壯大。但是這一次的權力鬥爭將給中情局帶來毀滅性的災難，因為鬥爭的目的是意識形態、宗教信仰、戰爭營業化和個人私利。」

「赫伯，有這麼可怕嗎？你們有確鑿的證據嗎？」

「你聽我慢慢的講給你聽。首先，我們中情局是幹諜報工作的，諜報的意義就是不用武力來達到目的。可是現在中情局裏有一夥人，動不動就要派航空母艦、海軍陸戰隊、特種部隊或是無人飛機來解決所有的問題。把我們中情局變成了國防部的下屬單位。我是在中情局的中東專案辦公室工作，我們的任務是在該地區阻止核武擴散和恐怖份子的活動。我是分管伊朗地區的。老徐，你知道我們一貫的政策是先取得具體的情報，再讓它曝光，最後用政治，外交或非暴力手段來阻止它的發生。」

「是啊！這是最省錢，最不用生命代價的方法。難道現在有人建議就直接開火了嗎？」

「現在我們局裏有一幫人，聯合了國會裏的極端保守派議員，形成了一股勢力，主張用軍事力量來解決所有的問題。而在民間也有一群宗教保守派，他們認為伊斯蘭是基督教的敵人，必須消滅。他們在一邊煽風點火，推波助瀾，讓政府非常為難。更可怕的是，他們建議，用納稅人的錢，雇傭私人公司的武裝人員去執行任務。」

「我跟你打賭，這些私人公司的幕後老闆就是這些保守派人士。」

「還有那些武器系統的製造廠商，有戰爭，他們才有錢賺。」

「如果你們的諜報戰成功，傳統的戰爭就沒有必要了，那些保守派，上帝的信徒和私人雇傭兵公司老闆就都會沒戲唱了。」

「老徐，我們也是同樣的想法，但是他們開始在暗地裏阻止我們的行動了。」

「豈有此理，你們是政府行為，和你們作對，那不是叛國嗎？」

「但是我們沒有具體的證據，沒辦法起訴任何人。可是我可以告訴你兩件事實。一年多前我們費了很大的力量策反了兩個重要人物，一位是敘利亞政府裏的官員，他給我們提供了是哪些外國政府提供他們武器軍火，讓我們可以在外交上施壓，減少或是停止軍火的輸送。」

「那另外一個被策反的人呢？」

「他是遜尼派武裝份子組織裏的小頭頭，他把放置路邊炸彈和汽車炸彈的計畫預先給了我們，讓我們有效的減少了傷亡人數。但是這兩個人最近先後的暴露，都被處決了。這對我們中情局在中東的工作造成了致命的打擊。給那些主張出兵用武力的人製造了更有利的機會。」

「你們懷疑是中情局裏有人洩密，是嗎？」

「沒錯。我們的反間部門已經介入調查，也許會有結果，把叛徒逮捕。但是這需要時間，抽絲剝繭的調查，一點一滴的累積證據，最後才能收網，到那時候我們都全完了。」

「赫伯，你說的這些事，我這個香港的律師，能幫你嗎？」

「我們內部的問題當然是要我們自己來解決的，我來找你是要委託你，和我們的一個客戶聯繫，看看他有什麼需求，是不是能替他辦。」

徐鏡濤笑起來說：「我明白了，你的客戶是你剛剛才策反的敵人，為了保證他的安全，你要把和他聯繫的事外包給我，免得又被你們自己人給出賣了，對嗎？」

「也不完全是這樣。但是這件事的成敗關係我們的前途，甚至生死存亡。老徐，我是找定你了。」

「沒問題，有生意上門還不好嗎？你說吧！要我幹什麼？」

費特勒停了一會兒，才問說：

「老徐，你對伊朗的核子武器發展情況瞭解嗎？」

「我最近看到一則報導說，根據伊朗的伊斯蘭革命衛隊情報機構傳出來的消息，伊朗已經在俄羅斯和朝鮮的說明下成功地製造出核武器，並擁有足夠製造更多核彈頭的武器級別的濃縮鈾和鈽。同時伊朗還建造了七座核設施，並完成了核武器發展計畫。該消息來源還證實，朝鮮向伊朗提供了核彈頭所需的鈽，並最終克服了將這些彈頭安裝在導彈的障礙。這個消息正確嗎？」

費特勒說：「我們中情局的分析是，俄羅斯和朝鮮是幫助了伊朗實現核計畫和導彈計畫。伊朗的地下核設施結構與這兩個國家的設施極為相似。我們對發現伊朗擁有以前所未知的，但是卻有如此規模的地下核設施感到非常驚訝，也進一步證明美國可能是低估了伊朗核武器發展計畫的進步和成熟。」

「美國不是有偵察衛星和間諜衛星對伊朗做緊密的觀測嗎？」

「沒有情報員來取得在地情報，所有其他的來源都是估計，都有很多的因素會造成誤差，帶來了錯誤的判斷。因此才有主戰派的觀點說，現在不打，後患無窮；對伊朗動武代價很高，但容忍伊朗擁有核武器對美國的安全所構成的威脅代價更高；在動武和縱容其擁有核武器之間傾向動武。沒有正確的情報，我們很難和主戰派的觀點對抗。」

「赫伯，你是要我替你們到伊朗去當在地情報員，是不是？別打我的主意，我沒這膽子，也不想當你們中情局的替死鬼。」

費特勒沒有理會徐鏡濤的玩笑，他繼續說：

「老徐，我問你，你們在伊朗有客戶嗎？」

「我們有兩個客戶，都是在德黑蘭。其中的一個是伊朗最大的進出口公司。」

費特勒說：「是不是戈爾博集團底下的公司？」

徐鏡濤說：「是的。」

「太好了！你知道戈爾博集團企業是伊朗最有影響力的商業集團，聽說他們的總裁就是革命衛隊裏的高級將領。」

徐鏡濤說：「是這樣的。」

「事實上，革命衛隊在伊朗國內一直享有特殊的政治和經濟權力，因為它不僅僅是武裝力量，也是一支強大的經濟力量。革命衛隊的經濟活動權力實際上可以追溯到它成立之後沒多久就發生的兩伊戰爭期間。由於西方國家對伊朗實行武器禁運，伊朗被迫重組和發展本國的軍事工業，這項工作主要由革命衛隊負責，因此，革命衛隊很早就涉足伊朗的國防工業。而在兩伊戰爭結束後，為了進一步加快伊朗經濟的重建工作，革命衛隊也投入到了經濟建設的大潮中，成為一支獨特的力量。

「當時，為了安置部分退伍的革命衛隊士兵，伊朗決定允許革命衛隊成立包括民用範圍的各種公司，藉此機會，革命衛隊的情報局局長里多伊少將建立了第一家公司，是以修復戰爭中被毀壞的各種設備為主要的業務，同時也是服務於社會經濟。現在這支經濟力量已經進入了伊朗所有的支柱行業，成為一個龐大的商業壟斷組織，豪無疑問的是一個實力雄厚的『商業帝國』。」

「赫伯，我也聽人這麼說過，這和你要委託我去幹的事有關係嗎？」

「我只是要確定一下你有正當的理由可以進出伊朗。因為我要委託你去聯繫的人是伊朗人。我現在就要把事情的來龍去脈告訴你，但是你得答應要替我保密，什麼人都不能說。老徐，這是人命關天的事。」

「我明白，你說吧！」

「一個月前，我們在德國大使館的科學參贊，跟我通電話，說有重要的事。其實他是我們局裏的人，外派到德國。他說在慕尼黑召開的國際核子物理會議上，他碰見了以前的一位在慕尼黑大學時的伊朗同學，但是他卻裝作不認識，沒有回應他的招呼。可是回去後發現身上有一張他的伊朗老同學寫的字條，說他想要攜帶重要情報離開伊朗，請他幫忙通知有關人士。」

「這個人是幹什麼的？是條大魚還是個小蝦米？」

「也許是老天有眼，也許是輪到我老赫伯該時來運轉的時候了。這個人是伊朗核子計畫的負責人。」

徐鏡濤從喉嚨深處驚呼了一聲：

「啊！這不是從天上掉下來的一塊肥肉嗎？赫伯，我認為你應該去買彩票，一定中頭彩。你們去證實了這個人嗎？」

「我們那位科學參贊的伊朗同學名叫閃米．阿戴爾。我們從伊朗政府官員名冊中查到是有這個人，並且是在核能研究院工作，但是沒說他是伊朗核子計畫的負責人。我們也取得了他的照片，科學參贊說，就是他，沒錯。」

「所以你們決定要接受他，安排他的叛逃了？赫伯，你是要我去德黑蘭見你的這塊大肥肉，進行具體的安排，對嗎？」

「不對。這整件事來得太突然，太離譜了，有可能是伊朗特工設下的陷阱，要請君入甕。也有可能是中情局裏有人要陷害我們，出的壞主意，要我們出醜。所以現在你還不能到德黑蘭去見阿戴爾。中情局接受敵方人員的叛逃是有條件和代價的，我們必須要知道他能給我們什麼樣的情報，才能決定是否要啟動迎接他的計畫。」

「阿戴爾明白你們的條件嗎？」

「他當然明白，他寫在他的紙條裏，說他在兩周後，將要到土耳其的伊斯坦堡出差，在指定的時間會出現在香料市場外的咖啡館，他將帶著相關的情報資料，來證明他的身分，同時也會提出來他要求的條件。老徐，我需要你替我跑一趟伊斯坦堡，那裏有我們的人，我會安排你的安全。」

徐鏡濤搖搖頭說：「我知道你們在伊斯坦堡有情報站，但是你能保證他們不是跟你作對的嗎？我的安全由我來安排，我們事務所裏的兩位同事，李加洋和王凱中，他們曾經在台灣軍情局待過，是有經驗的行動人員。」

「那好，我就給你一個密碼手機和一個老百姓的手機號，只有你知道，你可以用來跟我聯絡，即使被監聽，沒有解碼，也聽不出個道理。其他的安全措施都由你自己負責。」

「好，赫伯，就這麼定了。你再給我一個筆記型電腦，它的運作系統是用密碼的，被別人開機，也不能使用。再把你們用來把普通檔案轉換成密碼檔案的軟體也裝上。還有，你們去查了這個閃米·阿戴爾的背景了嗎？」

「他生長在一個普通的家庭，讀大學時父母雙亡，就靠他自己的努力和天分，出人頭地。進了核能研究院的第二年就取得公費派他到德國慕尼黑大學進修，他拿到物理學的博士學位後就立刻回到伊朗。一路升遷到核子計畫的負責人。他已經結婚，有一個十二歲的女兒，他的老婆叫安彼拉。阿戴爾的丈人，也就是安彼拉的父親，是個大有來頭的人。」

徐鏡濤說：「是嗎？」

「這位老丈人就是伊朗革命衛隊的副司令，阿馬內貝德。他是伊朗軍方的二把手，具體的責任是領導指揮龐大的民兵組織『巴斯基』，和主管五百多家伊朗革命衛隊在海外的公司。有情報說，這些公司中包括了伊朗在海外的特工組織。安彼拉是阿馬內貝德唯一的女兒，他們的關係非常親密。」

「赫伯，我感覺你對閃米．阿戴爾準備叛逃的事有很大的保留，是這樣嗎？」

「老徐，你的感覺沒錯，這件事裏的疑點太多了。首先，阿戴爾沒有叛逃的理由和動機。通常一個人想當叛徒不外乎三個理由，一個是工作不如意，被冷落，二是想要發財賺一筆，三是為了女人。可是阿戴爾的事業如日中天，每年都是有升官加薪，同時他不是個愛錢的人，再加上他的高薪和老婆家的富裕，他不愁錢。最後是他們夫妻感情很好，很恩愛，更是疼愛他們的女兒。那是什麼理由要叛逃呢？」

「我相信這一點他一定會說明的。赫伯，我認為你不必擔心。」

「但願如此，我們從他開出來的條件裏也能看出個端倪來。譬如，他如果是一個人叛逃，就可能是他們夫妻感情出了問題。如果他要帶別的女人走，就是他有了婚外情。如果他獅子大開口，要一大筆錢，那就是他窮瘋了想發財。諸如此類的推斷。但是最讓人產生幻想的是阿戴爾的丈人，和他將扮演的角色。」

「有意思嗎？」

「老徐，你想想看，伊朗軍頭中的二把手，當然不會允許他們核子計畫負責人叛逃了。常理判斷，他應該會大義滅親，逮捕甚至格殺他的女婿。這將會給我們如何接應阿戴爾撤離伊朗，帶來很大的難度。但是如果這老爸是個知情者，而沒有去阻止女兒和女婿，你說這意味著什麼？」

徐鏡濤一時愣住了，過了好一會兒，他才說：

「我的媽呀！這不是要變天了嗎？這意味著你赫伯老哥將有戲唱了。」

赫伯說：「你除了替我們把阿戴爾的東西拿來之外，還要替我好好的觀察他，看看他是個正常人，還是個瘋子。」

土耳其的伊斯坦堡和哈薩克的阿特勞市有一個非常特殊的共同點，就是它們都在亞洲和歐洲的分界線上，兩地的居民每天都可以在歐亞兩大洲之間穿行。但是伊斯坦堡的博斯普魯斯海峽也是黑海進入地中海的唯一通道，在世界地理上有它獨一無二的地位，再加上它有著輝煌的歷史和燦爛的文化背景，伊斯坦堡很自然的成為了全球頂級旅遊觀光景點之一。

徐鏡濤是頭一天下午從香港飛抵伊斯坦堡，他注意到飛機上有一半的乘客是去土耳其旅遊的，其中也有二十來人是和他一樣，住進了洲際大酒店。徐鏡濤在浴室裏待了很久，洗了熱水淋浴，再用冷水沖涼，徹底的把全身因為長途飛行所帶來的疲勞都洗掉。他到樓下餐館吃了晚飯，還喝了一點酒，然後就早早的回到房間，打開電視，看了英國廣播公司的晚間新聞，看看他明天要見的人有沒有在電視新聞上出現，在半小時的新聞節目中沒有關於他的報導，徐鏡濤有一點變態似的放心，在上床前，他要求酒店總機，在早上七點鐘叫醒他。他需要養足精神，因為第二天，他將要嘗試生平從沒有過的經驗——去當間諜。

酒店裏有一班旅遊車是接駁遊客到遊船碼頭，去坐船遊博斯普魯斯海峽，徐鏡濤坐上了這班車，但是他不是要去碼頭，而是去離那不遠的埃及香料市場。

旅遊車是停在加拉太大橋邊，早晨的光線非常好，隔著金角灣，可以清楚地望見對面高高的加拉太塔。當年那裏曾經是熱那亞人居住的殖民地區，加拉太塔就是他們堡壘上的最高塔樓，至今仍然保存著。伊斯坦堡的室內大市集是有歷史的，可以追溯到一四六〇年，由當時的蘇丹穆罕默德二世下令興建，於一四六一年完成。

由於當時穆罕默德二世剛剛攻佔君士坦丁堡，興建室內的大市集就成為伊斯坦堡城市建設最實用的一部分了。香料市場原來是耶尼清真寺的附屬建築。

耶尼清真寺，意思是「新」清真寺，也有四百年歷史。當年是穆罕默德三世蘇丹的母親下令建造的，但是這位太后在蘇丹兒子死後失勢，無力完工。一直到六十多年後，經歷過六位蘇丹，由穆罕默德四世的母親下令完工的。

這座清真寺就在金角灣，加拉太大橋的南側，具有地標性的顯眼。這座T型的封閉式建築始建於一六〇〇年，奧斯曼帝國時代，這裏是埃及商人聚集的地方，他們會兜售來自周邊地區的各式商品，以香料為主。當時，這裏是整個中東地區最大的香料集散地。世界各地的商人會用香料換取當時的各類流行商品，如中國的瓷器、印度的象牙、歐洲的玻璃，一個小市場便裝下了整個世界。至今，埃及市場所在的附近地區仍然是商業繁榮、人氣鼎盛的貿易地區。

「埃及香料市場」是伊斯坦堡最大，也是最古老的香料市場。埃及人是買賣香料的鼻祖，也是建立香料市場集散地的發起人，他們在伊斯坦堡建立了亞洲香料的集散地。

在歷史上，歐洲人曾覬覦在這裏累積的巨大財富，十字軍東征時，一定會到這裏來進行掠奪，數十次將全城洗劫一空。

香料市場以出售香料為主，此外還販賣各種水果、乾貨、乳酪、蜂蜜等生活食材。當初還有傳說，所以命名為埃及市場，是因為鄂圖曼土耳其帝國當時也統治埃及，利用由埃及開羅所課征到的香料貿易稅，建築了這座香料市場，所以命名為埃及市場。此地因為靠近碼頭，也是鄂圖曼帝國時期來自埃及的商賈聚集的地方，兜售著鄂圖曼土耳其帝國周邊各國的商品。其中最主要的商品就是香料，當時這裏也是整個中東地區最大的香料集散地。

徐鏡濤看見在清真寺前的小廣場上，聚集著成群的鴿子，還有一位老太太正在出售鴿子飼料。當他從埃及市場的古老大門進去時，馬上就有各式的香味撲鼻而來，告訴他這是名副其實的香料天地。五顏六色的香料被店主精緻地排列起來，除非把鼻子湊過去挨個聞，否則很難分清楚哪個味道的香料最好聞。除了在中國人廚房裏不可或缺的花椒、八角、茴香、孜然等等之外，還有數不清的各種他叫不出名字的香料，都在埃及市場裏看得到。怪不得有人會很貼切的形容：「只有你想不到的，沒有你買不到的」。

香料市場雖然外貌並不起眼，市場內琳琅滿目的貨色，混雜著神秘的中東氣息，高聳的拱頂下迴響著異國語調的叫賣聲，無論是聲響、氣味，還是景象，都會讓人感覺身處在東方與西方、古代與現代交錯相融的情境裏，忍不住會閉上眼睛，去嗅聞一下伊斯坦堡的古老氣息。

這裏雖然是以出售各類香料和食品出名，但實際上不限於此。在乾果攤上，土耳其的杏脯、無花果乾以及核桃、腰果、開心果之類的特產不少，土耳其的無花果都相當碩大，在其他地方很難見到這麼大的，做成無花果乾後都被壓成一個個的圓餅。在歷史上曾以出售開羅運來的商品而著名，所以也有可能得了個埃及市場的名號。與伊斯坦堡的室內大市集對應，也有人稱呼這裏為小市集。

徐鏡濤穿過了傳統的市集建築，來到了後面的街上，那裏是熱鬧的店鋪聚集之處，其中的一間是飲料店，店內有不少張桌椅，店外的人行道上還擺了六七張同樣的桌椅，看起來生意不錯，不少客人面前都擺了飲料，不知道他們喝的是土耳其紅茶、咖啡，還是這裏特有的蘋果茶。曾有人告訴他：在香料市場的飲品店，細飲極苦的土耳其咖啡和品嘗極甜的道地土耳其甜點，同時呼吸著帶有濃郁香料味的空氣和欣賞走過眼前的美女，是男人的絕對享受。就在此時，徐鏡濤看見了他的目標。

「非常抱歉，先生，我可以坐在您旁邊的空位嗎？」

「當然，當然。不用客氣，請坐。」

「太感謝了，希望不會打攪您。」

徐鏡濤坐了下來，把香料市場攤販給他的購物袋放在桌下時，發現了一個完全相同的購物袋也放在桌下。

赫伯．費特勒跟他說的還有照片上有關目標的每一點，他的體型、模樣、穿著打扮，帶著的購物袋等等，都完全對上了。他的心跳緩慢下來，向走過來的侍者點了一杯土耳其紅茶，慢慢地喝著，小圓桌對面的目標還是聚精會神的在看他的伊斯坦堡阿亞索菲亞博物館簡介，這是預先定的識別信號，他將上衣口袋裏當天的英文報拿出來，放在桌上，完成了他的回應信號。

他看見目標輕微的點點頭。不久，徐鏡濤的手機響了，來電顯示表明是洲際大酒店的櫃檯，他按下了通話按鈕：

「我是徐鏡濤，請問是哪一位？」

「這裏是洲際大酒店的迎賓櫃檯，按徐先生的指示，給您打電話，提醒您現在是早上十點鐘了。」

「多謝。」對方把電話掛斷了，但是他繼續拿著手機說：

「是的，我看到了，和你形容的完全一樣。知道了，我會的，我會把考古博物館的簡介留下來。」

徐鏡濤確定在旁邊的目標聽到了他說的每一句話，同時他也發現目標是在看著他，眼神中同時也帶著驚喜和憂慮。

在把手機合上之前，徐鏡濤順勢按下了攝影機，取得目標的上半身影像，但是他感覺目標知道他在照相，臉上在瞬間露出了微笑，但是一閃而過。他把杯子裏剩下的紅茶喝完，起身從褲子口袋裏拿出幾個歐元放在小桌上當茶錢和小費。再從上衣夾克裏頭的口袋裏拿出一本小冊子，上面寫著「考古博物館的簡介」。

徐鏡濤向目標微微的點了一下頭，然後彎下身去把小冊子放進他的購物袋，但是他起身時是把另一個相同的購物袋拿起來帶走。

這位留著大鬍子，頭戴圓頂帽，身穿黑色波斯長袍的伊朗人，從桌下把購物袋拿起來，裏頭有一包茴香和一個壓扁了的無花果圓餅，還有一本伊斯坦堡考古博物館簡介的小冊子。雖然他對袋子裏的東西都很陌生，但是他立刻拿起簡介小冊子翻閱，看到裏頭夾了一小片薄薄的面紙，上面有用鉛筆寫的字樣：

「明日此時，如果我出現在藍色清真寺對面的咖啡館，頭戴呢帽，結紅色領帶，就表示我們同意。請靜待消息。」

伊朗人在第二次讀完了小紙條後，就將它放到面前的茶杯裏，看著它在茶水裏被溶化。他揮手示意要付帳，同時將茶水倒在地上。

徐鏡濤回到他酒店的房間，第一件事就是將房門鎖上，然後把香料市場購物袋裏的東西倒在床上。除了兩包香料外，還有就是一個牛皮紙大信封，裏頭有四張信紙，上面寫著密密麻麻的小字，仔細的看，徐鏡濤可以認出來，那是用英文和法文寫的。這就是伊朗人送出來關於核子武器發展的極機密情報，目的是要證明他是關鍵性的重要人物，來說服美國接受他投誠的條件。

徐鏡濤將四張紙放在床上，用他的高性能數位相機拍攝，在確定了照片非常清晰後，他把相機裏的晶片取出放在口袋裏。他將浴室的淋浴打開到最大和最高的溫度，兩分鐘後，關起門來的浴室就被水蒸汽完全飽和了，四張機密文件就在浴室裏被點火燃燒，煙火警報器在飽和的蒸汽裏失去了作用，燃燒後的灰燼被投入馬桶沖掉。

在酒店對街的一個巷口有一間網吧，徐鏡濤不用登記，只要付錢就能租用它的電腦上網，為了不在酒店裏留下他做間諜的任何痕跡，他在網吧裏將數位相機晶片裏的機密檔，還有手機裏伊朗人的照片，都做成檔案，轉入網吧電腦裏待命，他看著手錶，等時間一到，就啟動了他在香港新建帳號名下的「文件轉移平台，ＦＴＰ」，上傳了準備好的文件檔。

徐鏡濤目不轉睛的看著眼前的電腦，上傳的檔只會在平台上停留十分鐘，然後平台就會關閉，檔案也會被清除。三分鐘過後，他看到有人進入了他的ＦＴＰ平台，輸入了正確的密碼後，取走了他上傳的檔，徐鏡濤確定了他的ＦＴＰ平台已經關閉後，他也就關上電腦，離開了網吧。

但是他沒想到的是，以後的幾個小時非常難熬，在徐鏡濤的腦海裏，不斷地出現了伊朗人的影子，他想像這位大鬍子的波斯人，是不是已經被伊朗的安全人員發現了他有叛逃的企圖，他已經被逮捕了，甚至被格殺了。他還想到了老朋友，中情局的赫伯・費特勒，是不是對伊朗人送來的情報不滿意，而放棄了。費特勒自己會不會是中情局裏，內部權力鬥爭下的犧牲者，已經靠邊站了。

他想到，還有其他的諜報組織對這位伊朗人有興趣，以色列的摩薩德特工，俄羅斯的特工，還有不少的伊斯蘭恐怖分子組織，都可能隨時會來取這伊朗人的性命。說不定連他自己也會被他們連帶的殺了。

徐鏡濤越想越恐怖，弄得他心神不定，茶飯不思。從網吧回到酒店後，他就足不出戶，只去了健身房消磨了兩小時，午餐和晚餐都是叫到房間裏吃的。他是在八個小時後，接到了費特勒的手機簡訊：

「超級完美，全力以赴，加油！」

蘇丹艾哈邁德清真寺是建於蘇丹艾哈邁德一世統治時的一六〇九年至一六一六年。如同其他清真寺一樣，清真寺裏有一個創建者的陵墓、一所梅德雷斯伊斯蘭學校及一所收容所。它是土耳其的國家清真寺，也是土耳其最大城市及奧斯曼帝國首都伊斯坦堡的清真寺古跡。

寺內的一間內室是用藍色磚塊所建，所以被稱為「藍色清真寺」。藍色清真寺是建在君士坦丁堡大皇宮上，與聖索菲亞大教堂，也是當時伊斯坦堡最受崇敬的清真寺，以及具象徵性的君士坦丁堡競技場，被稱為是土耳其最有名的三大名勝古跡。它成為伊斯坦堡最受遊客歡迎的觀光勝地。

徐鏡濤是在早上九點三十分，比約定時間提前半小時就來到藍色清真寺對街的咖啡館，他的頭上戴著一頂呢帽，還打著一條紅色的領帶，他選了在人行道上的座位，叫了一杯土耳其紅茶，把酒店送到他房間的報紙打開，費特勒的指示是，他頭戴呢帽，打紅領帶，從早上十點到十一點坐在這裏就是傳達了特定的資訊給目標。這也是他短暫的「間諜任務」最後的行動。

他拿起了熱騰騰的紅茶喝了一口，放下茶杯時，不經意的抬頭，看見了大鬍子的伊朗人在對街藍色清真寺邊上看著他，當四目相對時，徐鏡濤發現伊朗人臉上的表情從前一天的驚喜和憂慮變成滿足和愉悅，隔著馬路，帶著微笑的面孔似乎是輕輕的向他點一點頭。徐鏡濤心裏終於放下了一塊石頭，他端起了茶杯又喝了一口熱茶，開始看報。但是再抬頭時，他驚訝的看見伊朗人過了馬路，向他走來，在他的桌前，兩人在瞬間近距離的兩眼相對，他似乎聽見伊朗人從喉嚨深處發出聲音，然後很快的繼續前進。

徐鏡濤突然感到很高興，因為看樣子，短暫的間諜任務是圓滿的結束了。抱著輕鬆愉快的心情，徐鏡濤投入了麥金利律師事務所的業務，他們有好幾個土耳其的公司客戶，其中有四家的總部是設在伊斯坦堡，主要的業務是從事和中國的進出口生意，他用了兩天的時間，分別登門拜訪他們，向他們作了簡報，說明了他們所需要的原料來源情況和在可預見未來的變化。當然他們最想知道的是他們出口商品在中國的市場情況，還有潛在的開發能力。客戶們對於麥金利律師事務所的負責人親自來登門拜訪感到驚訝和感激。

總的說來，徐鏡濤覺得在伊斯坦堡多待了兩天是很值得的，不僅加強了客戶們對麥金利的信心，並且還介紹給他幾個可能的客戶。

但是在最後，噩夢還是到來了。

徐鏡濤一早就收拾好行李，吃了早飯，把酒店的賬結清，坐上酒店門口的計程車，來到伊斯坦堡國際機場，在航空公司的櫃檯辦好了登機手續，通過了移民局的護照檢查。

一路都很順利，但是到了最後的海關行李檢查站時，他被請到檢查室，說是要他打開行李箱，進行詳細的檢查。以前他也曾經在機場被海關抽樣詳細檢查，所以他並沒有感到任何的特異情況。但他被帶進檢查室裏時，已經有兩位旅客的行李箱在檢查台上打開了，海關人員正在查看裏頭的物品。

徐鏡濤看見他的托運行李已經放在檢查台上了，他過去打開了行李箱蓋子，因為沒有塞得滿滿的，裏面的東西一目了然。

一位身材高大的海關關員來到檢查台前面，徐鏡濤覺得這人有點怪怪的，首先是他身上的制服似乎不是他的，而是借來的，因為是小了一號，所有的扣子都是綳得緊緊的，但是帽子卻是大了一號，或是頭太小了，無法固定，在頭上不停地搖晃著。其次，顯然他留著的小鬍子是假的。但是最讓他吃驚的是：他見過這個人，可是一時想不起是在何時何地。假鬍子的大高個對徐鏡濤行李箱裏的東西似乎沒有興趣，他說：

「徐先生，請把背包打開。」

他驚愕了一下，因為不同於所有其他的海關人員，眼前的這位沒有問他要護照，但是卻知道他姓什麼。還有就是他說的英語沒有帶著土耳其的音調，聽起來卻很像在美國的墨西哥人說英語。

他對背包裏的資料夾似乎很感興趣，把每一張紙都翻了一下，還拿起一本客戶的公司手冊，用力的抖動幾下，當沒有任何夾帶紙條被抖出來時，他就從頭一頁頁的翻看。徐鏡濤突然想起來，他在酒店的大廳裏見過這個人，並且見過兩次，是他臉上的假鬍子混淆了思維，因為當時他有個印象，覺得此人的頭特別小，五官都擠在一起，是個典型的「小頭銳面」長相，還想到他會不會怨恨他的父母。但是現在他明白了，這個說話帶有墨西哥腔調的土耳其海關人員是衝著他來的，徐鏡濤的警覺性提高了，特別是看到那人把筆記型電腦拿出來放在檢查台上，沒有任何問話就擅自開機，他聽見：

「我需要你告訴我你電腦的密碼。」

「那是我的隱私，也是我的私人財產，不需要告訴你。」

「我們海關有權力檢查你所有要帶出關的物品，否則我們可以扣留。」

「我希望提醒你，在你後面的牆壁上貼了公告，清楚的說明海關的職責和通關旅客的合法權益。你們需要查處違禁物品及逃漏稅的商品，而旅客有合法的隱私權。你可以告訴我，你是要在我的電腦裏檢查毒品還是軍火呢？」

「我是要查你的電腦裏有沒有違法的文件？」

「從什麼時候開始海關有了檢查文件的責任？我是不會告訴你我的電腦密碼，所以請你扣留我的電腦，但是我需要你們給我一個收據，說明扣留的理由。」

大個子冷笑了一聲：「不管你怎樣狡辯，只要你不說出密碼，我們是一定要扣留你的電腦。」

「我沒有問題，你們開個收據，就扣我的電腦吧！」

大個子關員愣在那裏，顯然他不知如何是好，他揮揮手請旁邊的另一位小個子海關人員過來，兩人低頭商量了一下，奇怪的是他們是用英語，而不是說土耳其話，徐鏡濤明白了這是怎麼回事，很好奇的期待後續的發展。另一位海關人員帶著笑臉說：

「先生，我看這樣好嗎？您不必告訴我們電腦密碼，您自己打開它，讓我們看看都有些什麼文件，只要沒有非法文件就沒問題的。」

徐鏡濤指著打開的公文夾說：

「我是不可能主動的讓你們看電腦裏的文件。你們看見我資料夾裏的安塔利亞公司手冊了，你們也翻看了每一頁。我是土耳其安塔利亞公司的律師，電腦裏的文件都是這公司的重要文件，含有機密的商業資訊，它的價值連城，任何走漏都可能影響土耳其的全國經濟，沒有公司總裁的同意，我是不可能打開這些文件的。」

小個子關員的臉色開始發白，腦門也開始冒汗，安塔利亞公司是土耳其最大的進出口貿易公司，有幾十萬員工遍佈全國各地，公司和土耳其政要，尤其是伊斯坦布爾省省長和分管海關的內政部部長，有著絲絲縷縷的關係。他朝後面的辦公室叫了一聲，馬上就回到他原來的檢查台，低頭翻看眼前開著蓋子的箱子。從辦公室裏走出一位年紀較大，也穿著制服但是高級別的海關人員，他看了徐鏡濤一眼，大聲的問說：

「這是怎麼回事？」

但是他看見了資料夾裏的安塔利亞公司冊子，馬上語氣就溫和下來：

「您就是徐鏡濤律師嗎？」

「我就是。我是在請你們扣留我的電腦時，同時開一個收據給我，我好給我的客戶，安塔利亞公司，一個交代。」

大個子的英語突然失去了他的墨西哥腔調，插嘴說：

「他拒絕打開他的電腦，一定是有非法文件，需要扣留。」

高級關員沒有理他，繼續對徐鏡濤說：

「這是誤會，我們接到您要通關的通知，您是VIP，不必經過詳細檢查。我們馬上把您的托運行李送走，就請您拿好您的背包，準備登機吧！」

大個子急了，他說：「不行……」

高級關員突然轉過身來，指著大個子的鼻子大聲的吼說：

「你給我閉嘴！你就是一堆狗屎。你給我滾！現在就給我滾。」

他轉過來面對著徐鏡濤，攤開了兩手：

「徐先生，我們做得不周到，請您……」

徐鏡濤舉起手來叫他別說了：「我們都會偶爾碰到不如意的事，不必放在心上。我客戶的文件完好無損，我就不用通知他了。如果您不再追究剛才的事，會省我很多的麻煩。」

他會心的笑了，把伸出來的大拇指打開，向徐鏡濤行了一個舉手禮。

在登機前，徐鏡濤又看見了大個子，他是在機場地面和另一個人談話，假鬍子取下了，小一號的制服也換了。他拿出相機把兩人收入鏡頭。在登機前，他用密碼手機，把影像送到他的FTP上傳平台。回到香港後的三天，事務所裏的李加洋和王凱中也回來了，他們把在伊斯坦堡的反監視結果寫成報告，送給徐鏡濤。

沙伊德是在巴基斯坦西北邊境省的白沙瓦長大，他的祖先是塔吉克人，從小喜愛讀書，尤其是對語文及歷史文化特別愛好，「巴基斯坦」這個源自波斯語的字意是「聖潔的土地」，他對這來源做了深入的研究。

白沙瓦在多個世紀以來都一直是南亞大陸與中亞之間的貿易重鎮，附近的開伯爾山口是進出阿富汗的重要通道，沙伊德從歷史書上讀到，在古代有兩位中國的旅行家，法顯和玄奘，來到過巴基斯坦北方和阿富汗地區，他們都是著名的佛教高僧。他曾好奇的問過，在伊斯蘭征服帕米爾高原前，居民是信奉佛教的嗎？

沙伊德曾隨著從事貿易的父親去過阿富汗多次，對它的歷史和文化都很好奇，尤其是它與大部分比鄰的國家有著宗教上、語言上、地理上相當程度的關聯，特別是阿富汗的名字在普什圖語的意思就是「普什圖人的地方」，而普什圖人也是阿富汗國內最多人口的族群，雖然沙伊德自己是塔吉克族的後裔，很多白沙瓦的居民都和阿富汗的普什圖人有血緣關係。

阿富汗有兩個廣為流通的官方語言；普什圖語和達利語，兩種語言都是屬於「印歐語系」的伊朗波斯語旁支，達利語又被稱為是「阿富汗的波斯語」。沙伊德就讀於白沙瓦大學的語言學系時，除了官方語言的英語和規定為國語的烏爾都語，以及自己的普什圖語之外，他也已經精通當地的主要民族語言：達利語、旁遮普語、信德語以及俾路支語。他在畢業前，家人決定送他到英國留學，他考進了著名的牛津大學，攻讀「中東語言」，以優異的成績畢業。

從一九七〇年代晚期開始，阿富汗歷經連續且暴虐的內戰，期間包含許多國際勢力在各種形式上的調停及干涉，如蘇聯一九七九年入侵阿富汗戰爭以及美國阿富汗戰爭，最終在二〇〇一年推翻了自一九九六年開始支配這個國家的塔利班政權。

在該年的十二月，阿富汗在聯合國安全理事會授權認可下，成立了駐阿富汗國際維和部隊。這支由北大西洋公約組織的兵力所組成的部隊，已經介入援助哈米德・卡爾扎伊總統政府在阿富汗國內成立政權。但是轉入地下的塔利班組織繼續在阿富汗策劃全球性的恐怖活動。

另外，阿富汗多年來的傳統問題還在繼續著。阿富汗是金新月地帶主要的鴉片生產者，從一九九二年開始，它超越拉丁美洲地區和金三角成為世界鴉片生產第一大國。

在二十一世紀初，世界市場百分之九十二的非藥用鴉片來源於阿富汗。它是世界上最大罌粟種植國之一，全國大部分省區都有罌粟種植，面積十分廣泛。阿富汗約有二十多萬戶家庭依靠種植鴉片獲得收入。同時，阿富汗也是世界第一大的大麻毒品生產國。歐洲，包括英國，成為了阿富汗毒品的重要市場之一。

軍情六處，也就是英國秘密情報局，招聘沙伊德為情報分析員，兩年後，他主動申請轉入了秘密行動科，經過了短期的「外勤」特種訓練，被派往阿富汗北部，滲透進入了在喀布爾的塔利班地下組織，開始是擔任翻譯工作，後來又兼任譯電員。他為軍情六處立下了汗馬功勞，成為他們最有力的在地情報員。沙伊德的任務在軍情六處是有「最高保密」的級別，除了局長和副局長之外，只有秘密行動科的「上家」，也就是他的直接指揮員知道。沙伊德的上家就是蘇珊．麥金利。

塔利班指示沙伊德到坎達哈機場待命，準備迎接一位重要的西方政府人員，在此之前，麥金利也送來秘密資訊，說有一位「叛徒」可能會出現在阿富汗，要他確認，取得證據。

在喀布爾機場有人交給他一張來回坎達哈的機票，同時他也看到了勞勃特和山姆，他們是軍情六處的行動員，任務是擔任他的掩護，不讓他「露餡」，在緊急情況下，擔任保鏢，掩護他撤離脫險。勞勃特將隨他到坎達哈來回，山姆則會在喀布爾等待。

坎達哈是阿富汗的第二大城市，位於阿富汗的南部，地理位置重要，北通首都喀布爾，往西可達第三大城市赫拉特，而東距巴基斯坦邊境只有一百公里，位於喀布爾、赫拉特以及巴基斯坦的奎達三地的公路交叉點，交通地位十分重要。同時也處於勒齊斯坦沙漠東北端海拔一千公尺的綠洲上，具有重要戰略意義。

坎達哈是在西元前三百多年時，希臘的亞歷山大大帝在此建立了都城，原來是稱為「安其提亞的亞歷山大城」，作為波斯與印度之間的屏障。到了十八世紀中葉，當地的普什圖人，艾哈邁德．汗被選為坎達哈各部落的最高首領，他改名為「艾哈邁德．沙赫」，宣佈建立「杜蘭尼王朝」，定都坎達哈。後來，他兒子帖木爾將首都遷往喀布爾，但是坎達哈一直是阿富汗南部的商業中心和軍事重鎮。

這裏的居民大部分是普什圖人和塔吉克人，普什圖語是這裏的通用語言。阿富汗總統卡爾扎伊，也是出身坎達哈的普什圖部族首領家庭。一九九五年，塔利班恐怖組織從坎達哈突然崛起，幾乎統一了阿富汗全國。

沙伊德在坎達哈機場的候機室沒看見勞勃特，正在感歎他的隱蔽技術高明時，塔利班的二號頭目出現，雖然經過了精心的化裝，沙伊德還是認出了他來。他們沒有打招呼，只是在擦身而過時，小聲的說：

「客人自己帶了翻譯，你注意我，見機行事。」

從德黑蘭來到坎達哈的伊朗航空班機準點到達，第一位走出空橋的客人即刻被沙伊德認出來，他就是英國上議院的國會議員，李查．泰勒，後面跟著一個伊朗人，顯然是翻譯，阿富汗的官方語言達利語，基本上是波斯語。他們一行數人走到另一個登機門，轉乘阿富汗航空飛往喀布爾的班機。塔利班二把手和他的客人們是坐在班機前面的頭等艙，沙伊德坐在經濟艙靠後面的座位，旁邊沒人，班機起飛後他聽見後面有人咳嗽，回頭一看，原來是勞勃特神不知鬼不覺的出現了：

「老沙，他媽的，咒詛上帝，叛徒原來是我們的國會議員，這都成了什麼世界了。」

「發訊息給家裏了嗎？」

「登機前發出了確認目標資訊，還附帶一張目標和塔利班二把手的合影。同時也發給山姆了。」

「你看這位議員來到阿富汗找塔利班的目的是什麼？」

「麥金利發來的資訊是要我們辨認一個『叛徒』，所以他來這裏的目的是幹他的賣國活動。麥金利要你取得證據。老沙，沒想到叛徒竟是她的老公，夫妻整天在一起過日子，麥金利會不會受到她老公賣國行為的影響，現在我們的情況變得太複雜了。」

「勞勃特，你別三心二意，才沒多久前，你這條小命不就是麥金利出生入死的救出來的嗎？這像是叛徒的同夥會做的嗎？」

「說得也是。蘇珊這位大美女，晚上還要被一個叛徒睡，這個李查要是落在我手裏，我非剝他的皮不可。老沙，我們的任務會曝光嗎？」

「我們的任務有最高級別的保密，只有蘇珊和局長二人知道，應該沒問題，如果有情況，蘇珊會立刻通知。飛機上沒有網路，等一落地，你馬上開機。」

一個小時後航機到達喀布爾，在跑道上滑行時網路信號出現，勞勃特手機顯示蘇珊發來的簡訊，非常簡單但是驚心動魄：「即刻啟動緊急撤離」。沙伊德和勞勃特是最後下機的旅客，他們沒有隨著其他旅客走往領取行李和通關的方向，而是快步衝向入境大樓的右方，當一名持著俄製卡拉什尼克夫衝鋒槍的士兵前來制止時，勞勃特手起拳落把他擊昏，卸下他身上的槍，領著沙伊德翻牆離開了機場。

但是機場外的情勢已經完全變了，大批的塔利班武裝分子出現，顯然是在追殺沙伊德。他們攔下一輛計程車，拉下了司機，沙伊德快速的駕車駛離機場。但是很快的被發現，三輛汽車追了上來，但是在一條岔路口，山姆駕駛的汽車橫衝出來，撞毀了第一輛塔利班殺手的汽車，他隨即下車以手槍射擊第二輛車，擊斃駕車者，汽車失控衝上路邊翻車。雖然勞勃特不斷從後座開窗射擊，但是第三輛塔利班汽車還是緊追不捨，在進入喀布爾市區前，勞勃特說：

「老沙，你在前面路口把我放下來，我需要定點射擊才能擊毀追來的車子。然後我要回去找山姆，他中彈負傷，我不能遺棄他。老沙，讓你一個人逃命，我對不起你。你好自為之，記住了，你要活著回到倫敦，就是我們的勝利，你不能讓那個李查混蛋得逞。請你告訴蘇珊，我欠她的一條人命，大概下輩子才能還了。」

一起出生入死的戰友，在生離死別時的肺腑之言，使沙伊德熱淚盈眶，說不出話來。在下一個街角，他停車，但是往後望時，勞勃特已經開車門翻身而出，端起衝鋒槍在一輛停著的車後開始射擊。沙伊德在後望鏡裏看不見追來的車輛，但是衝鋒槍的連續射擊聲還沒有間斷。

香港麥金利律師事務所在伊朗首都德黑蘭有兩個大客戶，其中的一個是伊朗最大的

「伊朗進出口公司」，另一個是「波斯礦業公司」。它們都是「伊朗戈爾博集團」屬下的公司。

戈爾博集團企業是伊朗最有影響力的商業集團，但是它的所有權是屬於伊朗伊斯蘭革命衛隊。它在二〇〇五年被美國政府定性為「國際恐怖組織」。在同年，伊朗發生一起自殺式爆炸襲擊事件，造成包括五名伊斯蘭革命衛隊高級指揮官在內的至少四十九人死亡。伊朗認定幕後主謀是美國政府。

這一武裝力量的具體使命雖然被界定為保護伊朗領土完整和政治獨立，保衛伊朗革命和維護伊斯蘭教義，但是二〇〇五年的事件讓它加強和擴大了維持其國內秩序，以及監控國內的敵對勢力任務。同時伊朗革命衛隊建立了龐大的情報網絡，以服務於自身安全和使命的需要。

由於這兩個客戶的不尋常背景，以及伊朗的政治情勢，麥金利律師事務所在處理他們的業務時，小心謹慎，不敢掉以輕心，深恐引來意想不到的災難。為此，他們對伊朗進行了深度的瞭解，並且建立了背景檔案，作為如何針對伊朗客戶業務的重要參考資料：

伊朗軍隊的前身是第一次世界大戰期間俄國沙皇政府組建的一支由伊朗人組成的哥薩克騎兵師，後來才逐步發展成為服從國王巴列維的一支武裝力量。而伊朗伊斯蘭革命衛隊則是在伊斯蘭革命中誕生的。它是伊朗伊斯蘭共和國武裝力量中一個特殊兵種，獨立於軍隊之外，與伊朗軍隊同屬正規軍事力量。

但革命衛隊與軍隊產生的背景不同，「血緣」也不一樣。伊斯蘭革命勝利後，何梅尼等伊朗領導人為了鞏固「勝利果實」，意欲成立一支獨立於軍隊之外屬於自己的武裝力量。因為何梅尼清楚地看到，一九五三年在美國中情局支持下推翻通過選舉上台的摩薩台政府的是這支軍隊，而十年後向遊行隊伍開槍鎮壓的仍是這支軍隊。如果依靠這支由國王建立起來的「舊軍隊」，同樣的悲劇也許會發生在自己身上。

於是一九七九年五月五日，伊斯蘭革命委員會決定，在反對巴列維政權的各種准軍事武裝基礎上成立一支治安隊伍「伊斯蘭革命衛隊」，它直接聽於最高精神領袖。同時，對軍隊進行大清洗並在軍隊中成立政治和意識形態部，派遣「毛拉」（伊朗的神職人員）進駐軍隊，以伊斯蘭思想改造舊軍隊，成為軍隊人員「精神」上的指揮官。

兩伊戰爭結束後，伊朗政府大力加強軍隊正規化、一體化建設。一九九二年成立單一的聯合指揮部，加速了正規軍和革命衛隊的一體化管理。但由於革命衛隊與軍隊具有同樣的軍種編制，即陸、海、空三軍及相應的兵種，兩支軍隊的「級別」是平行的，總司令均由最高領袖任命。而且革命衛隊是「新的」，軍隊是「舊的」；革命衛隊是伊斯蘭革命領袖建立的，軍隊是國王建立的。

由於「血緣」的不同，從伊斯蘭共和國成立之初，兩支「軍隊」就與國家政權有遠近親疏之分，也就是說革命衛隊屬於通常意義上的「嫡系」，而軍隊則為「旁系」。

因此，無論是從人員配備還是經費預算，革命衛隊總是得到更多的「關照」，這無疑造成兩者的關係一直不融洽，聯合指揮部也就成了鬆散的聯合體，對革命衛隊並沒有多少約束力。加之在長達八年的兩伊戰爭中，革命衛隊以敢打敢拚著稱，為它在戰後地位攀升奠定了堅實基礎。預計在今後一段時期內革命衛隊不僅作為一支獨立的正規軍而存在，而且其兵員會繼續增加，實力和地位會得到進一步提升，但與軍隊的矛盾是日趨尖銳。

「伊朗伊斯蘭革命衛隊」，成立於一九七九。

當時，流亡國外的宗教領袖何梅尼已經返回伊朗，國王的軍隊也宣佈倒戈，伊朗政權完全轉歸革命者之手。但是，新政權不僅面臨保皇派的反撲，而且面臨同樣反對國王的其他派別的挑戰。革命衛隊當時只是一支維持治安的部隊，其首要任務就是要捍衛革命的勝利果實。

狂熱支持何梅尼的城市無產者和邊遠鄉鎮的青年紛紛加入革命衛隊，他們穿著五顏六色的衣服，端著從軍械庫搶來的衝鋒槍，把巴列維王朝的軍政要員投進監獄，同時日夜守衛革命政權的重要機構，成為新政權的堅強支柱。

一九七九年三月八日國際婦女節那天，德黑蘭一萬五千名婦女集會示威，反對新政權要求婦女在公共場合佩戴頭巾，但被革命衛隊成員對空鳴槍驅散。

一九八〇年四月，為了使全國的高等教育實現伊斯蘭化，新政權對所有大學開展「清校」運動。革命衛隊一馬當先，迅速包圍、佔領和關閉了大學，接著查封了六十所研究機構。

如果沒有一九八〇年～一九八八年的兩伊戰爭，革命衛隊也許充其量只是一支三、四萬人的治安部隊。突如其來的兩伊戰爭把伊朗的正規軍和革命衛隊同時送上戰場。革命衛隊的人員和裝備不斷擴張，迅速發展成為伊朗的主要作戰力量之一。

當時，何梅尼對前王朝的舊軍隊始終不放心，不僅對其進行人員清洗，還向其派去大量領袖代表進行改造和控制。而與此同時，革命衛隊在兩伊戰爭中衝鋒陷陣、視死如歸，在國內鬥爭中惟命是從、雷厲風行，深得何梅尼的信任和讚賞。

為了擴大和加強革命衛隊，何梅尼下令建立革命衛隊的陸軍、海軍和空軍。從此，伊朗成了世界上為數極少同時擁有兩支陸海空編制軍隊的國家。

伊朗革命衛隊發展到今天，兵力約十三萬人，擁有自己的陸、海、空軍和特種部隊等，與伊朗正規軍相比，以捍衛革命政權、維護國內穩定為宗旨的革命衛隊在伊朗政權中擁有極其重要的政治影響，享受著很多正規軍所沒有的特權。這也是造成革命衛隊和正規軍之間的矛盾日益加深的原因。有人將此現象和二次大戰期間的德國相比，當時的德國正規軍和希特勒的納粹黨黨軍之間也是矛盾重重，甚至還發生了正規軍軍官企圖刺殺希特勒而發起政變。

在政治上，伊朗現任最高領袖哈米尼曾在革命衛隊成立之初擔任過衛隊司令，總統內賈德曾作為衛隊軍官參加過兩伊戰爭。

現政府內閣中，有五名成員曾是衛隊成員。此外，伊朗議會相當數量的保守派議員在革命衛隊工作過。革命衛隊在國內政壇的影響力由此可見一斑。

一九九七年伊朗改革派前總統卡泰咪上台，執政期間，迅速升溫的改革潮流幫助鞏固了革命衛隊在政壇的地位。隨著伊朗革命衛隊對國家政事的長期介入日益明顯，伊朗議會中有八十名成員來自伊朗革命衛隊。不管在民間還是在政府機構，革命衛隊所佔據的位置越來越重要，例如政府官員、市長、省長、大學教授和商人都可以出現伊朗革命衛隊成員的身影，現政府裏五名內閣成員曾是伊朗革命衛隊成員。

伊朗最高國家安全委員會秘書拉里賈尼曾是伊朗革命衛隊高級將領，德黑蘭現任市長加里巴夫也曾是伊朗革命衛隊空軍司令。此外，伊朗議會相當數量的保守派議員也曾在伊朗革命衛隊工作過。伊朗革命衛隊在國內政壇的影響力可見一斑。在軍事方面，革命衛隊可說是掌握了伊朗「最高端」和「最低端」的軍事力量。

自伊朗伊斯蘭革命後，伊朗革命衛隊在行使職責方面發生了根本性的改變。伊朗革命衛隊主要負責維持其國內秩序，監控國內的敵對勢力，並在國內以及國外充當情報組織角色。

除此之外，伊朗革命衛隊在政府決策方面也發揮了重要的影響力。雖然世人對伊朗革命衛隊的情報工作知道甚少，但是不斷有媒體推測伊朗革命衛隊擁有龐大的情報網絡，暗中監視當地的敵對分子或參與對這些人的逮捕和審問行動中。

觀察員也認為伊朗革命衛隊與海灣地區的地下組織有著密切的聯繫。由於在本國政務上充當了重要的角色，伊朗革命衛隊成員被指派從事伊朗外交工作是很有可能的，他們往往在執行常規情報活動的過程中，也可能監視持不同政見者。

觀察員認為伊朗革命衛隊在科威特、阿拉伯聯合大公國和巴林的影響尤為重要。革命衛隊的海外行動接受海外情報委員會和海外行動委員會的共同指揮，由小分隊和非政府組織的成員共同落實。目前，這支部隊在伊朗和蘇丹進行訓練，在海灣地區具有重要影響。

伊朗革命衛隊裏還有三個鮮為人知的半公開組織，一個是龐大的民兵組織「巴斯基」，這支隊伍僅裝備輕武器，平時約四十萬人，平時負責社會治安，提供社會服務及宗教慶典。同時也監管人民遵守伊斯蘭教規。它在戰時可動員至一百萬至一千萬人。「巴斯基」成員遍佈伊朗各地，深入到各行各業，被認為是發動遊擊戰和巷戰的主力部隊之一。

它的最高指揮官是伊朗革命衛隊的二把手阿馬內貝德。第二個組織是它的特別部隊「聖城軍」，人數約有兩千至五千人，它是專門負責海外行動的特工人員。「聖城軍」曾支持伊拉克和阿富汗的反美武裝，支援「基地」組織，真主黨，哈馬斯及伊斯蘭聖戰組織。「聖城軍」的總指揮是庫克霍強尼。有人將「聖城軍」說是前伊朗國王巴勒維皇宮衛隊成員的後人。第三個組織是昂撒馬迪，也就是什葉派伊斯蘭宗教領袖的警衛隊，他們主要的任務是負責保護伊斯蘭革命政府及國會領袖們的安全，同時也執行指定的特別任務，例如反情報工作和境外的秘密行動。目前的司令官是亞瑟·查德。

香港麥金利律師事務所在伊朗首都德黑蘭的兩個客戶是「伊朗進出口公司」和「波斯礦業公司」。徐鏡濤每年都會來到德黑蘭兩次，向這兩個公司的老總彙報他們在中國的業務。而他們的最大老闆就是阿馬內貝德，也就是叛徒阿戴爾的丈人。

沙伊德繼續往前，將要一個人在到處是塔利班分子的喀布爾逃生。雖然在二〇〇一年塔利班政權垮台，它的武裝力量退入了巴基斯坦的北方山區，但是在阿富汗，尤其是在喀布爾的組織，轉入了地下。同情塔利班的阿富汗人到處都存在，甚至政府單位和軍隊裏也不例外。為了生存，軍情六處的臥底小組在喀布爾是完全孤立，不能相信任何人。在逃生中的沙伊德更是如此。沙伊德非常清楚，除了他自己，他不能相信任何人，如果他走進警察局要求保護，把他帶走的人很可能就是塔利班的殺手。他要到哪裏去呢？

喀布爾是阿富汗的首都，它位於該國東部的喀布爾河谷，以及興都庫什山南麓，是阿富汗的最大城市。它是一座有三千五百多年歷史的名城，著名的東西方通商要道「絲綢之路」上的重要城鎮，是連接中亞和南亞的貿易必經之路，也是東西方文化交流的一個中心。

「喀布爾」在信德語中是「貿易中樞」的意思。西元一七七三年杜蘭尼王朝統一阿富汗後，喀布爾就成為阿富汗首都。阿富汗歷史悠久，喀布爾亦然。

印度古經典《吠陀經》提到一個叫庫拔的地方，梵文研究者認為就是今天的喀布爾。《波斯古經》也證實，庫拔就是今天喀布爾所在的地方。中國《漢書》記載的叫高附的地方就是喀布爾。古代馬其頓亞歷山大皇帝和西元十八世紀波斯阿夫沙爾王朝帝王納迪爾沙赫均把這裏作為穿越興都庫什山脈南下征服印度的軍事要道。

在城南山麓的一座伊斯蘭圓頂式建築物「扎赫祠」，是伊斯蘭教什葉派創始人阿里的衣冠塚。離扎赫祠四十公尺左右的地方聳立著一塊巨石，中心部位有一道寬一公尺，長兩公尺的大裂縫，似刀削斧劈一般，傳說是阿里用利劍劈開的，被視為聖跡，每年元旦前後，阿富汗居民紛紛前來，聚集在扎赫祠前、巨石周圍舉行隆重的宗教儀式。平時在那裏也有不少人聚集，是外國觀光客喜愛的景點。

沙伊德進入了查曼區沿著喬迪梅旺德大街往西開，前面有一個東方市場，市場中心的梅旺德紀念塔，是為阿富汗的一位愛國女英雄而建的。

一八八〇年在英國和阿富汗之間的梅旺德之戰中，阿富汗姑娘瑪拉萊挺身而出，號召全村男子保家衛國，與阿軍聯合擊退敵人，終於取得輝煌勝利。瑪拉萊的英雄事蹟傳頌一時，成為阿富汗歷史上第一位傑出的女性。

梅旺德紀念塔附近人潮擁擠，有利於他的隱蔽，他選擇了一個偏僻小巷，棄車步行到兩條街外的一家餐館。他一邊用餐，一邊將注意力集中在電視機的新聞報告。有關喀布爾機場的新聞只是提到了發生槍擊事件，並沒有提到有計程車被劫持的事。但是他相信，不出三個小時，喀布爾的員警和治安單位都會接到上級的指示，要求他們通緝、逮捕，甚至格殺一名叫沙伊德的人，他的照片也會發佈出來。因此他必須在三小時之內從喀布爾消失。

離開餐館前，他去了洗手間，在那裏脫下了長褲，裏外調換，一條土黃色的舊長褲變成了嶄新的、布料昂貴的深藍色長褲，灰呼呼的長袍也裏外調換，即刻成了藍色相配的高級服飾，頭上的氈帽換成了伊斯蘭貴族常用的，帶有披巾和頭飾的帽子，最後他從口袋裏拿出兩枚很大的金戒子，在左右兩手的無名指各戴一個。他從後門離開，一輛計程車司機看見一位打扮富裕的男子，馬上就把車開過去，客人上車後，叫他開到喀布爾的長途汽車總站。

沙伊德在汽車總站隔壁的行李寄存處，取出了他存放的行李包，從包裏拿出一個信封放進他長袍的口袋。然後又攔下一輛計程車，來到了喀布爾最大的一間汽車行，他告訴車行經理，他是從德黑蘭來的伊朗商人，需要買一輛汽車開往巴基斯坦的白沙瓦。因為需要爬越巴阿邊界的開伯爾山口，不但路況惡劣，地勢又高，需要一部越野性能非常良好的汽車，不計較價格。

經理馬上就知道一位出手大方的顧客臨門了，他回答說，正好有一輛這樣的車，越野性能極佳，雖然是舊車，但是只使用過半年，所以車況如新的一樣，同時是一部四輪驅動的日本豐田牌小卡車，它是在阿富汗最受歡迎的汽車，只是價格不便宜。

沙伊德沒有回應只是要求試車，一小時後買賣成交，穿著時尚富裕的伊朗人從口袋裏拿出一個信封，數了一疊歐元給經理，購車人還詢問了往開伯爾山口的最好行車路線。

車行經理的眼睛看著這部小卡車朝喀布爾的東南方向揚長而去，心裏沾沾自喜地想著這筆買賣獲得的利潤。

兩小時後，沙伊德離開了寬敞的公路，進入鄉間小道，在開到一個熱鬧的村落前，他將汽車開進路邊的樹林裏，隱蔽起來。他打開前面的引擎蓋，用行李箱裏換裝輪胎的扳手將水箱擊穿一個洞，一股熱水即刻流了出來。放回扳手，背上行李袋，關上所有的汽車門窗，他快步地走向村落裏的大巴車站。在那裏買了一張開往開伯爾山口的車票，在等車時，他在附近的商店走動，不時和店裏的人交談，給人留下了他是從伊朗來，但是正要去巴基斯坦白沙瓦的印象。

上了大巴之後，沙伊德坐在最後一排，附近沒有其他的乘客，他靜悄悄的又換上了一套衣服。除了極少數印度教徒、錫克教徒和猶太人之外，阿富汗的主要民族如普什圖人、塔吉克人、烏茲別克人和俾路支人等大都屬於遜尼派，什葉派的主體則是哈扎拉人。因此，無論在農村，還是在城市，伊斯蘭教都有廣泛的影響。

但是在阿富汗，因為不同種族，帶著他們不同的文化和信仰，混居一處，因此許多與伊斯蘭教無關的生活習慣也產生了相當的影響，這些民間信仰與習俗有的可能與曾經在這一地區流行的某些宗教，如祆教、佛教、薩蠻教等有關；有的則帶有濃重的民間迷信色彩。最終的結果是阿富汗的社會，尤其是在鄉間和農村，居民對不同的文化和生活習慣都有很大的包容度。

沙伊德是塔吉克人的後裔，又能說流利的塔吉克語，他換上了一身塔吉克遊牧民族的服飾。他沒有在目的地開伯爾山口下車，而是在上車不久後所到的停車站下車，他用帶有濃重塔吉克口音的達利語感謝了司機，還說了阿拉保佑全車乘客的祝福，才拿著一個行李包下車。

在喀布爾南方不遠的鄉村小路上出現了一位塔吉克的牧民，他搭乘向北方開的當地大巴，而不是往南向開伯爾山口走的大巴，同時他所選擇的大巴路線都是遠遠的避開了喀布爾，繞道但是向北而行。

塔利班殺手在格殺了勞勃特和山姆後，展開了全面追殺沙伊德的行動，塔利班地下組織在喀布爾鋪天蓋地的追殺沙伊德，他們發出了附有照片的「紅色追緝令」，它的絕對效應是以阿拉的名義，發出伊斯蘭指示，當目標出現時，不惜任何代價立刻擊斃，就是為了保護李查．泰勒，不讓他露餡。三天過後，在毫無線索的情況下，他們求助於喀布爾警察局裏塔利班的同情者，但是在幾天後，警方發出的公告是：

「嫌疑犯沙伊德在喀布爾國際機場奪取治安人員的配槍後，越牆逃逸。在同夥人勞勃特和山姆的掩護下，攔截計程車進入市區，過程中，同夥人被擊斃。嫌疑犯在梅旺德紀念塔附近棄車。隨後化裝為伊朗商人，在喀布爾最大的車行選購一輛有越野性能的小卡車，宣稱是要開赴巴阿邊界的開伯爾山口，轉往巴基斯坦境內的白沙瓦。小卡車在離開喀布爾不久後，引擎的水箱破裂，嫌疑犯改乘長途巴士，繼續前往開伯爾山口。嫌疑犯沙伊德來自白沙瓦，在那裏讀過大學，然後才到英國留學。因此，在白沙瓦可以有較多的人力資源和人脈關係，有助於他的逃亡。警方在前往南方開伯爾山口的路上，以及山口附近地區，已經加強部署了警力，準備在嫌疑犯出現時逮捕歸案。」

公告並沒有說，當長途巴士到達開伯爾山口車站時，沒有人看見有任何穿著富裕的伊朗商人下車。沙伊德消失在茫茫人海裏。

二〇一四年，根據世界石油組織公佈的資訊，已證實的伊朗石油儲量，在世界排名是第三位。但是在一百多年前，從二十世紀開始時，伊朗，這個波斯古國，他的國家命運就和它地下的石油，緊緊的連在一起。

伊朗的石油工業已歷經百年滄桑。豐富的石油資源進一步提高了伊朗的戰略地位，石油的工業化生產改變了伊朗幾千年來以農業為主的傳統經濟結構，石油經濟作為伊朗經濟的主體，為民族的振興和發展，國家的繁榮和富強做出了巨大的貢獻，並影響著國家的政治發展。

一九〇一年，伊朗愷伽王朝迫於財政壓力與英國人簽訂喪權辱國的租讓協議，將伊朗全境，除北部五省以外，所有石油和天然氣開採和經營權，都給了英國人。在以後的數年裏，英國人陸續的開發了多個產量豐富的油田，該地區成為中東的石油工業發源地。

一九〇九年，「盎格魯帕西亞石油公司」成立，它就是著名的「英波石油公司」前身，後來更名為「英伊石油公司」。此後，英國政府收購了英波石油公司百分之五十一的股份，成為英伊公司最大的股東，壟斷了伊朗的石油開採和經營業務。而「英伊石油公司」也就是全球最大的石油公司，「英國石油」的前身。

在第一次世界大戰中，德國空軍轟炸了伊朗的輸油管線，使中立國伊朗變成兩大交戰集團的戰場。戰後，美國政府向英國提出分享伊朗石油利益的要求。而伊朗政府也想借助美國勢力來削弱英國和蘇聯對伊朗的影響。一九二五年伊朗政府與英伊石油公司談判，提高伊朗的分紅比例，由百分之十六提高到百分之二十，該協議為當時的禮薩國王鞏固了政權，為實現國家現代化的計畫，奠定了經濟基礎。但是隨著伊朗政府財政收入對石油分紅的依賴，英伊石油公司遂通過石油控制了伊朗的經濟命脈。

伊朗豐富的石油資源成為世界列強爭霸伊朗的焦點。英、美各大石油公司以及蘇聯政府都想爭奪伊朗石油這塊「肥肉」，相繼派代表前去與伊朗政府談判，希望獲得石油開採權。

二次大戰結束後，在蘇聯駐軍的支持下，亞塞拜然民主自治政府和馬哈巴德共和國（即庫爾德共和國）相繼成立，其他少數民族也提出了民族自治的要求，伊朗面臨國家分裂的危機。美、蘇、英三國的爭鬥使伊朗捲入國際政治的漩渦之中，並成為戰後美、蘇冷戰的前沿陣地。

伊朗民族民主運動領導人穆罕默德摩薩台在議會中提出「石油國有化法案」，得到伊朗各界的廣泛支持。一九五一年，議會通過該項法案，宣佈對石油資源實行國有化，取消外國公司在伊朗石油領域的特許權。同年，伊朗國家石油公司成立。一九五三年美國中央情報局策劃並推翻了摩薩台政府，幫助巴列維國王逮捕了民選總理摩薩台，鞏固了王權，並取代了英、蘇在伊朗的霸主地位，由此獲得政治和經濟利益的雙豐收。次年，伊朗政府與國際石油資本達成協議，伊朗國家石油公司作為業主雇傭國際石油財團作為承包商負責伊朗石油的生產和海外銷售，雙方各自分享百分之五十的石油利潤。在巨額石油收入的保障下，伊朗的國力和國際地位迅速提升，國家基礎設施和工業得到了長足的發展，伊朗迅速從農業經濟國變成石油經濟國。

經濟現代化步伐過快，盲目地投資，以及對石油收入過度依賴，使國民經濟陷入混亂狀態，導致民眾從期望到失望。石油經濟還造成貧富差異加大，貪污、浪費嚴重和東西方意識形態及文化生活激烈衝突等問題，加劇了社會與國家之間的矛盾，從而引發了一九七九年伊斯蘭革命。

伊斯蘭共和國建立後，政府宣佈取消國王時期與外國公司簽定的所有油氣合同，徹底收回了國家的權益。所有的外國石油公司和附屬的機構即刻被驅離出境，也同時失去了每年上億美元的石油利潤。

伊朗的伊斯蘭革命使他們失去了所有的利益，一日之間從富豪級的既得利益者，淪落到一無所有，讓他們咬牙切齒，恨之入骨。以美國為首的西方國家開始對伊朗實行經濟制裁，伊朗被迫採取限制生產，增加儲備的政策，國家經濟命脈石油工業遭受嚴重打擊。不久，兩伊戰爭爆發，美國大力支持伊拉克，裝備他們的軍隊，攻打伊朗，使伊朗的石油工業遭到重創。

命運捉弄，在日後的海灣戰爭中，伊拉克使用美國提供的裝備對抗美軍。由於國際油價下跌，造成伊朗一九八六年和一九八七年的國民經濟增長率連續呈負增長，通貨膨脹率高達百分之三十至四十，失業率則達到百分之二十至三十，社會不滿情緒增加等因素迫使伊朗同意接受聯合國停戰協議。

在此時，中國取代了西方國家，成為伊朗的最重要交易夥伴及國際友人。在西方國家的經濟制裁下，伊朗的國家財政日益萎縮，人民生活也日漸困難，就在此時又有消息傳出，伊朗的伊斯蘭革命衛隊在俄羅斯和朝鮮的協助下，成功的製造出了核武器，並且已擁有足夠製造更多核彈的濃縮鈾和鈽。

該消息來源還表示，伊朗已經建造了七座核設施，並完成了核武器計畫。該消息來源還證實，朝鮮向伊朗提供了核彈頭所需的鈽，並且協助克服了將核彈頭安裝在導彈的困難。中央情報局的分析顯示，伊朗的地下核設施結構與俄羅斯和朝鮮這兩個國家的設施極為相似。同時敘述，伊朗擁有如此規模的地下設施，意義重大，進一步證明美國可能低估了伊朗核武器計畫的進步和成熟。

在以後的歲月裏，類似的消息不斷的擴大加強。伊朗核問題不僅對伊朗的經濟制裁提供更大的推力，它在二〇〇六年初成為美國和伊朗關係的核心問題，並成為美國伊朗戰爭的潛在導火線。

在聯合國的主導下，美國、俄羅斯、中國、英國、法國和德國開始對有關伊朗核問題召開外長級會議，希望在伊朗中止鈾濃縮活動的前提下，達成一項共識，提出如何停止對伊朗的經濟制裁。

美國政府對伊朗核問題的態度是，將採取不排除戰爭在內的一切手段以阻止其發展大規模殺傷性武器。但是在美國國內的民意卻形成兩個對立的觀點；主戰派觀點是，現在不動武，後患無窮；對伊朗動武代價很高，但容忍伊朗擁有核武器對美國的安全會造成威脅，代價更高，在動武和縱容其擁有核武器之間傾向動武。主戰派的主要成員是美國的極端保守派和當年石油公司關係戶的既得利益者。

主和派觀點是，目前局勢類似一九六二年「古巴導彈危機」，美國政府處於「要麼默許敵人擁有危險武器，要麼動武阻止敵人。」的兩難困境。動武會使美國將陷入二十至三十年的另一個伊拉克泥潭。況且對於伊朗的原子能發展現今有莫斯科與北京反對直接動武的立場。

百年來西方的石油集團在伊朗的既得利益者地位徹底消失後，這些人的後代和伊斯蘭革命前的伊朗石油集團，當然是心有不甘，他們企圖東山再起的野心從來沒有中斷過。當伊朗聖城軍的巴拉克和他們接觸，提出以恢復他們在伊朗歷史上的「石油特權」，來換取協助他奪取政權時，當然就一口答應了。他們明白這是最後的機會，讓他們恢復往日的榮耀和財富了。

在巴拉克的建議下，他們將中國石油集團裏的某些野心份子也吸收進來，因為中國在近幾年來對伊朗有不小的影響。巴拉克對這批野心分子提出的由外力引發伊朗政變計畫方案十分滿意。

蘇珊．麥金利來到了香港，徐鏡濤說服了中情局的赫伯．費特勒也來到了香港，蘇珊開門見山的對赫伯說，她的軍情六處出了叛徒，導致她在塔利班組織裏的臥底被追殺，她希望中情局能夠在暗中助她一臂之力，營救她的臥底。

她也直截了當的透露這個叛徒就是她的老公，英國上議會議員李查．泰勒。為了收集他的叛國證據和打擊他們團夥的陰謀，她背叛了徐鏡濤，嫁給李查．泰勒。

根據她的調查，這位叛徒老公和英國與美國的保守主義份子，包括軍情六處與中情局內部的官員們勾結，在伊朗從事不法活動，因此中情局的介入必須隱秘。赫伯說，捉拿李查．泰勒和打擊他們團夥的陰謀也是中情局的目的，他會說服中情局負責中東秘密行動的副局長，提供資源協助蘇珊，條件是逮捕了李查．泰勒後，中情局要參與審訊。蘇珊還透露了，其實她是派出了兩個臥底，被追殺的是在軍情六處備案的，但是另外一位沒有備案的臥底反而是相安無事，更證明是內部出了問題。

徐鏡濤利用他的人脈關係，說服了中國方面的有關官員，提供了一輛高馬力的越野車，以及一位有在地經驗的邊防部隊士官長擔任駕駛。

蘇珊和徐鏡濤從香港飛到烏魯木齊再轉機到了喀什，住進了南疆大酒店。第二天一早，士官長開著越野車來到了酒店，按計劃，他們首先要熟悉一下與眾不同的帕米爾高原環境。

他們來到了「公主堡」。它是位於塔士庫爾干縣城以南約七十公里，古絲綢之路咽喉地段卡拉其峽谷的一座海拔四千多公尺的高山上，是中國目前所知的最高的古代城堡之一。

扼守古代絲綢之路的要衝，從一條西向的山路，越過明鐵蓋山口可以到西亞的阿富汗和伊朗，以及所謂的「五海之地」。

公主堡憑藉地勢險要、位置獨特、居高臨下、能攻可守，是驃騎勁旅用兵佈陣之地，「一夫當關，萬夫莫敵」的金城湯池。它背靠偉岸挺拔的皮斯嶺山口，山腳是日夜奔流，浪湧波逐的塔什庫爾干河和喀喇秋庫河的匯流處，在帕米爾高原上，建於南北朝時期的公主堡是個非常重要，為保衛古絲綢之路交通安全所設的一處軍事工程。當地塔吉克人稱它為「克孜庫爾干」，意為：「姑娘城」。它前臨奔騰咆哮河水如墨的塔什庫爾干河，後倚高聳藍天的皮斯嶺山口，突兀高聳，險峻挺拔。

蘇珊和徐鏡濤觀看了城垣，重重的門戶，還有儲藏用的地穴和石室。古堡所在山頭山勢峻險，北側有山溝可通皮斯嶺山口，海拔四千多公尺。是絲綢之路南道上的咽喉。

一千多年前的中國高僧玄奘在他的《大唐西域記》裏，記載了一個傳說：很久以前，有一位漢族的公主遠嫁波斯王子。當送親的隊伍途經某個地方時，突然遇到匪亂，使者和衛隊為了保護公主，就近找了一個陡峭的山崗，把公主安頓在上面，四周嚴密把守以保萬無一失，每天的飲食專門用一根繩子吊上去。

過了不久，匪亂漸漸平息，護親使者恭請公主重新啟程，這時卻發生了一件令人難以置信的事情，公主居然已懷有身孕！令人匪夷所思的是，這件事連公主自己也說不清楚。後來公主身邊的侍女說，公主困在山頂的時候，每天都會有一個騎著金馬的王子，從太陽中來到山上和公主幽會，公主肚子裏的孩子就是「漢日天種」。

這個解釋肯定是波斯王子不能接受的，可是嫁出去的姑娘潑出去的水，公主也不能這樣回娘家。忠心的使者只有一個選擇，就地安營紮寨，在山頂上「築宮起館」，把公主正式安頓下來，並擁立為王。使者和衛兵們則在山崗附近的帕米爾高原上就地開荒種糧。第二年，公主生下一個相貌偉岸的男孩，自此以後繁衍生息，成為玄奘途經時「朅盤陀國」的祖先。

回到酒店後，蘇珊告訴徐鏡濤：

「在你們中國悠久的歷史中，充滿著偉大動人的愛情。」

「但是真正的原始驅動力是來自銷魂蝕骨的男歡女愛。我們是不是也要努力的成為歷史的一部分呢？」

「那你一定要溫柔，不能為所欲為的蹂躪我。」

按預定計劃，他們是從紅其拉甫口岸通關，進入巴基斯坦的國境。

這個口岸在中國新疆喀什地區西南部，帕米爾高原塔什庫爾干塔吉克自治縣境內，海拔約五千多公尺，是世界上最高的邊境口岸。

紅其拉甫風光壯美，但是環境惡劣，氧氣含量不足平原的百分之五十，風力常年在七八級以上，最低氣溫達攝氏零下四十多度。當地塔吉克族居民稱之為「血谷」。波斯語也被稱為「死亡之谷」。

相傳在唐僧西天取經之前，曾有一個多達萬人的商隊因遇暴風雪而全部死亡。至今還有人孜孜不倦尋找那支商隊丟棄的寶藏。因為喀喇崑崙公路從這裏經過，紅旗拉甫陸運口岸因此成為連接中國和巴基斯坦的主要陸上交通樞紐。

與紅旗拉甫口岸對應的巴基斯坦口岸是在北部地方的蘇斯特。生活在紅其拉甫山口周邊的居民多數是塔吉克族，他們被稱為「天上人家」。有人這樣描繪他們的家園：

「只有天在上，更無山與齊，舉頭紅日近，回首白雲低」。

塔吉克民族與俄羅斯族和塔塔爾族是中國三個印歐人種民族，有著雅里安人的血統，高鼻子，深眼睛，寬寬的額頭和潔白的皮膚。走進了紅其拉甫地區，蘇珊和徐鏡濤就感到好像到了「人間仙境」，漂亮的塔吉克服飾，熱情好客的塔吉克禮節，美味的塔吉克飲食，無不讓人感受到了塔吉克族的純樸、善良和友好。

越野車在帕米爾高原，沿著喀喇崑崙山脈的中巴公路上飛馳，這裏曾凝結著中國築路工人的鮮血和生命。地勢在降低，進入了平原，在到達巴基斯坦北部城鎮吉爾吉特前，有一座中國烈士陵園，邊防部隊的士官長在這裏停留，祭拜他舊日的隊友。

這裏是為修築公路而犧牲的八十多位建築兵設立的墓地，徐鏡濤看到陵園是按中國的方式修建，面積不大，處在一片開闊地帶之中，四周用圍牆圈了起來，園內種滿了蒼松翠柏，顯得寧靜肅穆。陵園的中間，矗立著白色紀念碑，紅色的碑文寫著：「中國援助巴基斯坦建設公路光榮犧牲同志之墓」，建碑日期為一九七八年六月。

紀念碑的後面就是墓地，每一個墓碑上都寫著他們的名字。其中靠左第一位是武治業，他是在一次塌方中為保護巴方人員而犧牲的，犧牲時也是一位士官長。此外這裏還有二十多個未立墓碑的空墓，是為尚未找到遺骨的烈士留下的。士官長說，他看到有不少當地的巴基斯坦人，把中國犧牲者墓碑的照片掛在家中，紀念那些曾救過他們而長眠在他們國土上的中國朋友。

離去時，士官長向他們介紹了八十多歲的阿里・馬達德和五十多歲的阿里・艾哈邁德，他們始終義務的看守著陵園。離開了烈士陵園後車行半小時就到了吉爾吉特的「喜馬拉雅酒店」，它是此地最大的一間旅館，大部分住客都是來此登山的，徐鏡濤在入住登記表上注明是來此等待其他的登山團友的到來。

蘇珊和查拉取得了聯繫，她說沙伊德已經關進監獄，哈立汗要兩天後才會到達。

徐鏡濤在來到帕米爾高原之前曾去到古代的波斯，在那裏經歷了他一生感情生活中的驚濤駭浪。

第三章：德黑蘭驚豔

徐鏡濤來到了伊朗首都德黑蘭，下飛機前，女性乘客都拿出頭巾包在頭上，看上去覺得好像躲在頭巾後面，就變成了另一個人。

伊朗目前有整肅著裝的法律規定，街上有風紀員警，違反著裝規定輕則罰款，重則坐牢。女性的著裝要求是：必須裹頭巾，上衣下擺要蓋過臀部，長袖長褲，不能露出手臂和腿。男人的著裝基本沒有特別要求，只要不是奇裝異服，有失體統就行了。

機場出關的人數並不算多，比起上海的浦東機場少多了，可領行李出關的速度卻很慢，原因是所有行李出門前都要再經過一次安檢。

看起來外界對伊朗戒心重重，伊朗對外界也是同樣的擔心。

徐鏡濤走出機場時就看見伊朗進出口公司派人來接了，還是同樣一位公關部門的人，告訴他已經在上次那間德黑蘭國際大酒店定好了房間。德黑蘭在伊朗最後一個王朝巴列維時期，被稱為是中東的巴黎，當時的繁華可見一斑。

伊斯蘭革命後伊朗開始閉關鎖國，目前的德黑蘭市區街景很像八十年代的上海浦西的。唯一不同的是沒有自行車。德黑蘭市海拔位置高，又有丘陵環繞，地勢起伏相當大，騎車會很吃力，因此這裏多是摩托車和汽車。同時也帶來了現代社會的通病，就是交通擁堵和空氣污染。

德黑蘭和上海一樣，目前在伊朗有舉足輕重的地位。但它是個比較年輕的城市，在薩法維王朝時期，它只是國王進行朝拜的別院，到了卡加王朝時期才開始成為都城，所以這裏的景點基本都在這兩三百年的歷史階段。

客戶們最期待的是希望知道快速變化的中國市場最新情況，麥金利律師事務所每年提供的書面報告裏都會有很詳細的說明。雖然這兩個客戶都是「伊朗戈爾博集團」屬下的公司，但是當來接他的車子把徐鏡濤送到集團總部時，他還是吃了一驚。

等他走進了會議室，就讓他更是驚訝，因為等著見他的人是伊朗革命衛隊的副司令，阿馬內貝德，他是伊朗軍方的二把手，也是主管五百多家伊朗革命衛隊在海外的公司負責人。他穿著黑色的長袍，頭戴圓頂帽，留著長鬍子把臉上高高的鼻子掩蓋了一部分，他伸出手來主動的和徐鏡濤握手：

「我是革命衛隊的副司令，阿馬內貝德，歡迎徐先生到德黑蘭。」

「謝謝副司令先生，非常榮幸能見到您。」

「我是老早就想要見您，當面謝謝您這幾年來對我們公司所作的貢獻，但是每次都沒安排好時間，錯過了您到德黑蘭的訪問。可是你們每年送來的報告我都詳細的拜讀，並且也提出了問題。今年我下了決心，一定要和您見面。」

「太好了，能讓我們事務所的客戶滿意是我們的最高目標，我還是希望您和您的同事們繼續給我們鼓勵，同時指出我們應該改進的地方，好讓我們的服務更加滿意。」

阿馬內貝德笑著說：

「徐先生，您不必客氣，我們一定會充分的和你們合作。為了您的來訪，我們開過兩次會議，研究和討論你們送來的報告，以及你們對我們提出的問題所作的書面答覆。今天來這裏見您的人，都是希望再進一步聽聽您的意見。我相信除了我之外，在場的人您大概都認識吧？」

徐鏡濤巡看了一下會議室裏的人，大部分的人他都見過，包括他在伊斯坦堡見到的閃米．阿戴爾，他的穿著和那天在伊斯坦堡香料市場時完全一樣，頭戴圓頂帽，身穿黑色波斯長袍，只是大鬍子修短了。但是他絕不能認他，在場的人中，一定會有伊朗的特工，包括負責內部安全的人員在內，他回答說：

「是的，除了一兩位之外，我們都是見過面的老朋友了。」

「那就讓他們提問題時先自我介紹，下次就是熟人了。不浪費時間，我們就開始吧！」

伊朗進出口公司負責業務發展部門的總經理首先發言：

「徐先生，您好！我們上一次見面是一年前了，您一切都好嗎？」

「瑪律扎克先生，托您的福，一切都好。您自己呢？也都好嗎？」

「就是又老了一歲，不中用了。」

徐鏡濤說：「我看您一點都沒變，還是非常精神，體力很充沛的樣子。」

瑪律扎克說：「哈！那您該去問問我老婆，就明白了。」

立刻引來一陣哄堂大笑，會議的氣氛馬上就輕鬆下來，瑪律扎克接著說：

「回到您的報告，其中有一點，我們希望您能進一步說明一下它對我們業務的具體影響。」

「是不是關於中國中央政府，決定將某些出口外銷的權力下放給了地方政府的事？」

「是的，沒錯，就是它。這對我們想要採購的某些物質有影響嗎？」

「這件事的背景是這樣的，中國的法律規定，多種天然資源是屬於國家的，只有中央政府有權力開採和買賣，例如石油、煤、地下的礦物，包括有色金屬等等。然後中央政府將這些天然資源的所得收益，再分出一部分來，給出產地的地方政府。由於這項工作越來越繁重，中央政府就直接把一部分天然資源的開採和行銷下放給了地方政府。最明顯的例子就是煤炭，幾乎是百分之百的交給了煤礦所在的地方政府。」

徐鏡濤喝了一口礦泉水，繼續說：

「按照規定，分配給地方政府的天然資源只能行銷給國內的買家，但是也有例外。就是當出口和進口的物品捆綁在一起時，地方政府只要向中央報備後，就可以外銷，不必等待批准。最近我們的一個埃及客戶賣給山西省一批棉花，就同時買了等值的有色金屬產品，雙方在價格上都給出了優惠。」

瑪律扎克說：「給優惠價格是沒有問題，我們完全可以商量。但是哪一個地方政府有什麼樣的天然資源配額，因為是只限於內銷，我們就無法知道了。」

「那是我們麥金利事務所應該提供的，我們會有一個完整的資料，包括地方上要進口和出口的詳細清單，送給你們。」

「那就太感謝了，到時候還要麻煩你們做聯繫的工作。」

「有活幹，我們是求之不得。」

阿馬內貝德突然插進來說：「根據我們的理解，有色金屬是屬於敏感物資，我們的採購要求，不但要提供詳細的用途說明，通常還需要很長的審批時間，從地方政府出口，是不是也要經過同樣的程序？」

徐鏡濤說：「司令先生，您說的沒錯，中國政府的審批主要是因為美國政府的要求，他們要監視某些國家，包括貴國在內，對敏感的戰略物資採購情況。美國是中國的最大交易夥伴，每年的貿易額是和伊朗的貿易額的一千倍，因此對美國提出的要求不能忽視，所以同意提供相關資料和出口限制。目前這些還只是限於從中央政府進出口的物資，所以是個機會，但是也不能太明目張膽，引起注意，也許就會關上門了。」

阿馬內貝德說：「瑪律扎克，你一定要記住徐先生帶來的資訊，看準了採購的時間和數量，見機行事。我看你不要成天的待在德黑蘭，多到香港走動走動，向徐先生多請教請教。」

瑪律扎克笑著說：「那一定的。太好了。」

阿馬內貝德用手指著瑪律扎克說：

「還有，你別以為我不知道，你在香港大吃鴨肉的事。我要是跟你的清真寺主持泄你的底，說不定他會抽你一頓。你給我當心一點。」

這番話引起了一場笑聲，顯然阿馬內貝德這位革命衛隊副司令不是個擺架子的人，徐鏡濤請他們下館子，吃中國菜，把豬肉說成是鴨肉的事，他都知道了。瑪律扎克說：

「徐先生請客，每道菜都該意思一下，表示禮貌，副司令，您說是不是？」

「你行了。我們繼續開會。閃米，你舉手，是要問問題嗎？」

徐鏡濤說：「這位先生是第一次見面，請問貴姓？」

「徐先生您好！我是閃米．阿戴爾，是從核能研究院來的。」

徐鏡濤走過去和他握手：「啊！您就是阿戴爾博士，幸會！幸會！瑪律扎克先生提過您，說您是負責伊朗的核能發展計畫。請問您有什麼指教？」

「指教不敢當，我是希望問一下有關中國政府對出口管制的措施。」

「中國政府原則上是鼓勵出口的，除了所謂的戰略物資，包括武器軍火，是由中央的特別小組統籌集中策劃，作為外交政策來執行之外，其他的出口管制主要是為了應對美國政府的要求。對於伊朗，美國政府是有一個很長的管制名單。」

「這個我們明白，我想問的是，有沒有任何辦法可以越過這個管制。」

「阿戴爾博士，我們事務所的一切業務都必須是在檯面上，要在檯面上越過出口管制是不可能的。但是在檯面下的辦法就非常的多了。在香港就有一兩百家大大小小的進出口公司，他們都有非常靈活的辦法來滿足客戶們的各種要求，很多都是合法的手段。」

阿戴爾說：「您可以舉個例子嗎？」

「就拿離心機設備為例子。伊朗多次採購德國產品都沒成功，就是因為美國反對，理由是你們會用來濃縮核原料，來生產核子武器。但是我們成功的為伊朗從中國進口了十台離心機，終端使用者寫的是製藥廠。後來你們又想要進口兩百台離心機，但是沒成功，因為顯然是要用來濃縮核原料，引起了美國的強烈反對。但是香港的進出口商應該是有辦法滿足你們的要求，我知道他們有二手貨設備的庫存，完全不會進入管制網的視線。」

「太好了，二手貨的離心機也正是我們想要的。您能不能替我們引見一些進出口公司呢？」

徐鏡濤說：「沒有問題，我們和香港進出口同業公會的負責人很熟，他們也一定會很高興認識你們。」

阿馬內貝德又用手指著瑪律扎克說：「我看你下星期就去一趟香港，請徐先生幫忙引見他們的進出口商。」

阿戴爾說：「這太不公平了，又讓瑪律扎克吃到鴨肉了。」一下子又引起了一陣笑聲，有人推開了會議室的門，一台有飲品和點心的小車出現了，阿馬內貝德宣佈休息半小時，讓大家起來活動活動，同時拿自己要的咖啡或熱茶。當徐鏡濤端著一杯咖啡，拿著一個小餅乾回到座位時，他看見阿戴爾手裏拿著一杯熱茶走過來，他笑著說：「徐先生，您會請瑪律扎克去吃鴨肉嗎？」

「我想會的，他好像對香港的鴨肉特別感興趣。」

「他已經多次的對我吹噓香港的鴨肉是多麼的美味，還給我看了一張你們在餐館吃鴨肉的照片，讓我很羨慕，很希望我也能有機會嘗嘗。」

徐鏡濤看到了阿戴爾期待的眼神，那是針對鴨肉，還是他們之間的秘密，他不能再等了，此時不做更待何時？他說：

「阿戴爾博士，這沒問題，您任何時間到香港來，我一定準備一頓鴨肉大餐請您。噢！我差點忘了，請問，您是不是伊朗觀鳥協會德黑蘭分會的會長？」

「我是的，您是怎麼知道的？」

「我是香港觀鳥協會的會員，一九九四年國際鳥盟成立以來，香港觀鳥會便成為他們的香港支會，在我們爭取保育物種和多樣性的工作上，國際鳥盟給了我們大力的支持。二〇〇五年，香港觀鳥會跟國際鳥盟合作開展中國專案，協助及鼓勵中國大陸的觀鳥事業發展。我是從國際鳥盟的名冊裏看到您的大名。」

「太好了，徐先生，真是沒想到您也有觀鳥的愛好。我們應該找機會好好的談談我們觀鳥的經驗。」

「那是一定的。阿戴爾博士，我們最近發現有一種非常美麗的小鳥第一次出現在香港的郊野公園，我們的會員拍到了幾張照片。根據鳥類物種專家的判斷，說那是伊朗黃鶯，我想請教一下您的意見。」

「您有照片嗎？」

「阿戴爾博士，在我的電腦裏有圖片，讓我找出來給您看看。」

阿戴爾過來坐在徐鏡濤旁邊，看到了筆記型電腦裏的圖片，他說：

「徐先生，我認為牠就是伊朗黃鶯，這是我們伊朗特有的鳥類，怎麼會飛到那麼老遠的香港呢？」

「我相信本來是有人養的寵物鳥，是後來被放生到郊野公園裏的。」

「居然還生存下來了，也真是難得。徐先生，您想去看看在野外的伊朗黃鶯嗎？」

徐鏡濤說：「如果方便，當然想看了。」

「就在我們德黑蘭市內，有一大片十幾畝的樹林地，是被開闢成野生動物的保護區。那裏頭就有成群的伊朗黃鶯。按照給您的安排，明天的會開到中午就結束，如果您沒事，我們下午就去。」

徐鏡濤可以感到阿戴爾是急著找機會要和他單獨會面，他說：

「他們通知我說，副司令阿馬內貝德要請我吃飯，我們趕得回來嗎？」

阿戴爾說：「飯局是在晚上，放心，我們一定趕得回來。」

接下來的會議所討論的內容都是很具體的業務事項，尤其是瑪律扎克提出了很多個未來的業務發展計畫，徐鏡濤提供他的意見和看法，指出來可能碰到的困難和解決的辦法。第一天晚上是瑪律扎克請吃飯，所有與會的人，除了阿馬內貝德副司令外，全體都出席。在席間，阿戴爾和徐鏡濤沒有作任何接觸。

會議準時在第二天中午結束，兩人在伊朗戈爾博集團總部的餐廳吃了簡單的午餐，然後就上了阿戴爾的車，開往德黑蘭野生動物園，一路上他只跟徐鏡濤說觀鳥和伊朗黃鶯的事，不談別的話題。

從費特勒給他的手機上的顯示，徐鏡濤明白了阿戴爾的車裏有電子監聽的探頭，而他們到野生動物園的真正目的就是要擺脫監聽。中情局的費特勒在一開始時，就非常的懷疑整件事的目的就是伊朗特工所設下的圈套，要讓美國出醜，在國際舞台上丟人現眼。但是阿戴爾在伊斯坦堡交給徐鏡濤的情報是真實的，並且是有極高價值的資訊。但是這並不能說明阿戴爾要叛逃的企圖不是圈套，阿戴爾很可能是全心全意想當叛徒，但是他也有可能是被利用而渾然不知。

徐鏡濤需要找出真相，但是他會不會暴露而有生命的危險？到目前為止，只有阿戴爾是唯一可能會出賣他的人，但是他手上並沒有確鑿的證據，證明他曾在伊斯坦堡把情報交出到自己手上。徐鏡濤很清楚這一切都將在二十四小時內會明朗，他也只能盡力而為，然後就聽天由命了。

德黑蘭野生動物園裏有不少瀕危的物種，面對著日益嚴重的城市空氣污染，為了加強保育的環境，園區內的交通工具都是電動車，使用內燃機的汽車是禁止開入的。但是阿戴爾沒有把車停在停車場，而是直接開到大門口，出示他的伊朗觀鳥協會官員證，警衛升起攔車橫木，揮手放行。

進入園區後，阿戴爾並沒有把徐鏡濤帶到飛禽區，而是來到了爬蟲動物區。他將汽車開進一條小路，停在一棵隱蔽的大樹下，然後領著徐鏡濤走到小山坡上的涼亭。他正要開口說話時，徐鏡濤將手指按在嘴唇上，要他安靜，同時用他的手機將阿戴爾的全身上下掃描了一次，然後向他點點頭說：

「為了安全，我需要確定您身上沒有帶錄音器。」

阿戴爾說：「您偵測到我的車子裏有監聽器，怪不得一句話都沒說。」

徐鏡濤所想到的是，要設計阿戴爾撤離伊朗會遭遇到的困難，他說：

「阿戴爾博士，您現在的行動是完全被監控了嗎？」

「那倒沒有，我相信是因為和外國人在一起，而我的工作又是很敏感，所以特工人員才會盯上。」

「您帶我到這裏來就是要擺脫他們，是不是？」

「沒錯。徐先生，自從我們在伊斯坦堡見面後，已經有一個月了，我開始懷疑中情局決定拒絕我。但是上周瑪律扎克找我去開會，在他辦公室裏看到一張他在香港的餐館吃鴨肉的照片，我一眼就認出其中的一個人就是在香料市場咖啡館坐在我身邊的那位。我問瑪律扎克那人是誰？他說是伊朗進出口公司在香港的法律顧問徐鏡濤先生，還說再過一周徐先生就會到德黑蘭來了。」

徐鏡濤說：「當時您很吃驚嗎？」

「是的，首先是覺得好傢伙，伊朗進出口公司在香港的法律顧問居然是中情局的人，這幾年來隱藏得滴水不漏。太厲害了。但是我馬上就想到您來到德黑蘭的目的是和我有關，所以還有希望。這幾天，我一直在想要如何安排和您見面，昨天您說到觀鳥協會的事，我馬上就明白這是您想好的主意，太好了。」

「阿戴爾博士，首先我要聲明，我並不是美國中央情報局的雇員，只是個如假包換的律師。我沒有興趣去當間諜，相信也沒有能力和資格。我是受人之托才和您接頭的。第二點，中情局對您的要求，還沒有做最後的決定，他們對您的情況還有很多不清楚的地方，取得您的回答是我此行最大的目的。但是總的說來，因為您的工作和在伊斯坦堡給我的情報，他們對您是很感興趣的。請告訴我，我們有多少時間可以交談？」

「特工的車會被攔住在門口，他們需要用半個小時和總部聯絡，然後再說服野生動物園讓他們開車進入。他們會直奔到飛禽區去找我們，等他們找到這裏時，要兩小時以後了。」

徐鏡濤看了看手錶：「為了安全，我們在兩小時之前離開這裏，為了避免碰見他們，您知道除了大門外，還有其他的出口嗎？」

「從這條小路再往前開，就是個給職員們用的邊門，我們可以從那裏離開。」

「那好，現在就讓我開始問您問題，阿戴爾博士，您一定要很準確的回答，中情局會從其他管道來驗證您的說明。中情局將會根據您的回答來決定是否接受您的要求。」

「徐先生，這些我都明白，他們接受像我這樣的人是有條件的，是要看我能帶給他們多少有價值的情報。我已經準備好了下一筆給中情局的情報，是要交給您帶走的。」

「什麼時候要交給我？」

「在您離開德黑蘭之前會交到您手上。」

徐鏡濤說：「阿戴爾博士，您在伊朗有一份讓人羨慕和尊敬的職業，有很好的收入，有很好的家庭，您是為了什麼決定要背叛您的國家和人民？」

「我曾經在歐洲的西方國家求學，也在那裏生活過一段時間，回到伊朗後，起先並沒有感覺到不同，但是等到我成了家，有了老婆和孩子後，就開始感到伊朗不是我想生活的地方，我嚮往西方的自由社會和那裏的生活方式。」

「能夠說得更具體一些嗎？」

「伊朗的政治制度嚴格的控制個人的思維，不允許有另類的思想和價值觀。有時候壓得人透不過氣來。而在社會生活裏則完全被宗教侵入，人們的行為守則就是伊斯蘭宗教法律，那是從黑暗時期就遺留下來的法則，已經完全和現代的文明和人類思維脫節。如果違犯了它，就要受到宗教制裁，從現代的觀點看，這些制裁都是沒有人性和違反人道的。」

接著阿戴爾用了不少的時間，舉出了不少的例子來說明他的觀點。但是有一點使徐鏡濤感到不安，那就是阿戴爾本人在伊朗的政治和社會制度下，不是一個受害者。在一般情況下，任何一個政權裏的叛徒，都曾經是受害者，如果不是本人，就是他接近的親人，或是和他類似集體中的一份子。徐鏡濤說：

「您自己是伊朗政治和社會制度下的受害者嗎？」

「不是，至少到目前還不是。但是這並不能說明，在未來我不會成為受害者。」

「那當然。您擔心會在未來受到迫害，這份恐懼感是因為您目前的言行會為您找來麻煩嗎？」

「徐先生，您說得沒錯。我有幾位朋友，因為說話不小心，受到了嚴重的警告，甚至影響或是失去了他們的工作。我也曾經和他們同樣的說話不小心，所以總是提心吊膽的。」

「您認為還沒有受到迫害的原因是什麼？」

「是因為我丈人的關係。您這次來開會見到了伊朗革命衛隊副司令阿馬內貝德，他就是我的丈人。我相信是因為他的保護傘，我才沒有受到迫害。」

「您對這保護傘的未來也有恐懼感嗎？」

阿戴爾說：「有非常大的恐懼感。」

「您的丈人伊朗革命衛隊副司令阿馬內貝德，他不僅掌握了軍權，在伊斯蘭教裏也有極高的地位，您對他的政治未來沒有信心嗎？」

「對外人看來，伊朗的政權雖然是政教合一，但是很穩定。可是明白內幕的人就很清楚，它是充滿了鬥爭和危機。因為政權裏有三個不同的大勢力，也就是伊斯蘭教、軍隊和政府。身居上位的人在這三股勢力中有著不同的地位，他們之間的鬥爭往往是三大勢力之間的角力，失敗者所面對的不僅是失去了地位，很可能給他的家人及親朋好友帶來一片血腥。覬覦我丈人位置的大有人在，並且是有明的也有暗的。」

「阿戴爾博士，您這麼一說，我完全明白了。您的夫人安彼拉，她和您的看法一致嗎？她對父親的政治前途也沒有信心嗎？」

阿戴爾的臉色變得很沉重，他說：

「我是個科學家，有時候一頭栽進學術和研究工作裏，會昏天黑地的過日子，對發生在身邊的事會渾然不知。安彼拉對社會上的事要敏感得多了，我們是在一年多前開始討論，伊朗是不是久居之地。實際上是她先提出來要離開伊朗的。」

徐鏡濤說：「從一般人的觀點說，在伊朗，你們一家過的是所謂的特權階級生活，你們有那麼緊迫的理由想要離開嗎？有沒有想到，你們離開後，再回來的可能性就很小了。」

「是的，這些問題在一年來，我們都反反覆覆的討論過很多次，最後我們是考慮到女兒的前途，才做出了決定。」

「你們的女兒多大了？為什麼會認為她在伊朗會沒有前途？」

「艾利菲今年十二歲了。三年前，我回到我的母校德國慕尼黑大學去做研究，我們全家都在德國住了一年。在那裏我們發現艾利菲在藝術方面，尤其是繪畫和音樂，很有天分。她自己也說畫畫和彈鋼琴是她最快樂的時候。但是在德黑蘭，艾利菲沒有這方面的自由度。」

「您是說，她不能畫畫和彈鋼琴了嗎？」

「在學校和公共場合，她只被允許畫某一種畫和彈某一種曲子。艾利菲明顯的很不快樂。」

「她在家裏也不能做她喜歡的事嗎？」

「艾利菲年紀還小，她還不明白有很多家裏的事是不能在學校裏和小朋友們，還有老師說的，因為那是很危險的。」

「阿戴爾博士，我明白了。全世界當父母的都是一樣，對子女的愛是絕對無私的。但是我還是希望能有機會和您的夫人當面談一談。」

「這個沒有問題，我們見機行事，總會有機會的。」

「您向中情局提出的要求裏，包括了要保證對你們全家的人身安全，不會受到伊朗特工的追殺。中情局要我告訴你，這一點他們是一定能辦到的，並且他們對這方面是很有經驗。從五十年代美蘇冷戰開始後，中情局天衣無縫的保護了好幾百個逃離蘇聯的重要人員和家庭。」

「徐先生，這是個好消息，我們一家人未來的安全是我們最擔心的。」

徐鏡濤接著說：「但是您又提出來，您和夫人能有個工作謀生。為了安全，你們必須要改名換姓，中情局也會替你們製造一個過去的歷史，最終目的是要在你們的身上再也找不出阿戴爾一家人的任何痕跡。我想您夫人找一個音樂教師的工作不會很難，但是您自己希望繼續能在核子科學的領域裏工作可能會有困難。」

「徐先生，這個我是可以想像到的。我也只是一廂情願的想法，因為除了核能科學這一行外，我什麼都不會。我希望美國會讓我發揮我的長處。但是我也願意嘗試其他的行當，去賣勞力的工作也行。」

「阿戴爾博士，美國是個地大物博的國家，各種想像不到的行業都能存在。但是核子科學這門行當基本是和國防或是尖端科技的發展有關，一方面你的學歷和經歷都不能用了，想進去這種機構不太可能。最重要的，請別忘了，美國的情報單位會對您有戒心，他們對您的懷疑，是不是伊朗派來的臥底，會永遠存在的。我的朋友曾經說過，中情局有過好幾次慘痛的經驗，也難怪他們對投奔來的人有戒心。」

阿戴爾很動容，他說：「我不知道中情局為了什麼理由委託您來處理我希望投奔美國的事。但是這是我阿戴爾和我家人的福份。我將感激您。」

徐鏡濤說：「先別太早下結論，最重要的問題還沒問呢。可以告訴我，您和您的丈人阿馬內貝德的關係好嗎？」

「應該是不錯的，我丈人只有安彼拉這麼一個女兒，他們的感情很好。所以連帶著對我這女婿也另眼看待了。安彼拉常說，她老爸把外孫女艾利菲當成是命根子，把我這女婿當成了兒子。」

「你們計畫投奔美國的事，有沒有和阿馬內貝德說過？」

阿戴爾說：「沒有。但是這個念頭是一直存在的。」

徐鏡濤說：「您的夫人曾跟她父親說過嗎？」

「我沒有問過她，很希望徐先生能問問她，您可以想見到我對這個問題的敏感。我知道安彼拉，她為了女兒的前途可以背叛伊朗，但是她決不會背叛她父親。」

「您對您丈人的瞭解有多深？他對女兒和孫女的愛會超過對伊朗的忠誠嗎？」

阿馬內貝德派他的副官到酒店來接徐鏡濤赴他的晚宴。

當兩人走出酒店時，車子已經停在門口，戴著白手套的酒店門衛站在開著的汽車後門邊，請徐鏡濤上車，一等副官坐到前座後，車子馬上就開動了。車行不久，徐靜濤問：

「請問副官先生，今天的晚宴是設在什麼地方？」

「對不起，徐先生，忘記和您說了，晚宴時在副司令的官邸，由大小姐，就是阿戴爾夫人主廚。」

離開了酒店不久，汽車快速的行進在四線道的大馬路上，徐鏡濤注意到司機開始不停的在看後視鏡，並且和副官用極快的波斯話交談，雖然一句都聽不懂，但是他能確定，話題是在說跟在他們後面的一輛黑色汽車，它是在他們離開酒店不久就跟上了。

副官的情緒似乎很激動，司機在他大聲的一句話後就把車停在德黑蘭最熱鬧的大馬路邊上，跟蹤他們的車也隨著停在他們後面。副官似乎是在用手機下命令給接電話的人，他關上手機後，回過頭來說：

「對不起，徐先生，我們可能要延遲十分鐘到達。」

「出了什麼事嗎？」

「哼！運氣不對，讓我們碰上瞎了眼的特務，居然敢跟蹤我們。」

徐鏡濤說：「也許他們是要跟蹤我這個外國人。」

副官回答說：「但是有特別命令下達給他們，不可以跟蹤副司令的座車。明知道這是副司令的車，就是要和我們作對，等我給他們好看的。」

副官下了車，走到車後邊站著，跟蹤的車裏有兩個人，除了開車的司機，前座還有一位戴著太陽眼鏡的人，他也開了車門下來，站在他的車前面，兩個人互相的盯看著對方。但是五六分鐘後，不遠的地方響起了急遽刺耳警報聲，隨著聲響的加大，急閃著的紅燈出現了，三輛漆有草綠色迷彩的軍車風馳電擊的開了過來，站在跟蹤車前的人匆忙的坐回車裏，企圖離開，但是為時已晚，三輛軍車把他們團團圍住，幾個軍裝大漢一擁而上，開了車門把他們拖出來，一陣拳打腳踢，給兩人上了手銬，推進了軍車，又風馳電擊的在刺耳的警報聲中離去。

前後只用了半分鐘，副官拍拍手，聳一聳肩，坐回到車前的座位，告訴司機繼續開車。當汽車進入了大馬路上的車流，徐鏡濤說：

「副官先生，剛才是怎麼一回事？」

「徐先生，對不起，讓您吃驚了。我們有規定，國家最高層的負責人住所是嚴格保密的，因此他們的座車是不允許跟蹤的，就是為了不讓人發現這些人的住所。跟蹤我們的特工明目張膽的違反規定，我停下來走到後面去，就是告訴他們不要太過分了，但是您看見他們一副有恃無恐的態度，完全不把我們副司令放在眼裏。」

「您知道這些特工是屬於那一個組織的嗎？」

「他們是聖城軍的特種部隊，其實他們的任務是負責在海外的情報和行動，國內的事不是他們該管的。他們是下定了決心，要找出副司令的住所，這已經不是第一次在跟蹤副司令的車了，」

徐鏡濤說：「那三輛軍車又是從哪裏來的？」

「他們是屬於巴斯基民兵的警衛營，專門負責副司令的安全。」

「請問副官先生，你們副司令的住所要保密的規定已經是很久的事了嗎？」

「不是的，這是最近才下達的規定。」

阿馬內貝德的官邸是在德黑蘭市北邊的一個林蔭夾道的社區，有一道圍牆把社區圈住，大門口有穿著制服的平民警衛，但是可想而知，實際的警備是要比從表面上看的森嚴得多。

顯然門口的警衛是認識這部車和前座的兩人，社區的電動鐵門幽然無聲的打開了。社區內的庭園設計和維護都是來自頂級的專業人員，給人的感覺這裏是大人物住的地方。社區內都是一棟棟獨立的別墅型樓房，汽車在彎曲的道路上行駛了一陣後來到了一棟較大的樓房，閃米．阿戴爾已經滿臉笑容的站在門口，他熱烈的和徐鏡濤握手：

「歡迎，歡迎，徐先生終於要見到我的家人了。」

當阿戴爾領著他進門後，徐鏡濤首先看到的是豪華樓房的優雅室內佈置，牆上的掛畫和桌上的擺設使他感到是走進了藝術博物館。其次看見的是站在面前的三個人，他們都是穿著西方的服裝，阿戴爾介紹說：

「我的丈人阿馬內貝德副司令您已經見過了。這位漂亮的女人就是我的妻子安彼拉，還有這位可愛的女孩就是我的女兒艾利菲，也是我丈人的心肝寶貝。」

徐鏡濤趨前和阿馬內貝德握手，同時送上他帶來的一束鮮花：

「非常榮幸和感謝您的晚宴邀請，帶來一束花給女主人，聊表謝意。」

阿馬內貝德笑著說：「我的妻子去世多年了，這房子裏沒有女主人。就請安彼拉把花收下吧！」

閃米．阿戴爾的妻子站出來把鮮花接過去，抱在懷裏聞了一下說：

「好香的花，謝謝徐先生了。我聽閃米多次的提起您，終於見到您了。」

徐鏡濤愣了一下，理論上他和阿戴爾是在今天頭一次見面，安彼拉豪無顧忌的在阿馬內貝德面前說起他，是意味這位丈人，也是伊朗革命衛隊的副司令，已經知道他和阿戴爾在伊斯坦堡見過面的事嗎？情況是越來越複雜了。他說：

「來的時候曾聽副官說，今晚是由您來主廚，這束鮮花是應該送給您的。」

徐鏡濤去過不少伊斯蘭教的國家，從亞洲的印尼、馬來西亞、馬爾地夫，到北非的埃及和蘇丹，以及中東的土耳其、敘利亞、沙地阿拉伯和伊朗，他覺得這些地方的穆斯林女人，罩著黑色的面紗讓人感到神秘莫測。

但是現在站在面前的波斯美女，穿著及地的長裙，將修長誘人的身材顯露，無袖的衣著將雙臂上雪白的肌膚突顯得更為光滑。高高的鼻樑兩旁，在長長的睫毛下，那雙丹鳳眼睛，似乎是清澈得可以照亮周圍的一切，但是他發現眼睛裏有一股奇異的眼神在看著他，目光非常的銳利，似乎是穿透了他的身體，看到了他的靈魂。

徐鏡濤轉開了話題：「這位漂亮的小姑娘是誰呢？」

艾利菲害羞的躲在她媽媽的身後，安彼拉跟她說：「你不是要練習說英語嗎？不要錯過機會啊！」

艾利菲走向前來，小聲的說：「我的名字是艾利菲，徐叔叔，您好嗎？我非常高興能見到您。」

徐鏡濤熱烈的和她握手：「艾利菲，我也很高興能見到你，你是我見過最漂亮的小女孩，英語又說得這麼好，所以你是公公的心肝寶貝，對不對？」

「我的媽媽是最漂亮的，媽媽是爸爸的心肝大寶貝，我是公公的心肝小寶貝。」

艾利菲的話引得大家都笑了起來，安彼拉是滿臉通紅，徐鏡濤覺得她笑得非常美豔，不禁多看了她一眼，發現她睫毛下的異樣眼神還是在閃耀著。

安彼拉捧著徐鏡濤帶來的鮮花說：「爸爸，閃米，你們招待一下客人，我去廚房準備，很快就可以開飯了。」

從徐鏡濤走進了這位伊朗革命衛隊副司令的住處起，他就很強烈的感覺到，他眼前看到的這一家人，不像是從穆斯林家庭出來的。

多年來，他認識了不少的穆斯林，從觀察他們的生活習慣、文化修養，以及他們的社會觀和世界觀的尖銳性，甚至時而產生的強烈對抗意識，他認為自己對穆斯林有了基本的瞭解。但是從見到阿馬內貝德的短短時間裏，在他的言行中、居住的官邸、室內的佈置和擺設裏，他的個人生活裏，徐鏡濤還沒有感到任何的穆斯林氣息。

三個人在客廳裏就座後，小艾利菲就表情嚴肅的端茶進來，她一次端一杯，匆忙的進出了三次才完成了上茶的任務，最後一杯是給阿戴爾的，放好了才露出了笑容。

小艾利菲說：「爸爸，我這回沒做錯吧？」

阿戴爾說：「很好，你沒做錯，但是你知道為什麼做對了嗎？」

小女孩說：「爸爸我知道，徐叔叔是爸爸的朋友，但他是公公的客人，所以要把茶先給徐叔叔。」

「對了。艾利菲，你忘了把小餅乾拿出來了。」

「我沒有忘記。因為媽媽說，馬上就要吃飯了，不用吃小餅乾了。」

徐鏡濤說：「艾利菲是個非常可愛的小女孩，家裏有了她，一定增加了不少歡樂。」

阿馬內貝德說：「是的，有時候會被她牽著團團轉，還不能生氣。不過艾利菲是個好孩子，在學校念書的成績很好，也很聽話。她媽媽管教得很嚴。」

徐鏡濤說：「但是副司令先生，我相信這和小艾利菲生長的特殊環境也有很大的關係。」

「徐博士，您是說我們和一般的穆斯林不一樣，是嗎？」

一直坐在邊上沒說話的阿戴爾突然插嘴說：

「我丈人是個穆斯林中的異類，他認為宗教裏不應該有非理性的教條，他說宗教是信仰，是心靈的內涵，而不應該只是一種生活的形式。所以，徐博士，您在這裏看不出這是一間穆斯林的住宅。」

徐鏡濤說：「副司令先生，請問您有四位夫人嗎？」

「我只娶過一個妻子，在她去世後也沒有再娶。基本上都是女兒安彼拉和女婿閃米在照顧我，還有小艾利菲帶給我家庭的快樂，我的日子過得很充實，很愉快。」

「您的確是一位很不尋常的穆斯林。」

「如果您是說一個穆斯林男人可以娶四位妻子，那是有它的歷史和社會背景的。當時的情況是人口的數量不僅代表著一個族群的集體生產力，還代表著在戰爭狀態時的力量，所以伊斯蘭教作為一個統治的宗教，它要增加人口，所以就在可蘭經裏規定男人可以有四個妻子，但是很清楚的說明，要有能力扶養家小的人才行。但是先知們沒想到夫妻之間會有愛情，而愛情裏最能吸引人和被人追捧的就是它的專一性。我深深的愛上了我的妻子，現在也是。」

徐鏡濤沒想到伊朗軍方的二把手會說出這樣感性的話，他說：「但是在穆斯林的國家裏還是有不少多妻的男人，所以您的女婿認為您是穆斯林裏的異類。」

「夫妻之間的愛情是要建立在男女平等的基礎上，目前我們的社會還沒有進步到這個境界。在我們國家裏，很多富裕和有權勢的男人是抱著玩女人的心態，他們甚至不滿足於四個老婆，又養了其他的女人。可蘭經成了被他們利用的工具。」

「其實在許多的文化裏都有這樣的行為，即使是在一夫一妻的婚姻制度裏，也是有男人包養小老婆的現象。在我們中國有一句話叫做；飽暖思淫慾。也許這是我們男人的劣根性。」

阿馬內貝德說：「我年輕的時候被派到英國的皇家陸軍軍官學校去留學，是在那裏遇見了安彼拉的母親。後來我又被派到歐洲的大使館當武官，所以在國外居住了一段時間。我女兒基本上是在歐洲長大的，基督教的社會觀和價值觀都給了她不少的影響。」

徐鏡濤笑著說：「是不是也給副司令先生不少的影響呢？」

阿馬內貝德聽了哈哈大笑，他說：「進出口公司的瑪律扎克告訴我說，徐先生是一位非常優秀的律師，不僅學識豐富，而且頭腦敏銳，反應非常快。我現在完全可以領教了。」

徐靜濤正要追問阿馬內貝德還沒有回答他的問題，小艾利菲出來宣佈要吃晚飯了。

他們是坐在廚房旁邊的一個小飯廳裏，五個人鬆鬆的圍坐在一張小圓桌，桌上已經擺滿了菜肴。阿馬內貝德坐在上座，左右兩邊是女兒安彼拉和孫女艾利菲。徐鏡濤坐在安彼拉旁邊，阿戴爾坐在他女兒艾利菲和徐鏡濤之間。

大家坐定了之後，安彼拉端起一個盤子開始將菜分到各人面前的小盤裏，她說：「這是我們伊朗最好吃的餐前開胃菜，黃瓜塗魚子醬。那是用裏海的鱘魚魚卵製成的，在世界上都是有名的，徐先生，您嘗一嘗。」

徐鏡濤吃了一片，他睜大了眼睛，很快的又往嘴裏送進一片，等咽下後才說：「果然是名不虛傳，真是太好吃了。但是很可惜，很遺憾……」

阿馬內貝德突然說：「閃米，你去把我那瓶上好觀音水拿出來。」

阿戴爾立馬站了起來：「終於等到您這句話了。」

然後就往外走去。徐鏡濤感到一頭霧水，很莫名其妙，坐在他身邊的安彼拉則是全身都在搖晃著笑得花枝招展，他問說：「什麼是觀音水?很好笑嗎？」

讓他吃驚的是，安彼拉的手來回的撫摸著他的大腿，她的眼睛看著徐鏡濤說：

「等一會兒就知道了。今天爸爸很高興，才把存了好幾年的觀音水拿出來喝。」

阿戴爾手裏拿著一瓶名牌的法國香檳酒出來，安彼拉站起來說：

「艾利菲，來幫媽媽把酒杯拿來。」

阿戴爾把香檳酒開瓶後交給了阿馬內貝德，他看著酒瓶上的牌子說：

「法國人做的香檳酒非常的好喝，但是因為穆斯林不能明目張膽的喝，所以我給它一個新的名字，我叫它觀音水。同時我們別忘了，古蘭經裏說，我們不能喝一滴的酒，所以大家一定要跟我一樣，把第一滴酒丟掉。」

阿馬內貝德很小心的把每個人面前的酒杯加滿，用小指頭點了一下酒杯裏的香檳，然後把一滴酒甩在地上，把徐鏡濤看得目瞪口呆。他接著向桌上的人舉杯示意說：

「我們祝福今天的客人徐先生，他的來訪會帶給我們榮幸。」

大家都跟著把一滴香檳酒甩掉後才喝，徐鏡濤注意到安彼拉向他微微的舉杯，露出笑容。她端出了下一道菜，是開胃蔬菜沙拉，菜的樣子非常好看，紅紅綠綠的，再加上淋在上面的純優酪乳，味道更是黏稠美味，還略帶有香草的甘甜味。徐鏡濤讚美了兩句，但是阿馬內貝德說：

「沙拉好吃因為材料新鮮，真正的烹飪手藝是要看主菜了。徐先生，安彼拉為了向您炫耀她的廚藝，特別做了好幾樣主菜，請您嘗嘗，而我們也就托您的福，可以大吃一頓了。」

當第一道主菜端出來時，阿戴爾說：「看樣子，安彼拉今天是做了她最拿手的菜，這道菜叫做『契羅喀保布』，它是伴有烤羊肉串和烤牛肉串還有烤雞肉串的燜飯。」

徐鏡濤吃了兩口，他說：「真是太好吃了，不曉得您夫人是經過名師指點，還是自己創造出來的？」

「安彼拉一直都喜歡烹調，她常向人請教，但是也自我創作，我們就成為她的試驗對象。」

徐鏡濤說：「我們管這種對象叫『白老鼠』，我想你們一定不反對當您夫人的『白老鼠』吧？」

安彼拉的第二道菜是「奧布古事特」，它是將羊肉、豆子、香料和馬鈴薯等放在水中一起燜煨。嘗試了以後，徐鏡濤說：

「這一道菜很像中國陝西地區的一道羊肉泡饃。但是它要好吃得多。」

阿馬內貝德說：「徐先生，您說的陝西地區是不是中國古城西安的所在地？多年前，我曾去過，也嘗過『羊肉泡饃』，但是對它的味道就記憶模糊了，我就記得它是毛澤東主席最喜歡的一道菜。」

徐鏡濤說：「您說得沒錯，『羊肉泡饃』是中國陝西省北部農民吃的菜，大概是因為毛主席在陝北住過一段時期，喜歡上它。陝北的農民會加較多的油脂，說是在冬天吃了，身體會很暖和。」

安彼拉還做了另外的三道菜；一道叫「菲辛江」，是用鵝肉加核桃仁、石榴汁、橄欖、糖和香料在一起燉煨而成。還有一道叫「杜爾麥」，是用牛肉加上幾樣配料一起裹包在新鮮的葡萄葉中再燒煮而成的菜肴。另外一道是傳統的燒魚，這是伊朗南部的菜肴，因為波斯灣的魚蝦類品質上乘，可以被用來烹煮各種美味的食物。最後一道是清燉菜湯，安彼拉從一個鍋裏撈出一大堆圓咕隆咚的蘿蔔放在大盤裏，拿一個讓徐鏡濤嘗嘗，他認為好吃極了，又軟又甜，香味更是撲鼻。

一頓晚飯吃下來，讓徐鏡濤酒足飯飽，滿意極了。

在安彼拉的催促下，大家移師到客廳去喝咖啡吃甜點。孫女兒艾利菲拿著一本書走出來，她坐在徐鏡濤身邊的小椅子上，舉起書本說：

「徐叔叔喜歡講故事嗎？我最喜歡聽故事了。」

徐鏡濤說：「艾利菲，你喜歡聽什麼樣的故事呢？」

艾利菲說：「只要是故事我就喜歡聽，爸爸，媽媽還有爺爺給我講過很多這本書裏的故事。」

「我小時候喜歡看故事書，特別喜歡一本外國翻譯的《天方夜譚》，裏頭的故事都是發生在很遙遠的阿拉伯地方，古時中國稱阿拉伯國家為天方國，而書裏頭的故事都是在夜間講的，所以取了《天方夜譚》的書名。等上了中學後，我知道了書裏的故事是流傳在波斯的民間軼事，而書的淵源是來自波斯巴列維語故事集《一千個故事》。在中國

《天方夜譚》還有另一個名字，就是《一千零一夜》。我相信小艾利菲手裏的書就是我說的波斯文的《一千個故事》。」

艾利菲說：「我這本書的書名是《一千個故事》，但是媽媽告訴我這裏只有兩百個故事。」

「艾利菲，那你最喜歡的是哪一個故事呢？」

「我最喜歡的是《阿里巴巴、女奴和四十大盜》，徐叔叔，你知道這個故事嗎？」

徐鏡濤說：「我看過這個故事，它是說：年輕的阿里巴巴和心地善良的使女莫吉娜，他們嫉惡如仇，機智地和四十大盜進行較量，剷除了這批為非作歹之徒，把他們掠來的不義之財，回歸應該享受它的人。後來有一部電影是根據這個故事拍的。」

艾利菲拍著小手說：

「太好了，徐叔叔和我一樣，也喜歡《一千個故事》書裏的故事，我們一起來聽媽媽講書裏的故事好嗎？媽媽最會講故事了。媽媽說，徐叔叔是從很遠的中國來的，在那裏也有很多故事嗎？」

「小時候，我的媽媽曾跟我說過一個故事，說是在一個山上有一隻大老虎，常常下山來傷人，村裏的人都不敢出去耕田。但是有一個叫武松的人，他很勇敢，赤手空拳一個人上山，找到那隻大老虎，把牠打昏了，捕捉下山。從此村裏的人又可以安心的出門去耕田了。艾利菲，下一次媽媽講故事的時候，一定要叫我啊！我要來和你一起聽。艾利菲，你還喜歡聽媽媽講哪一個故事？」

「媽媽最會講冒險故事，我最喜歡的是《辛蒂巴德航海歷險記》，他的船被被颶風打翻，飄落荒島；還被巨人抓獲，差一點死了；還有一次被大老鷹抓到天上，再丟在深山裏，碰到了沒穿衣服的野蠻人，差一點被吃掉。好緊張呀！」

徐鏡濤說：「我也看過《辛巴達航海歷險記》，它描寫辛巴達前後七次出海，歷數十年之久。每次出海都九死一生，經歷了難以想像的災難。故事裏還描寫了當時商人在國際商貿背景下，特別是海上貿易中遇到的種種險境，同時將街談巷議、道聽塗說的各類傳說和奇聞融入其中。其中還有奇幻的想像，扣動讀者心弦，而神奇怪異的情節和描寫，令人叫絕。」

讓大家驚訝的是，徐鏡濤這位大律師居然能很投入的，和一個七歲的小姑娘一來一往的談天。最後還是做媽媽的安彼拉提醒女兒，時間晚了，該去洗澡上床了。艾利菲才很不願意的親親徐鏡濤：

「我好喜歡跟徐叔叔說故事，徐叔叔，晚安，你要常常來看艾利菲啊！」

「一定，一定，和小艾利菲說話很開心。晚安！」

艾利菲走過去抱抱阿戴爾和阿馬內貝德說：「爸爸，公公，晚安！」

很顯然，這一家人的生活習慣是很西方化了，徐鏡濤在思考，這是不是阿戴爾決定要叛逃的原因之一呢？阿馬內貝德說：

「徐先生，您現在明白了我說的，這個小孫女會把你弄得團團轉，同時還很高興。」

「沒錯，這就是我們中國人所說的，天倫之樂。我相信在伊朗的文化裏，也是同樣的。」

阿馬內貝德說：「是的，在所有的古老文化中，家庭的概念是最重要的支柱。」

阿戴爾轉開了話題說：「那您對波斯的第一個印象是什麼？」

「我和您的女兒艾利菲一樣，小時候就愛上了《天方夜譚》這本故事書，對波斯的第一個印象當然都是來自這些故事了。覺得波斯是個很神奇的地方，那裏的男人都是高大英俊，女人都是美豔如花。後來等我念了歷史，我才明白波斯有豐富的歷史和燦爛的文明。」

阿馬內貝德說：「瑪律扎克告訴我，說徐先生很有學問，尤其對歷史方面的知識更是淵博。徐先生，您對我們伊朗的歷史有些認識嗎？」

徐鏡濤說：「在此之前的幾個世紀，這片土地曾經被許多發源於地中海區域的勢力所統治，當時印度小國林立，中國還在春秋末葉，歐洲除了希臘之外，其餘地區還沒有出現國家形態。但最終這裏還是出現了一個獨立王國，恢復了屬於本民族的自由與榮耀，並發展成為一個橫跨美索不達米亞和印度的帝國。今天的伊朗，伊拉克和阿富汗都曾經屬於當年的古波斯帝國版圖。

「然而接連不斷的戰爭削弱了波斯帝國的實力，為了奪取敘利亞、土耳其、巴勒斯坦、以色列、埃及和整個阿拉伯半島的控制權，與強大的羅馬帝國交戰了數年。直到西元三六四年，羅馬人才和波斯人簽訂了一份和平條約。」

徐鏡濤接著說：「我是從書本裏讀到，最早的波斯人是在西元前六世紀，亞述國滅亡以後，開始生活在伊朗南部設拉子市以南的地區，當年波斯的首都波斯波利斯就是在這裏。從西元前三世紀開始，這一文明才以波斯帝國的名號出現於歷史舞台，它一直延續到西元十七世紀。燦爛的文化內容，特別是在醫學、天文學、數學、農業、建築、音樂、哲學、歷史、文學、藝術和工藝方面都取得了巨大的成就。」

阿戴爾說：「您有讀到一些具體的文化內容嗎？」

徐鏡濤說：「大醫學家阿維森納在西元十一世紀所著的《醫典》，對亞歐各國醫學發展就有重大的影響。波斯人修建了世界上最早的一座天文觀測台，發明了與今天通用的時鐘基本相似的日規盤。還有波斯學者的許多數學著作達到了非常高的水準。波斯詩人菲爾多西的史詩《列王記》、薩迪的《薔薇園》等不僅是波斯文學珍品，而且也是世界文壇的瑰寶。波斯人在藝術、音樂、建築、詩歌、哲學、傳統和思想體系，都具有悠久的歷史。」

阿馬內貝德說：「徐先生，在中國的正式歷史記錄裏，是如何的描述波斯呢？」

「根據中國《史書》記載，西元前二世紀漢武帝時，張騫派他的副使訪問波斯，波斯王令兩萬騎兵迎候，禮儀極為隆重。東漢末年，波斯王的太子，佛教高僧安世高也曾來漢朝訪問，並在中國待了多年。在中國南北朝時代，波斯派使節到中國北魏王朝友好訪問達十多次。隨著雙方友好往來，漢文化傳至西域，西域文化傳來中國，中國和波斯等國的『絲綢之路』也全面暢通，為兩國的經濟及文化交流開闢了新的紀元。

「中國的絲綢、瓷器以及打井、煉鐵、製漆、繅絲等工藝源源傳入波斯等西亞諸國，伊朗的物產如蠶豆、苜蓿、葡萄、胡桃、石榴等也源源傳入中國。《魏書》記載，波斯使臣來中國給北魏皇帝帶來的各種禮品，有珍物、馴象等。一九七〇年，在中國甘肅張掖大佛寺出土了六枚波斯薩珊王朝銀幣。到了唐代，兩國往來曾達到鼎盛時期。」

阿戴爾說：「我們的歷史書裏也寫了，當時波斯遭外來侵略，波斯王親自到唐帝國訪問並請援，唐高宗封他為都督，遣將派兵護送他回國，但回國未成死於長安。他的兒子，尼列斯謀策復國未成，返回中國，也死在長安。當時，尼列斯率領數千波斯人，其中有些在唐朝當上了將軍、外交官、天文學家、醫學家和學者。」

徐鏡濤接著說：「到了戰亂的宋朝時，陸上的『絲綢之路』幾度中斷。這時，造船業開始發達，羅盤針相繼使用，許多波斯人經由海路來到中國的廣州，揚州和泉州等地經商，有的還在那裏安家落戶。這就是後人稱之為的海上『陶瓷之路』。據記載，中國發行鈔票的方法在元朝傳到了波斯，後來，波斯鈔票上的圖案還保留了中國文字。當時，兩國的史學家還合編史書《史集》，波斯等國的西域樂舞也盛行於長安。在明代，明成祖和波斯的沙哈魯王子曾先後互派三百人和五百人的大型代表團互訪；鄭和七次航海訪問亞非各國時，其中三次訪問了波斯灣的忽魯謨斯，也就是今天的霍爾木茲。當時，隨同中國航海家鄭和訪問的費信曾寫紀行詩句描寫當地的風俗及特產。」

阿戴爾接著說：「我看過一本一五一六年，伊朗旅行家阿里・阿克巴爾撰寫的《中國紀行》，它後來成為中、伊友好交往的珍貴史料和重要見證。據考證，多年來，兩國植物的傳播和移植就達幾十種。另外波斯的祆教和摩尼教也曾在中國流行。」

阿馬內貝德也說：「中國和伊朗同為文明古國，兩國交往歷史悠久。回到現今，一九七一年中伊兩國正式建交。一九七九年伊朗伊斯蘭共和國建立後，兩國高層互訪增多，中伊經貿合作不斷深化。二〇〇〇年六月，伊朗總統哈泰咪對中國進行國事訪問。兩年後，艾哈邁迪・內賈德總統出席在北京舉行的上海合作組織成員國元首理事會第十二次會議並訪問中國。伊中兩國在經貿合作上，中國是伊朗在亞洲的第一大交易夥伴，也是世界第三大交易夥伴。伊中兩國在文化上，成立文化聯合委員會並定期舉辦會議。安彼拉也是我們伊朗的代表之一。」

徐鏡濤說：「從古到今，從古代的波斯到今天的伊朗，在本身歷史的發展裏，還有和東方的中國交流裏，宗教是個非常重要的因素，我很想聽聽您的看法。」

阿馬內貝德說：「伊朗伊斯蘭共和國的建立，主要是為了要對抗西方勢力企圖瓜分和併吞伊朗，我們借重宗教的力量凝聚全國人民的力量。我們的目的是達到了，但是也產生了許多後遺症，這是我們需要克服的。伊朗距離成為一個真正的現代化國家還有一段距離。」

徐鏡濤很驚訝的發現，伊朗的最高領導集體裏，會有人對一位外國人說出如此一針見血的感言。他聽見阿馬內貝德繼續的說：

「我個人對宗教是很感興趣，也花過不少時間去研究它。現在伊斯蘭教遍佈全球，但是我們是伊斯蘭的什葉派，是少數，因此也面臨很多的困難。我知道，在歷史上，波斯在傳播伊斯蘭到中國，和以後的發展都曾經扮演過重要的角色，我想聽聽徐先生，你們的歷史書是怎麼寫的？」

徐鏡濤說：「伊斯蘭教是在唐朝年間，西元六五一年傳入中國，這一年是第三任哈里發奧斯曼執政時期。中國史書上把阿拉伯哈里發國家稱為『大食』，史書上又把建都在大馬士革的倭馬亞王朝稱作『白衣大食』。後來流落到西班牙的倭馬亞王朝被稱為『西大食』。阿拔斯王朝被稱作「黑衣大食」或「東大食」。另一個建都開羅的法蒂瑪族王朝則被稱為「綠衣大食」或「南大食」。根據史書，當『瞰密莫米膩』成為大食國的元首後，就和中國有了正式往來。」

阿馬內貝德說：「我們的歷史書上記載，到了西元七九八年，哈里發派使節出訪唐朝共有四十次，關係相當密切。當然這並不能表明在中國就有了穆斯林或清真寺，但是可以說明中國人開始接觸和瞭解伊斯蘭教，這是不容爭議的事實。」

徐鏡濤說：「伊斯蘭教傳入中國的具體確定時間，是一個困難的問題，因為中國同中亞，特別是西亞的接觸並不是伊斯蘭教興起以後才有的事情。記得歷史老師曾講過，在伊朗的古代歷史傳奇故事裏，就有寫著波斯國王乘坐巨大的老鷹飛往中國。但是往來最多的是信奉伊斯蘭教的穆斯林人商人，就是史書上稱為的『蕃商』，其中有些在中國經常是滯留不歸，長期乃至幾代在中國定居下來，因此有所謂的『五代蕃商』。伊斯蘭教的傳入和佛教或後來的基督教傳入中國有很大的不同之處，它是個十分自然的過程，通常是經過通商的商人帶入，這些商人和佛教與基督教帶有十分明顯傳教目的進入中國的僧人和傳教士很不相同。」

阿馬內貝德說：「但是清真寺的建立，說明了是有伊斯蘭的傳教士也跟著商人進入了中國。大食國旅行家蘇來曼於九世紀就在他的作品中提到過，中國最古老的清真寺是廣州的懷聖寺。但是根據我的理解，在清真寺裏使用的都是阿拉伯文而不是波斯文，可見那是在阿拉伯帝國進入了波斯以後的事了。」

徐鏡濤說：「說到清真寺，在中國南宋時期岳坷寫的《程史》裏，也曾提到廣州的懷聖寺。還有在泉州的『聖友之寺』和『清淨寺』也是分別在北宋和南宋時期建造的。這些早期的清真寺都是在南方的沿海，而蕃商是分兩路來到中國，早期進入中國的穆斯林「蕃商」從陸路來的多是波斯人，使用的是波斯文，而從海上來的多是阿拉伯人，使用的是阿拉伯文。而且唐宋時期的清真寺多數在中國沿海地區，可想而知，這些早期的清真寺受到阿拉伯文化的影響。」

徐鏡濤和阿馬內貝德都陷入了沉思，憶想著當年在東方中國唐宋時期和西方大食國的盛世，多彩燦爛的文化衝擊，人文的交流，留下了世世代代的精彩回憶和智慧的成長。安彼拉輕聲的走過來，她說：

「艾利菲用英語和徐叔叔交談，興奮得不能入睡。我答應她還會請徐叔叔到我們家來，才把她哄睡著了。」

徐鏡濤說：「小艾利菲是個非常可愛的孩子，請夫人告訴她，我一定會和她再見面的。」

安彼拉看著徐鏡濤，一對水汪汪的大眼睛裏出現了一絲笑意，她在傳達「我明白了」的資訊，同時也在問，「你明白我在想什麼嗎？」她突然說：

「閃米，你該休息和吃藥的時間到了。」

徐鏡濤這才注意到許久沒有說話的阿戴爾，臉色很疲憊，聽到他無奈的苦笑一聲：「徐先生，最近我有點不舒服，看了醫生，拿了藥。醫生說要多休息，不能勞累。很抱歉，我就先告退了。你們繼續談，爸爸和安彼拉還有不少事情要和您談談。」

徐鏡濤說：「阿戴爾博士，您不客氣，身體要緊，您還是早點去休息吧！」

阿戴爾和安彼拉離開後，阿馬內貝德說：

「我們到書房裏去談，我有上好的法國白蘭地酒。」

「您是說有上好的觀音水，是嗎？」

阿馬內貝德哈哈大笑：「到底是律師聰明，完全正確。」

伊朗軍方的二把手，革命衛隊副司令，領著徐鏡濤到了寬大的書房，從櫃子裏拿出一瓶白蘭地酒和兩個酒杯，倒滿後，兩人開始品嘗。他說：

「徐先生，你們的歷史書中有沒有記載過，大食國和唐朝曾發生過一次戰爭。」

徐鏡濤說：「有的，那就是『怛邏斯戰役』。大食帝國征服了薩珊王朝，勢力繼續東進，整個帕米兒高原基本成為大食的勢力範圍。唐朝與大食的接觸日益頻繁。西元七五一年，唐朝和大食有了正面的碰撞；怛邏斯戰役開始了。在戰役中雙方相互廝殺了整整五天。唐朝的部隊潰不成軍，殘兵退還至安西。怛邏斯戰役的四年之後，『安史之亂』暴發，唐朝元氣大傷，告別了鼎盛的黃金時代。頗具戲劇意味的是，唐朝在平定『安史之亂』時，還請了當年怛邏斯戰役的對手，也就是大食國的軍隊，來到中國幫助平亂。這些軍士立下赫赫戰功，獲得唐朝皇帝的嘉獎。」

「徐先生，您知道嗎？這場戰爭還帶來了一個意想不到的正面後果。就是怛邏斯戰役烽煙散盡後，來自中國的造紙術向世界範圍傳播。大食國軍隊所俘獲的唐朝士卒中有各種技工，包括造紙工匠，他們被押往撒馬爾罕建立造紙作坊。在許多中世紀阿拉伯旅行家的遊記中，都有關於撒馬爾罕出產優質紙品的記錄，撒馬爾罕的紙品成為當地重要的出口商品。造紙術隨即迅速傳到伊拉克、敘利亞、埃及、摩洛哥、西班牙和義大利、法國及北歐、美洲大陸和澳洲等地。您能想到嗎？當年波斯和中國的一場廝殺，卻帶給人類文明向前邁進一大步。」

這次輪到徐鏡濤哈哈大笑，他說：「來，我們為『怛邏斯戰役』乾一杯。」

阿馬內貝德喝了一大口白蘭地，他說：

「真痛快，怪不得瑪律扎克告訴我，有機會和您聊天是千載難逢。徐先生，我還有一個問題想請教您，就是中國自古就有一個族群叫『回族』，他們和傳統的穆斯林不盡相同，請說說是個什麼道理。」

「在歷史上，波斯和中國都同樣的被蒙古人征服過。他們在中國的土地上建立了蒙古帝國，這就是中國歷史上的元朝。然而蒙古本族的人數是太少了，成吉思汗在世及逝世後留下的蒙古軍隊只有十三萬九千人，蒙古人征服世界主要的是依靠被征服地區人民的兵力。在他龐大的軍隊裏，除了骨幹蒙古兵外，還包括有沙陀、吐谷渾、黨項、契丹、女真、畏兀兒、哈剌魯、欽察、康里、阿速斡羅思、波斯乃至阿拉伯人等，一共包括有三十一種不同的族群，被總稱為『色國人』，其中篤信伊斯蘭教的中亞和西亞各民族的文化最高，他們被稱為『回回色目人』。」

阿馬內貝德說：「我好像也在書上看到過這些歷史。」

徐鏡濤接著說：「後來這些人中有不少就留在政府裏做官，對元朝的政治、經濟和文化政策都發生過重大影響。穆斯林善於理財，勤於計算，蒙古軍隊和政府中間有關運輸、設計、儲藏、財經和貿易的官員大都用他們擔任。此外，元朝幅員廣大，民族眾多，同時使用三種語言：蒙古語、波斯語和漢語。因為那時伊斯蘭世界通行的語言就是波斯語。元朝政府設有回回國子學、回回國子監，許多政府行署設有回回譯史、令史、椽史等職。元朝政府尊重伊斯蘭教，伊斯蘭教亦隨之廣泛傳播於中國境內。所以說元朝實際上是一個多民族的大熔爐，融合了從中亞和西亞來到中國內地的許多民族，由於共同信奉伊斯蘭教，在以後漫長的歲月裏，逐漸形成了一個新的民族，就是中國的『回族』，他們的共同點就是信奉伊斯蘭。但是您相信嗎？回族裏還包括了猶太人。」

「是嗎？這是怎麼回事？」

「一千多年前，一群信奉猶太教的猶太人來到中國洛陽定居，他們建造了猶太教禮拜堂，膜拜他們的神，當地無知的中國人，看到這些人的生活，特別是不吃豬肉的習慣，就稱他們為『藍帽回回』。」

阿馬內貝德非常感慨的說：

「古蘭經裏的真主和基督教聖經裏的上帝是同一個神，當地的老百姓並沒有錯。但是這也正說明了中國人的確是個心胸開闊的民族，它能包容不同信仰和不同種族的人。也許這就是建立了博大精深文化的主要因素。今天我們伊朗面對的西方國家和人民，卻是充滿了仇視和偏見，逼著我們選擇他們給予的臣服或滅亡。所以我們才有年輕人選擇走上極端的道路，讓對伊朗有野心的集體有了藉口，侵略我們。每次想到這裏我就非常心痛。」

徐鏡濤回答說：「人和人之間的溝通和諒解是一個過程，它需要時間，國家和國家，族群和族群，更是如此，但是它需要更久的時間。伊朗和中國一樣，都曾經被西方的勢力壓迫和傷害，現在走上了獨立自主的道路，但是這條路上是滿布荊棘。」

不知什麼時候安彼拉已經悄然的來到書房，她說：

「爸爸，徐先生說得是，很多事情是急不得的，需要慢慢的等待時機。」

阿馬內貝德說：「我當然明白這道理了。但是，我擔心的不是外來的侵略，而是我們內部的叛徒。」

「副司令先生，您說得很對，一個團體裏如果出現了自私的叛徒，再夥同外來的侵略者，這個團體就可能會面臨滅亡。」

阿馬內貝德說：「安彼拉，徐先生的看法跟我一樣，內部的叛徒會造成致命的傷害，因此我們對內的鬥爭往往要比對外的鬥爭更為慘烈，更是血淋林。徐先生，中國不就是走過這條路嗎？」

徐鏡濤回答說：「您說得很對，對內部的鬥爭可能是會持續一代人的過程，會是個傷害性很大的過程。」

阿馬內貝德很嚴肅的說：「這就是我最憂心，最讓我寢食不安的原因。徐先生，對不起，安彼拉還有事要和您談談，我就先去休息了。我就是要聲明一件事，那就是我女兒和孫女的快樂就是我生命的全部，我會支持她們所做的任何決定。」

中情局最關心的問題：伊朗革命衛隊副司令阿馬內貝德，對女婿和女兒要投奔美國的決定，是什麼態度；現在終於有了答案。但是顯然這是件不可思議的事，真正的幕後原因還不清楚。

徐鏡濤一個人坐在沙發上思考，他認為整個事件是個大陷阱的可能還是存在。

安彼拉把她父親送去休息後，又回到了書房，同時還把徐鏡濤不離身的筆記型電腦也帶了進來，在他身邊坐下，因為貼得很近，讓他聞到了一股濃濃的香水味，但是最讓他震撼的是，安彼拉散發出來的女人魅力。

她的手又是輕輕的放在徐鏡濤的大腿上，來回的撫摸著，她說：

「美國政府會認為伊朗軍方二把手的女兒女婿全家要叛逃是不可思議的，所以他們請你來接觸我們，做近距離的觀察，判別我們是否有誠意，還是另有企圖。這一點，我們很清楚，也會配合你們。」

「我個人認為，中情局是否要接納你們，是要看阿戴爾能否提供給他們有價值的情報。所有的情報機構都是非常現實的。」

「爸爸的書桌上有兩份報告，都是給你看的，但是你不能帶離開這裏，太危險了。

我們這裏有高速寬頻的無線互聯網，你可以上傳資料。」

徐鏡濤把書桌上的兩份報告很快的過目，第一份是關於伊朗現今的核子發展情況，包括了：

三十七噸鈾礦原料中的一部分已用於鈾提煉濃縮，德法英三國的私人公司計畫向伊朗提供核技術，核燃料和一座輕水反應堆，已經成功的生產出低純度的濃縮鈾，成功的安裝了第二批鈾濃縮設備，也就是一百六十四台離心分離機，在俄羅斯和朝鮮的說明下成功製造出核武器，並擁有足夠製造更多核彈的武器級鈾和鈽。伊朗在國際原子能總署幾乎不知道的情況下，建造了七座核設施，並完成了核武器計畫。

第二份報告只有兩頁紙，但是讓徐鏡濤嚇了一跳，那是一份名單，包括有美國國會議員、他們的助理、軍方將領和高級軍官、政府要員，包括中情局的雇員以及私人公司。他們的共同點是：都是美國的極端保守派，基督教的狂熱份子，還有就是企圖要向伊朗出售核子技術。徐鏡濤認為第二份名單上的人都可能觸犯了美國的法律。

兩份報告一共有八頁紙，徐鏡濤將它們每四張一起，攤開在大書桌上，然後用手機攝像。將兩幅圖像輸入筆電，用中情局的密碼軟體轉換，用書房內的無線互聯網傳給香港的一個谷歌電郵位址。兩分鐘後，一個電郵發送到徐鏡濤的網址；是一封感謝信，說明接到了伊朗的米老鼠圖片，很漂亮，非常感謝。

徐鏡濤在收起電腦時，安彼拉靠了過來：

「中情局會不會嚇一跳？你的情報是從革命衛隊副司令家裏上傳出去的。」

「我想一定會的。安彼拉，我是這輩子頭一回做這種工作，是個完全的外行，沒有分析的能力，我只能將在這裏所發生的一切，一五一十的告訴他們。所以你們就靜待回音吧。」

「但是他們一定會問你的印象，你能說說嗎？」

「首先，你們的艾利菲是個很迷人的小女孩，太可愛了。我和阿戴爾博士算是見過多次了，他應該是個很稱職的科學家，是個好丈夫和父親。我最大的迷惑是來自令尊，他是伊朗軍方的二把手。顯然，他是支持，至少不反對你們的意圖，但是他在我的眼裏，是個很傑出的歷史政治學家、軍事家和愛國者。他熱愛著伊朗的歷史、國家和人民，但是他也是個謎一樣的人。」

她更靠近了，徐鏡濤能感覺到她嘴裏呼出來的氣，她在他的耳邊說：「你還沒說對安彼拉的印象。」

一股無形的力量把徐鏡濤壓得透不出氣來，他努力的從嘴裏擠出：「非常美麗、動人，是我見過最有魅力的女人。當一個男人，我非常羨慕阿戴爾。」

她已經貼上來了：「有的男人只會相信被他征服過的女人，你也是那種人嗎？」

徐鏡濤不敢動彈，隔了許久，聽見一聲歎息：「命運是不能改變的，一切都太晚了。」

也許是有淚珠在裏頭，安彼拉的大眼睛顯得更是水汪汪，她轉過身子說：

「在我身上發生過很多事情，我想說，但是沒有勇氣。我的感覺是，中情局是否會接納我們，您的報告是關鍵。我還想跟您見一面，您願意嗎？」

「當然，沒問題。」

「我有一個同學，她叫瑪麗莎，是多年的朋友。她會去找你，安排我們見面的事，她是個克羅埃西亞的大美女，很迷人的，但是你要當心。」

「為什麼？她也很恐怖嗎？」

「她也許會把你累死。」

徐鏡濤說：「我需要先回到香港，中情局一定要詳細的詢問我，這是他們的作業程序。我相信他們會有很多的問題要問，所以我會很快的再來，請你耐心的等我。」

第四章：克羅埃西亞美女

徐鏡濤回到香港時，赫伯・費特勒已經帶著兩個專家小組在等著他。核武小組對於他取得的資料非常滿意，建議接受阿戴爾的投誠。但是策反小組對阿戴爾投奔西方的理由還是有疑問，要求徐鏡濤再去德黑蘭，從第三者打探真正的理由。

再度來到了德黑蘭，他按照預先的工作議程，用了一天半的時間，完成了麥金利律師事務所和他們在伊朗的兩個大客戶，「伊朗進出口公司」和「波斯礦業公司」之間的業務溝通和協商。

兩家客戶都同意將他們和麥金利律師事務所的合同再延長了三年。

最後一個討論專案是，伊朗戈爾博集團決定成立「波斯地毯公司」，在全世界推銷著名的波斯地毯，他們交給徐鏡濤一份初步的計畫，要求麥金利律師事務所為他們提供成立世界性公司的建議。

會議結束後，伊朗進出口公司負責業務發展部門的總經理瑪律扎克陪同徐鏡濤參觀了德黑蘭市郊最大的一間地毯工廠。

工廠的占地面積很大，一進大門就是地毯歷史博物館，內部展示了不少從十六世紀到二十世紀的手織地毯。

兩年前，徐鏡濤在土耳其也曾見識了世界聞名的土耳其地毯，但比起了伊朗的波斯地毯後，那是小巫見大巫了。工廠裏的人講解了製造地毯的各種天然染色原料和編織地毯的各種工具，他們在原料的選擇，色澤調配、圖案設計和編織技巧都有嚴格的要求。一塊好的地毯大致取決於它的設計，色彩和用料，它們有絲，羊毛，駱駝毛和棉花，其中以絲為最佳，因為有較高的密實度。地毯的圖樣大致分為城市風格和遊牧風格兩種，前者是事先設計圖樣，以人物，故事為主題居多，伊斯法罕的地毯為此風格代表。遊牧風格的地毯是事先不設計，工作人員邊想邊織，有時會有意想不到的精彩產品。

波斯地毯很喜歡以花卉植物為題材，因為伊朗有不少沙漠地帶，花園對他們來說是幸福生活的象徵，踩著花卉圖案的地毯就好像踩在花園裏一般。隨行的瑪律扎克說，伊朗年輕人結婚時，如果父母有經濟條件，就會挑選上好的波斯地毯，作為結婚禮物。一來實用，二來可以代代相傳。徐鏡濤回答說，這種家庭觀念其實和中國人的傳統是很接近的。

地毯歷史博物館的陳列品很多，並且都是上好的精品。引起徐鏡濤注意的是兩張地毯，一張是有一棵世界名人樹圖案的駱駝毛地毯，樹上繡了古今的世界名人，構思獨特。另一張是名叫「四季」的真絲地毯，繡的圖案是古城波斯波利斯的雕刻和在波斯發源的拜火教智慧老人，四周是春夏秋冬世俗生活的景象，四角還點綴著宗教故事；亞當和夏娃，在伊朗的出版書籍裏，非常公開的敘述亞當和夏娃的故事是拜火教，伊斯蘭教，基督教和猶太教所共有的神話。徐鏡濤覺得它的設計特別能體現波斯文化特色。

其實有很多伊朗人都認為自己是波斯人，他們為波斯波利斯這樣的古文明驕傲，雖然現在的伊朗是伊斯蘭政教合一的國家，但是有些人是更看重一種智慧和優雅的內心世界。很多人不會說自己不是穆斯林，但是又崇尚古老的拜火教教義，同時過著波斯風格的俗事生活。這幅名叫「四季」的真絲地毯就很能表達這種心態。

地毯工廠的設備非常現代化，它的生產能量遠遠的超過了目前的銷售量，瑪律扎克解釋說，由於美國和西方國家的禁運，還有抵制伊朗的觀光事業，地毯的外銷以及觀光客的購買量，都遠遠的小於當初的預想，他希望徐鏡濤能為他們想個辦法，找到一個突破點。

徐鏡濤立刻就反應說，突破的原則是，一個外國公司，在伊朗以合同方式生產地毯，成品是屬於那家外國公司的，而不是屬於伊朗戈爾博集團的，因此不會被禁運抵制，而那家外國公司又是屬於另一家瑞士的控股公司，根據瑞士的法律，控股公司的所有人是隱蔽的。至於要觀光客購買波斯地毯，不一定要限於到伊朗旅遊的人，可以將波斯地毯送到全世界的觀光地點銷售。徐鏡濤一語道破，指點迷津，他真正成為了伊朗進出口公司的大寶貝。

回到了德黑蘭國際大酒店，徐鏡濤趕快洗了淋浴，換了一件襯衫。晚上約好了阿戴爾妻子安彼拉的好友，瑪麗莎·柯溫斯，吃晚飯。目的是要找出伊朗核子科學家阿戴爾要叛逃到美國去的真正目的。

赫伯·費特勒是徐鏡濤在耶魯大學的同班同學，他是中情局的情報官，負責阿戴爾的案子。徐鏡濤是受他的委託，首先在土耳其的伊斯坦堡和阿戴爾第一次接觸，這次趁他到德黑蘭辦理業務的機會，來調查背景。

徐鏡濤的業務非常順利，但背景調查到目前為止，還是不能理解阿戴爾要叛逃的真正目的。主要是因為根據阿戴爾的家庭現況，他完全沒有叛逃離開伊朗的理由。徐鏡濤覺得除了兩次替當事人將情報送給中情局之外，他並沒有做任何實質的貢獻，對於能否從瑪麗莎·柯溫斯的嘴裏得到更多的相關資訊，他並沒有抱太多的期望。

瑪麗莎很準時的來到了德黑蘭國際大酒店頂樓的旋轉餐廳，迎賓經理將她帶到他的座位前面，徐鏡濤起立相迎，兩人握手寒暄。瑪麗莎用伊朗話和迎賓經理說了兩句話，她就面露笑容的說：

「太好了，這家餐廳是招待外國人的，所以我可以把頭巾拿下來了。」

她把頭巾取下放進風衣的口袋，然後又把風衣脫下來交給迎賓經理。當徐鏡濤把椅子拉出來讓她坐下時，一股香水氣味飄了過來，他說：

「『午夜的夢』，太好了。」

「原來徐先生對女人的香水很有研究。」

「那倒不是，只是我很喜歡這款香水的氣味。」

安彼拉說得沒錯，她的好朋友果然是個美女，雖然她是歐洲南部的人，但是膚色要比希臘或是義大利人更淡，臉龐沒有安彼拉那麼的美豔，但是她的笑容在她一頭黑髮的相配下，特別的吸引人。最讓男人動心的是她那一身惹火的身材，修長的大腿和豐胸細腰，在貼身的黑長褲和襯衫下，顯露無遺。徐鏡濤說：

「柯溫斯小姐只能在這裏專門招待外國人的地方，脫下風衣。如果是在馬路上，您會有被逮捕的可能。」

「我把徐大律師的這句話當成是讚美我。還有別叫我柯溫斯小姐，叫我瑪麗莎，要不然會影響我的消化。」

「沒問題，只要不叫我大律師，我就叫你瑪麗莎。說起消化，你看一下菜單，選你喜歡的晚餐。」

「說起點菜，我要向你招供一件丟人的事。兩天前安彼拉告訴我說，我可以在德黑蘭國際酒店的頂樓餐廳騙到一頓晚餐，我就開始餓我自己。因為這裏有吃到飽的自助餐，特別是它的法國菜，想起來就會流口水。我可以叫一份自助餐嗎？我需要好好的補充營養。」

「沒問題，那我們就叫兩份自助餐。」

「可不可以再加一瓶紅酒？你會不會覺得我這人太貪心了？」

「正好也是我想叫的。」

徐鏡濤很喜歡瑪麗莎率直的個性，他在等著紅酒的到來時，瑪麗莎已經迫不及待的起身去拿菜了。她首先是拿了一大盤水果：

「根據營養專家最新的發現，現在的理論是要先吃水果，而不是在飯後才吃，你趕快去拿，要不然都被我吃光了。別忘了拿無花果，那是伊朗的精品水果。」

徐鏡濤去拿了一盤餐前小食，瑪麗莎已經把兩人的酒杯加滿，他們互相舉杯祝對方身體健康，然後瑪麗莎就全神貫注在吃眼前的食物。一直等到她吃完了沙拉和湯，拿回來一盤主食後，她才抬起頭來說：

「我的吃相是不是很難看？」

「別擔心，看你的人都是在看美女，而不是在看美女的吃相，你就安心的儘量吃吧！」

「今天的烤魚非常好吃，你趕快去拿一份，去晚了會被人拿光的。拜託，順便再替我也拿一份。」

看著瑪麗莎享受美食的樣子，徐鏡濤很高興：

「你知道嗎？有人說，美食要慢慢的吃，味道會更好。除了陪美女吃飯，今天晚上我沒有任何別的事，除非你還要趕時間，我建議你把速度放慢。」

瑪麗莎把刀叉放下，喝了一口酒：

「我就知道吃相很難看，對不起，讓你丟臉。從現在開始，我會像貴婦人似的，慢慢的嚼，然後慢慢的吞下去。」

「但是瑪麗莎，要是讓安彼拉知道了是我讓你消化不良，說不定她會叫她老爸把我們麥金利事務所的合同取消了。」

「這個你就放心吧！安彼拉把你說成是個世界上最完美的男人，我還是第一次聽見她承認被男人迷住了。你需要擔心的不是你的合同，你要小心被她吃了。噢！對了，安彼拉說，我這頓飯不是白吃的，她交給我三個任務，第一，明天當你的導遊。第二，毫無保留的回答你所有關於安彼拉和她家人的問題。第三，後天把你送到安彼拉在設拉子的秘屋。」

徐鏡濤吃驚地說：「安彼拉有秘屋？那是幹什麼的？」

「是的，只有她和我知道這個秘屋的存在。至於她要我把你送到那裏的目的是什麼，那我就不知道了，但是我的想像力還很豐富的。我只是想知道，安彼拉平常對她的身世守口如瓶，從不輕易說她自己的事，為什麼她要我把她的一切都告訴你呢？我看她是被你迷住了。」

徐鏡濤沒有回答瑪麗莎的問題，只是避重就輕地說：

「我們事務所和伊朗進出口公司有合同，他們的大老闆是安彼拉的父親，我們是為了商業的發展，希望知道一些負責人的家庭背景，做為宣傳產品的資料。」

「說法有點牽強，難令我完全相信。」

徐鏡濤轉開了話題：「安彼拉說，你們是同學，也是好朋友，你很清楚的瞭解她的身世嗎？」

瑪麗莎說：「沒錯，我們認識彼此已經超過有十年了。我們在巴黎索邦大學念書的四年是住在一起的。等我來到德黑蘭時，我們又碰上了。」

徐鏡濤說：「瑪麗莎，你在法國念的書，但不是法國人，那你原來是從哪裏來的？怎麼會到了德黑蘭的？」

「我是克羅埃西亞人，學歷史的。到伊朗來是為了研究伊斯蘭宗教歷史的。但是我非常高興在德黑蘭碰到老朋友安彼拉。徐鏡濤，我可以稱名道姓嗎？」

徐鏡濤說：「當然，我不是就叫你瑪麗莎嗎？」

兩個人的主食都吃得差不多了，瑪麗莎的饑餓情況顯然有了很大的改進，她已經不再狼吞虎嚥，而是細細的品嘗不同的美食。等到瑪麗莎端了兩杯熱騰騰的咖啡回到座位時，兩人都感到他們之間的距離縮小了很多。瑪麗莎問說：

「你對我們克羅埃西亞這個小國家有些瞭解嗎？」

「克羅埃西亞是位於歐洲東南部的共和國，處於地中海及巴爾幹半島潘諾尼亞平原的交界處。西南部和南部為亞得里亞海海岸，有很多的島嶼，中南部是高原和山地，東北部為平原。隔著亞得里亞海與義大利相望，北部的鄰國是斯洛維尼亞和匈牙利，東面和南面則是塞爾維亞與波黑。它是在一九九一年脫離南斯拉夫而獨立，首都為札格雷布，在二〇一三年加入歐盟。」

瑪麗莎笑著說：「完全正確，但是很像是從旅遊書本上背誦下來的。」

「其實在幾年前我曾經去過克羅埃西亞，那裏的風景非常美，記得有一個觀光景點，有好多的湖泊和瀑布，還有彩色繽紛的樹林，當時覺得很像中國四川省的九寨溝。另外我們也去參觀了克羅埃西亞歷史名城斯普利特市的戴克里先宮。它有一千七八百年的歷史了，皇宮占地有三萬多平方米，宮殿的圍牆有二十公尺高，兩米寬，正門的六根大理石柱是遠涉重洋從中東運來的，工程浩大也很宏偉壯麗。克羅埃西亞給我留下了很深刻的印象。」

「你剛剛說『我們』，所以你是參加旅遊團去克羅埃西亞觀光的，你們還去了些什麼地方？」

「我是和一位女性朋友一起去的，所以不方便對貴國著名的美女群做深入的欣賞。」

「那太遺憾了，現在這位女性朋友在哪裏呢？」

徐鏡濤說：「很不幸，她已經是另一個男人的妻子了。」

「那麼你應該再去一次克羅埃西亞，就可以暢所欲為的去欣賞著名的美女群了。」

「不用那麼大費周章了，眼前就有一位克羅埃西亞美女讓我欣賞，不是嗎？」

「我有自知之明，比起真正的克羅埃西亞美女，我還差遠了。你會對我做深入的欣賞嗎？」

瑪麗莎在言語上的挑逗很明顯了，她特別的加重了「深入」兩字。徐鏡濤也不甘示弱：「那是一定的了，在克羅埃西亞美女面前，絕不手軟。」

「能告訴我，你會要多深入呢？」

瑪麗莎的攻勢一點都不放鬆，徐鏡濤也迎接對抗：「我會很深很深的進入，一直到佔領美女的靈魂。」

瑪麗莎還是不甘示弱：「那你就不怕我吞噬了你，然後把門關得緊緊的，不讓你出去嗎？」

「那我一定要拭目以待了。」

她曖昧的笑著說：「男人都是一樣，就是會自我膨脹。」

「要是不會自我膨脹，美女就不歡迎了。你說不是嗎？」

「我不跟你鬥嘴了，你對我們克羅埃西亞還有什麼印象？」

顯然徐鏡濤是在第一回合取勝，他高興的說：

「跟你鬥嘴很有意思，但是我們不開玩笑了。我認為克羅埃西亞是個生氣勃勃的國家。它是個高收入的市場經濟體系，經濟基礎良好，旅遊、建築、造船和製藥等產業發展得很好。我也知道足球和網球是克羅埃西亞的第一運動。還有就是有跡象顯示你們很可能會選出來歷史上第一位女總統。」

「這幾年我們克羅埃西亞的發展是很不錯的。一般說來，老百姓的日子過得很好。我是想告訴你，我們國家還有一些特殊的地方。你知道嗎？克羅埃西亞有很多博物館，其中相當一部分是歸私人所有。還有我們國家劇院的歷史可以追溯到一八六八年，它演出的水準很高超，而票價卻很低廉，老百姓很容易接觸到高雅的藝術。徐鏡濤，你知道我們在歷史上的名人嗎？」

「我知道發明交流電的尼古拉・特斯拉，是塞爾維亞裔的科學家，在科學技術的發展史上，他被稱為是人類進入電氣時代的重要推動者。他是出生在克羅埃西亞斯米灣村。還有一位莫霍洛維奇・安決瑞亞，他是著名的地質學家，一個地質介面就是以他的名字命名。在美國加州的地震帶就有一個安決瑞亞斷層。」

「我們還有一位歷史名人你應當知道的，他叫馬可・波羅。」

「但是歷史書上寫的，他是義大利的威尼斯人。」

瑪麗莎笑著說：

「哈！安彼拉一直在讚美你是多麼的有學問，但是終於被我找到一個缺點了。馬可・波羅出生於克羅埃西亞的考爾楚拉島。該地區當時受到威尼斯共和國的統治。同時他的遊記又是用義大利文寫成的，所以世人才多稱他為義大利的威尼斯人。明白了嗎？」

徐鏡濤也笑著說：「瑪麗莎，你知道嗎？有學問的美女是最有魅力的，也是最能誘惑男人的。男人最想征服的就是這種女人。」

「那就輪到我要拭目以待了。」

一頓賞心悅目的晚餐終於吃飽了，徐鏡濤和瑪麗莎都很開心，兩人都沒有要結束他們會面的意圖，所以很自然的就轉移陣地，到隔壁的咖啡廳繼續他們的談天說地。徐鏡濤首先問說：「瑪麗莎，你是克羅埃西亞人，怎麼會跑到伊朗來了呢？」

「我是被安彼拉騙來的。我們從巴黎畢業以後，本來各自要回到自己的國家，但是安彼拉請我先到德黑蘭來旅遊觀光，碰到德黑蘭大學的歷史系要聘我當研究員，薪水也不錯，結果就留下來到今天。」

「但是，我相信你一定很喜歡你的工作和這裏的環境，要不你也不會久留下來。」

「是的，我本來就喜歡宗教歷史，現在可以隨心所欲的去追求這方面的知識，再加上伊朗的豐富文化，我是很開心。唯一的缺點是規矩太多，我們女人出門就得包緊緊的密不通風，沒法去勾引男人，還不准我們打情罵俏，犯規了還要關監牢。比我們天主教的修女還嚴格，所以我只能在安彼拉身上找樂子。」

徐鏡濤喝了一小口濃濃的咖啡：「在學術的觀點上，你當初是如何看伊朗？」

「我的教授講說，西元前兩千年，埃蘭民族就發展了巴比倫文明，後來印度和歐洲的侵略者在遼闊的伊朗高原定居下來。『伊朗』一詞的意思是『雅利安人的家園』。雅利安人是半遊牧民，他們的後裔是米提亞人和波斯人，他們建立了第一個伊朗國家。西元前六世紀，居魯士大帝建立了後來史書上稱為古代最偉大帝國之一的波斯帝國。」

沒想到瑪麗莎在嬉笑的外表和遊戲人間的言行中，還真是個歷史學家，徐鏡濤說：「你是說，安彼拉很可能是北歐雅利安人的後裔。」

「你難道還看不出來嗎？安彼拉濃眉大眼，高高的鼻樑，雪白的皮膚，完全是雅利安人的樣子。我看過她全身雪白的細皮嫩肉，摸起來可舒服了。」

瑪麗莎看見徐鏡濤的驚訝和目瞪口呆的表情，她說：

「你別胡思亂想，大驚小怪的，我和安彼拉都是正常的女人。她只是可憐我，想男人想得快發瘋了，才讓我跟她偶爾假鳳虛凰一下。」

徐鏡濤說：「我們言歸正傳，歷史書上稱這片土地為波斯，什麼時候把它改稱為伊朗的？」

「波斯是希臘文名字，一九三五年，雷扎國王，也就是最後一位伊朗國王的父親，要求大家稱這個國家為伊朗。伊朗很富裕。由於她的財富及有利的地理位置，很容易成為外來勢力攻擊的對象。然而波斯的語言和文化經受住了這些侵略，侵略者們反被這種強有力的文化所同化，使他們也成為了伊朗人。有一本書叫《我在伊朗長大》，它的作者，瑪贊．莎塔碧，在書裏就是這麼寫的。」

徐鏡濤握住了瑪麗莎的手，很嚴肅的說：

「瑪麗莎，我要問你幾個和伊朗政權有關的問題，還有他們執政者的問題，這些都是和安彼拉的父親有關，我希望你能很客觀的把你的看法告訴我。」

瑪麗莎說：「除了我感激你，讓我痛快的大吃了一頓之外，我覺得安彼拉看得很對，你是個很優秀的男人。我喜歡你，我會給你我客觀的回答。」

徐鏡濤說：「太好了，先說說你對目前伊朗政權的看法。」

「一九七九年，伊朗君主世襲的巴列維王朝覆亡，長期的封建專制制度被推翻，以何梅尼為首的什葉派宗教人士宣佈建立伊朗伊斯蘭共和國。新政權雖然消滅了封建專制的家族式君主世襲，卻建立了現代專制的集體世襲，這就是神權世襲。」

徐鏡濤說：「我一直以為伊朗的政權是個集體領導的制度，它和神權世襲有什麼不同？」

「我說的神權世襲是個現代專制制度，在伊朗是以何梅尼為首的什葉派宗教領袖，建立起了一種獨特的集體世襲神權至上的現代專制架構。根據伊朗憲法，伊朗實行政教合一，神權高於一切的政治體制。最高領袖是一言九鼎的一把手，他不只是宗教領袖，也是政治權威，他的權力在行政、立法、司法之上，是內政外交的最後裁定者，也是武裝部隊的總司令，集大權於一身。總統、議會、司法、等所有機構都要受宗教領袖的領導。」

徐鏡濤接著問：「領導人的傳承是如何的世襲呢？我以為是選舉產生的。」

「沒錯，但是負責選舉領導人的是『專家會議』，專家會議由宗教法學家組成，成員有八十六人。這種政治體制決定了宗教領袖們可以壟斷國家的政治權力，並牢牢地控制在集團內部，只能在集團內部成員之間傳承。」

徐鏡濤說：「這和中國的政治制度很像，它的憲法規定共產黨是執政黨，而領導人是從黨內的中央政治局裏的委員中選舉出來。」

「但是神權世襲國家還有另一個專制，就是強制信仰，國民必須效忠於宗教。伊朗的現代專制制度確保了伊斯蘭教對國家權力的絕對壟斷。為了保證集體世襲和強制信仰，由宗教控制的伊朗建立了伊斯蘭教神職人員凌駕於法律和政府之上的超權力，政府淪落為宗教的附庸和奴僕。」

「瑪麗莎，但是伊朗的總統不是由人民選舉出來的嗎？他和宗教的關係又是如何呢？」

「作為民主選舉的總統，他擁有伊朗的最高行政權。無論是國內政治還是外交事務中，在電視裏、報紙上拋頭露面、風光大造的大多都是總統，但是他的角色微妙。由於伊朗政治體制，實質上總統事無巨細都要按照最高領袖和專家委員會的意志行事，在更大意義上只不過是宗教的官方新聞發言人罷了」。

徐鏡濤說：「『槍桿裏出政權』這句話是中國執政的共產黨主席毛澤東說的。瑪麗莎，你剛剛說，伊朗的神權領導人也是武裝部隊的總司令，事實上，是這些武裝部隊為伊朗的伊斯蘭政權提供了執政的保障。我想聽聽你對這些軍隊和他們司令官的看法。」

「我想你是要打聽安彼拉的父親，阿馬內貝德的情況，是不是？」

「聰明的美女，發射出的魅力，有致命的誘惑。」

「別怕，我沒有那麼恐怖。我對伊朗軍隊的理解是：著名的『伊朗伊斯蘭革命衛隊』是成立於一九七九，當時只是一支維持治安的部隊，其首要任務就是要捍衛革命的勝利果實。但是突如其來的兩伊戰爭把伊朗的正規軍和革命衛隊同時送上戰場。革命衛隊在戰爭中衝鋒陷陣、視死如歸，在國內鬥爭中惟命是從，雷厲風行，深得領導人的信任和讚賞，它的人員和裝備不斷擴張，迅速發展成為伊朗的主要作戰力量之一，並且絕對稱得上是一支精銳之師。伊朗革命衛隊與伊朗國防軍平行，有自己完備的海、陸、空和特種部隊編制。伊朗的導彈部隊是掌握在革命衛隊手中。伊朗的神權領導人是革命衛隊的總司令，但是實際負責指揮任務的是二把手，他就是安彼拉的父親阿馬內貝德。在目前的伊朗政權裏，他是個舉足輕重的人物。」

徐鏡濤說：「我們的客戶，伊朗進出口公司裏有人告訴我，伊朗革命衛隊的角色不僅僅局限在軍事上，它的影響力滲透伊朗社會的各個層面。經濟上，革命衛隊在國家憲法的特許下控制著不少涉及軍工製造，石油和天然氣開採以及民用交通等重要領域的產業。例如，伊朗最大的油氣田和鋪設通往巴基斯坦能源管道的項目，總價值是三十多億美元的合同，就在革命衛隊手裏。此外，伊朗革命衛隊還掌管著境外五百多家貿易公司，控制著伊朗一半以上的進口和百分之三十的出口。這些事業都是直接歸阿馬內貝德管轄。」

瑪麗莎點頭同意，她說：「所以我說他是個重要人物，掌管重要的情報和安全性群組織。」

瑪麗莎喝了一口咖啡後繼續說：「在伊朗的社會中有不少小道消息或是各種謠言在流傳，都是有關最上層領導人之間的權力鬥爭，雖然領導人集體和他們之間的權力分配是由八十六人的『專家會議』投票決定的，但是這八十六名專家的產生過程是充滿了角力，也表露了個人的野心。最後浮出檯面的就是看什麼人是在控制這三個情報安全性群組織，他們都有能力讓任何伊朗人神秘的消失。」

徐鏡濤聚精會神的說：「安彼拉的父親阿馬內貝德是革命衛隊名義上的二把手，實質上的總指揮，他又是最大的特工組織『巴斯基』的頭頭，同時他又掌控了伊朗的龐大經濟實力。我們中國人叫這種人『紅遍半邊天』，阿馬內貝德在伊朗的前途應該是一片看好了。」

「伊朗的老百姓都是這麼認為，都說他要是不當下一任的伊朗領導人，領導人一定是他指定的，他就當幕後的太上皇。可是我個人的看法不一樣，我認為他會退出政治圈子。」

徐鏡濤驚訝地問：「瑪麗莎，你為什麼會有這種看法？」

「從任何角度看，阿馬內貝德都是個非常有能力的人，他是英國皇家陸軍軍官學校畢業的正統軍事家，曾經在英國軍隊裏取得實際作戰的經驗，也在兩伊戰爭中立下了汗馬功勞。但是很少人知道他也是一位傑出的什葉派伊斯蘭學者。他曾在我們學校做過演講，發表他的研究論文，非常的精彩。有一次安彼拉請我到她家吃飯，大家喝了不少他們的觀音水，阿馬內貝德跟我透露，他厭惡政治鬥爭，他最大的願望就是去研究伊斯蘭學。」

「你沒問他為什麼不就退出政壇，進入學術圈子呢？」

瑪麗莎說：「我問過他，他說是為了他女兒安彼拉，他還不能退出政治圈子。」

「安彼拉會有什麼問題？」

瑪麗莎沉默了一會兒才回答：「這個你需要去問安彼拉才行。」

「阿馬內貝德在他的官邸請我吃飯，他們全家作陪。一家人給我的深刻印象是他們不是典型的穆斯林。伊朗政權的二把手只曾有過一位夫人，而不是四位妻子。多年前在妻子去世後，就沒有再娶。我可以感覺到，現在他還是深愛著離去的妻子，同時在呵護著女兒和孫女。但是這並不能說明他想退出政治圈子的理由。」

瑪麗莎還是在賣關子：「我說了，你要自己去問安彼拉。」

但是隔了一會兒她又繼續說：「你知道嗎，阿馬內貝德是反對政教合一制度的。」

徐鏡濤驚訝的說：「你是怎麼知道的？」

「是他自己告訴我的。有一次在他們家吃飯，飯後我們暢談宗教歷史，他透露說，宗教一直是被人用來做統治人民的工具，但是隨著文明的進步，人民的知識增長，政教合一制度的缺點就顯露出來了。人民對它的抗拒也就與日俱增。土耳其的國父凱末爾就看到這點，他建立的現代土耳其政府裏，宗教沒有扮演任何角色的空間。徐鏡濤，這件事，我只跟你說，請你千萬別告訴別人。」

「好的。但是你不覺得這裏頭有很大的矛盾嗎？他可是伊朗神權武裝力量的實際總指揮啊！」

「這也是我的問題，我當然是提出來問他了。阿馬內貝德的回答是，伊朗所面對的最大威脅是來自西方列強的政商集團，他們覬覦伊朗的石油，千方百計要在伊朗建立對他們惟命是從的傀儡政府。阿馬內貝德認為，伊朗在現階段需要政教合一，用宗教團結人民，用神權的極端主義來對抗外來的侵略陰謀，用嚴格的宗教內部控制，來阻擋伊朗的叛徒勾結外來勢力。但是一旦伊朗強大了，完全擺脫了西方勢力後，宗教就要退出政治。到了那時候，他就會退出政壇了。」

徐鏡濤陷入了沉思，隔了一會兒才說：

「阿馬內貝德是個有思想的愛國者，也是個有高尚人格的領導人，瑪麗莎，謝謝你告訴我這些資訊。你還想再喝點酒嗎？」

瑪麗莎說：「徐鏡濤，再次多謝你的晚餐，我得走了，明天我帶你德黑蘭一日遊。」

徐鏡濤說：「你不是要經驗一下，有學問的美女是如何被男人征服的嗎？」

「我太想了，但是不行，安彼拉告訴我，她已經摸過你的大腿兩次了，你已經是她的人了。我要是碰你，她會殺了我的。」

隔天，瑪麗莎來到德黑蘭國際大酒店時，徐鏡濤已經在等著她。和昨天一樣，外面一件薄風衣和頭上的一條頭巾，把她包住了，但是看得出來，她的臉上是著意的化妝過的。徐鏡濤問她要去什麼地方參觀，她說：

「伊朗人的心目中，有水，有花園，有庭院的地方就是天堂，所以伊朗不同時期的皇宮，基本都由這三個元素組成。我們要去看其中最華麗的格列斯坦宮。『格列』是花的意思，因此格列斯坦皇宮的意思就是『花之皇宮』。這座皇宮是卡加王朝到巴列維王朝的皇室居住地。它是一個集寧靜的水池和優美的花園為一體的宮殿。」

到了以後，首先映入眼簾的是一個長長的水池，一溜兒噴泉，兩旁鮮花綠樹掩映，水池盡頭就是一座宮殿。

建築的設計是開放式的，在水池的另一頭就能遠遠看到王宮中的寶座。那是一座類似漢白玉雕刻的寶座，兩側各有三位服飾不同的女子馱著它，表示波斯帝國疆土開闊，統轄著各族人民。

寶座的台階下蹲著兩隻獅子，波斯與中國相同，獅子是象徵權威。宮殿無論是外表還是內飾都很華麗，最令人印象深刻的是彩釉瓷磚的外牆，內部晶瑩閃爍的鏡面鑲嵌裝飾和精細的石膏雕花。

波斯到了卡加王朝，已經是半殖民地半封建時期，北面被俄國人控制，南面被英國人控制，波斯帝國日漸式微，而國君卻一味只顧自己享樂。特別是卡加第四任國王納賽爾丁，他很親西方，喜歡西方的藝術。這座宮殿就有不少歐式風格：一般的波斯瓷磚裝飾花紋以幾何圖形和花草為主要圖案，可這座宮殿外牆上的瓷磚卻可以看到西方的油畫。波斯的顏色以藍色為主，而這座宮殿外牆顏色非常豔麗，據說也是由於國王的品味開始偏西方所致。

納賽爾丁不顧國家受西方列強的侵蝕，個人生活極其奢華，甚至多次舉債遊歷歐洲，致使國庫更加空虛。他在位近五十年，最終遭到刺殺身亡。遇刺時，太子不在京中，密不發喪，以安定民心。

宮中還有一副納賽爾丁的漢白玉石棺，石棺上是他的雕像，雕刻精美。還有一幅油畫，據說是納賽爾丁帶著他的宮廷畫師共同遊歷歐洲，在那裏學會了油畫技法，回來畫了一幅納賽爾丁坐在格列斯坦宮明鏡殿。格列斯坦宮幾乎處處都有這位君王的影子，但是一百多年後，人們所讚歎欣賞的都是當時鑄造這宮殿的波斯建築師，畫師及工匠的高度審美和工藝，對這位君王只是有一絲淡淡的憐憫。

格列斯坦宮的明鏡殿是用鏡面鑲嵌作為房間的內飾，給人的視覺衝擊很強烈，印象非常深刻。進去參觀，看著滿眼亮晶晶的，覺得很閃爍漂亮，但是一抬頭，一轉身，就看到自己的一個或多個影子，給人怪異的感覺。

宮殿裏體現了色彩絢爛和晶光四射，是波斯文化的特色。這座宮殿有大理石殿、明鏡殿、沙拉姆殿、鑽石宮、通風樓等建築，很值得遊客們慢慢的參觀和細細的欣賞。

徐鏡濤和瑪麗莎走出了宮殿，坐在一片樹林下，歇歇腿腳，也來欣賞它的園藝。這座宮殿的庭院裏處處有水池，有草坪，花園和林蔭，靜靜地望著，很是心曠神怡。因為日照強烈的緣故，植物花卉都顯得特別豔麗茁壯，欣欣然地怒放生長著。

瑪麗莎說，雖然伊朗的天氣非常乾熱，但是在格列斯坦宮的庭院裏，只要有一片樹林蔭影，微風一吹，立即就會覺得清涼。也許是庭院裏遊人稀少，瑪麗莎伸手握住了徐鏡濤的上臂，把身體靠了上來，用乳房壓著他。她說：

「我已經有很久沒碰過男人了，安彼拉說我想男人都想瘋了。所以你就讓我過過癮吧！」

徐鏡濤說：「那你昨天晚上為什麼要當逃兵呢？」

「安彼拉已經很明白的表明你是她的了，昨晚我還能不逃嗎？回到家後，她果然打電話來，問我們見面吃飯的事，把每一分鐘所做的事都打破砂鍋問到底，一清二楚。不過最後她的口氣變軟了，她說如果你想女人，我可以和你有禮貌性的親熱。」

「哈！太好了，你不是拭目以待要經驗男人是如何的自我膨脹嗎？」

「徐鏡濤，你不許勾引我。」

瑪麗莎領著徐鏡濤在附近的餐館吃了一頓簡便的午餐，他們悠閒的喝咖啡聊天，休息夠了後才開始了下午的參觀，目的地是赫赫有名的珠寶博物館，以及伊朗最後一位國王最後十年居住的尼亞瓦朗宮。

珠寶博物館是在伊朗中央銀行的地下珍寶保險庫，它收藏了幾個世紀以來伊朗王室最珍貴的國寶，其中最突出的包括卡加王朝和巴列維王朝的四頂王冠，三十七公斤重的純金地球儀，上面鑲嵌著四萬多顆紅寶石和綠寶石，以及許多用來標出各國位置的鑽石，薩法維王朝時期從印度搶來的鑲滿珠寶的「孔雀寶座」，還有一顆重達一百八十二克拉的「光明之海」粉鑽。

珠寶博物館內有專門的英語講解員，知識豐富，講解很有趣。他引導遊客看一些咖啡壺、水壺、王冠等卡加王朝第二任國王的用具，遊客們發現這些用具的尺寸都特別大一點，講解員說明，那是因為那一位國王個子特別矮小，所以他就特別喜歡用大的東西來顯得自己比較高大。多年以後，人們就只是特別記住了這位國王的矮小。還有那四頂王冠無一例外，都是價值連城，可巴列維王室逃亡的時候，沒帶走任何一件。

瑪麗莎小聲的在徐鏡濤耳邊說，在很多伊朗人眼中，巴列維是個好國王。也許是女人有喜愛珠寶和愛美的天性，瑪麗莎在珠寶博物館裏徘徊逗留了很久，徐鏡濤耐心的陪著她觀賞，細聽講解員的說明，看了文字說明，然後和她討論個中有趣的故事。當他們走出來時，瑪麗莎說：「對不起，都是我在看珠寶，浪費你的時間。我們女人就是逃不過愛珠寶這一關。謝謝你，這麼耐心的陪我。其實是我應該陪你才對。徐鏡濤，我覺得你很會伺候女人。」

「我覺得你和一般的女人不一樣，你愛珠寶呈現出來的美，而不是它所代表的價值。剛剛我沒聽見你有問任何一件珠寶的價錢。」

「那是我有自知之明，裏頭任何一件珠寶都不是在我的購買能力之內。告訴你。安彼拉的珠寶可多了，這也無可厚非，她是有本錢擁有那些華貴的珠寶。」

徐鏡濤說：「你是說她有足夠的購買能力，是嗎？我想是她老爸的財力，提高了她的購買力，她老公是科學家，收入不會是很高的。」

「我是說她有配戴華貴珠寶的本錢。安彼拉是雅利安人的後裔，一身雪白細膩的皮膚，特別能把珠寶的光耀突顯出來。」

「我以為是女人穿著的衣裝，是配戴珠寶的背景。穿什麼衣服，戴什麼首飾，不是嗎？」

瑪麗莎曖昧的說：「安彼拉告訴我，伊朗女人喜歡赤裸裸光溜溜的全身配戴上珠寶，在丈夫面前晃盪，刺激丈夫的性欲。有一次在我的好奇和苦苦的哀求下，她就在我面前脫了衣服，把她的珠寶拿出來，全身披掛。我告訴你，當場我就忍受不住了。」

徐鏡濤愣住了，瑪麗莎接著嬉皮笑臉的說：「怎麼了？我把你這律師嚇住了嗎？恐怖嗎？」

「極恐怖。你說，當時你就受不了，那你怎麼辦？」

瑪麗莎說：「我能怎麼辦？當然就只能擺平她了。我警告你，安彼拉一定會對你使出這一招，你一定會招架不住的。」

徐鏡濤說：「我不需要珠寶來刺激我，包住豐富學識的惹火女體，對我是最有誘惑力的。」

瑪麗莎用奇異的眼神看著他：「你是在引誘我嗎？」

徐鏡濤說：「我是在說服你不要當逃兵了。」

尼亞瓦朗宮據說是卡加王朝時期為躲避當時城市中的一場瘟疫而選址在德黑蘭建造的，目前它所在的位置是德黑蘭的富人區。

尼亞瓦朗宮的外表非常樸素，可是內部用彩花玻璃，鏡面，油畫，細密畫，水晶燈裝飾的宮殿卻很華麗。由於它是巴列維王朝最後十年居住的地方，所以也最現代化的一座王宮，還有好些很有歷史價值的照片，其中一幅照片是卡加王朝第四任國王，那位著名的納賽爾丁，親自拍攝的。他有一天無意中看到僕人們偷懶，橫七豎八地倒在地下睡覺，就拍下了他們的睡態，當作證據來懲罰他們。還有當時卡加和巴列維王朝的國王與各國元首交換的照片。

徐鏡濤看到了毛澤東的照片就在其中。從這些歷史性的照片中，可以看得出波斯帝國的歷代國王對自己和對世界的看法和觀點，這些都很顯然的影響到波斯帝國的發展，和鄰國間的關係，以及西方列強對它的態度。徐鏡濤的興趣所在，他用了不少時間去參觀，而瑪麗莎作為一個學歷史的人，她更添加了不少相關的資料。瑪麗莎能感到徐鏡濤是開始被她的知識內涵所吸引住了，在他的眼裏，她不再只是個性感的女人了，但是沒想到的是，她在心理上也有了變化。

尼亞瓦朗宮是在德黑蘭的富人區，附近有個很幽靜的花園，瑪麗莎買了兩瓶冰凍的礦泉水，他們找到一個大樹下的長木椅坐下，享受太陽下山前的徐風和花香。徐鏡濤說：「瑪麗莎，為什麼你好像突然安靜，不說話了。是不是在生氣了？」

她有些慌張的說：「不是的，我沒生氣。只是很難過，我騙了你，沒跟你說實話。昨天回到家後，安彼拉沒打電話給我，她已經來到我家在等我，當面問我和你都做了些什麼事。可是她又不許我告訴你，她來見了我。我沒有說謊的習慣，最多只是不說，保持沉默而已。但是我騙了你，想起來就難過。」

「我認為你不必太在意，我相信安彼拉一定是把你們多年的友誼擺出來，不許你說實話。這對我並沒有造成任何傷害，你就別難過了。」

「你對我越是寬宏大量，我越難過。你要是把我臭罵一頓，我會好受一點。我知道安彼拉要我接近你是有目的，但是她又不告訴我目的是什麼。而你又再三的向我打聽安彼拉家裏的事，特別是關於她父親阿馬內貝德的一切，你有很大的興趣。我能感覺到這些都是有連帶的關係，你們之間是在醞釀一件大事，但是又不想讓我知道，結果是安彼拉對我陰陽怪氣的，煩死我了。」

徐鏡濤說：「瑪麗莎，我們認識還沒多久，但是我感覺你是個很善良的人，也許你會容易被傷害。你說得沒錯，是有一件大事在安彼拉周圍醞釀著，如果處理不當會造成不堪設想的後果。為了你的自身安全，你知道的越少越好。安彼拉的陰陽怪氣是為了保護你，而我更是要你遠離這件事。有一天，你會明白事情的真相。好了，我們不說她了，說說你自己吧！一個克羅埃西亞人怎麼會跑到伊朗來了呢？」

「我是出生在克羅埃西亞的首都，札格雷布。我父親是當醫生的，母親是個小學教員，家裏只有我和一個哥哥，他也是學醫的。我跟你說過，我認識安彼拉已經超過有十年了，我們是在巴黎索邦大學念書時認識的，四年都是住在同一間宿舍裏，安彼拉是學文學的，我是主修歷史的，但是我們是很好的朋友。」

徐鏡濤說：「你還是沒說，為什麼你會到德黑蘭來呢？」

瑪麗莎說：「我在巴黎索邦大學歷史系是專攻伊斯蘭宗教歷史的。你知道伊斯蘭教分成兩大派，遜尼派和什葉派。雖然前者擁有絕大多數的穆斯林信徒，但是什葉派卻傳承了伊斯蘭創教的真諦，同時也保留了多年來的古蘭經，它的文稿和改變演化的過程。伊朗是什葉派的大本營，它是研究伊斯蘭最理想的地方，再加上我又捨不得離開安彼拉，所以我就投奔到了德黑蘭。」

「安彼拉告訴我，你是她最要好的朋友，這一點我能理解。但是你是來自札格雷布的克羅埃西亞人，你應該是個天主教徒，但是跑到伊朗來研究伊斯蘭教，難道沒有困難嗎？」

瑪麗莎沒有回答他的問題，而轉開話題：「其實我的興趣是在研究瑣羅亞斯德教，你聽過這門宗教嗎？」

徐鏡濤說：「我們的歷史書上有說過，稱它是拜火教，曾經傳到中國來，正式的名稱是祆教。」

「瑣羅亞斯德是該教的創始人，歷史記載它是出生於西元前六二八年，死於西元前五五一年。他出身於米底王國的一個貴族家庭，二十歲時棄家隱居，三十歲時受到神的啟示後，他開始在巴克特里亞，也就是當今阿富汗一帶，改革傳統的多神教，創立瑣羅亞斯德教，但是受到了傳統教祭司的迫害。在他四十二歲時，當地國家的宰相娶他女兒為妻，帶他去引見了國王，從此瑣羅亞斯德教才在當地迅速傳播。在他七十七歲時，發生戰爭，他在神廟裏被殺身亡。另有說法認為瑣羅亞斯德的生存年代要更早，瑣羅亞斯德教也非他首創，他只是一個集大成者。」

「瑣羅亞斯德教的教義很特殊嗎？」

「瑣羅亞斯德教認為阿胡拉・馬茲達是『智慧之主』，是最高的『主神』，是全知全能的宇宙創造者，它具有光明、生命、創造等德行，也是天則、秩序和真理的化身。馬茲達創造了物質世界，也創造了火，即『無限的光明』，因此瑣羅亞斯德教把拜火作為他們的神聖職責。」

徐鏡濤說：「我相信這就是中國人稱他們為『拜火教』的由來。」

瑪麗莎說：「我相信你說得沒錯。西元前五二二年波斯阿契美尼德王朝大流士一世執政，瑣羅亞斯德的庇護者維斯塔巴就是大流士的父親，大流士一世時的波斯，是當時世界上最強大的國家，疆域橫跨亞、非、歐三洲，中亞草原的大部分、印度西北部、埃及和北非、小亞細亞和巴爾幹半島的色雷斯地區，都在其版圖之內。到了西元前三三〇年，馬其頓帝國的亞歷山大大帝終於攻滅了阿卡門尼王朝，他是拜火教的死敵，熄滅了許多聖火，屠殺了無數的教士。此後的一百多年裏，希臘化浪潮席捲整個中近東地區，拜火教曾一度衰微。亞歷山大死後，馬其頓帝國分裂成幾個王國，伊朗屬於塞琉古王國。」

「我也認識幾個學宗教歷史的朋友，他們說；瑣羅亞斯德教的出現，對後來的猶太教、基督教、伊斯蘭教，都有深遠的影響。瑪麗莎，你同意嗎？」

「是的。在基督教尚未成為羅馬國教之前，羅馬國內流行的摩尼教就是瑣羅亞斯德教的一個分支，奧古斯丁皈依基督之前，是摩尼教的信徒。西元三世紀波斯薩珊王朝創建後，瑣羅亞斯德教重新興盛，取得了國教的地位。薩珊諸王都兼教主，自稱阿胡拉・瑪茲達的祭司長、靈魂的救世主等。他們搜集、整理希臘化時期散佚的經典，編纂了《阿維斯陀》，使教義有了具體、明確的內容。」

徐鏡濤說：「我還聽說，佛教的始祖釋迦牟尼，在悟道後招收的第一批弟子裏就有瑣羅亞斯德教徒。」

「是嗎？今天的伊朗境內還保留有五座瑣羅亞斯德教寺院，雖然規模都很小，但是還舉行宗教儀式，裏頭有長年不滅的聖火。史學家認為瑣羅亞斯德教在歷史文化上有突出貢獻而稱它其為『世界第五大宗教』，徐鏡濤，拜火教是什麼時候傳到中國的，你知道嗎？」

「我們的歷史書上寫的是，它通過西域，也就是今天的新疆地區，進入中國內地，時間應該是在南北朝和隋唐時期，那時祆教是盛行於西域。瑪麗莎，瑣羅亞斯德教成立的有模有樣，它是什麼時候被滅亡的呢？」

「西元七世紀時，阿拉伯伊斯蘭帝國征服了伊朗後，伊朗的信徒竭盡所能地堅持他們傳統的信仰，在遠離阿拉比統治者的地區持續低調進行淨白活動。但是在十一世紀，全伊朗的伊斯蘭化大功告成，殘餘的瑣羅亞斯德教徒被迫遷移，到沙漠邊緣的亞茲德和客曼。瑣羅亞斯德教在伊朗式微，但在伊朗人的生活中卻無所不在。伊朗人在傳承的文化裏，如神話，藝術，習俗，節慶等均受它的深遠影響。雖然伊斯蘭教士反對慶祝源自瑣羅亞斯德教的伊朗新年，但是在民間依然普遍的堅守這些宗教傳統。」

徐鏡濤說：「這麼說來，這個古老的宗教並沒有被滅亡。」

瑪麗莎說：「在西元八到十世紀間，一部分堅持信仰瑣羅亞斯德教的波斯人，不願改信伊斯蘭教而移居印度西海岸古吉拉突邦一帶。那裏的印度土邦王賈迪拉納，提出了兩個接納他們的條件：一是必須放棄波斯語；二是婦女必須穿印度紗麗。教徒答應了這兩個要求，於是就在當地定居下來。他們被稱為『帕西人』，這是波斯人的譯音。一六四〇年，帕西人遷徙到了孟買。現在只有八萬人，他們是印度人數最少的民族之一，仍信瑣羅亞斯德教，主要從事工商業，操古吉拉特語。目前印度最大的財團，塔塔集團就是由『帕西人』創建的。你知道中國的祆教教徒下場嗎？」

徐鏡濤說：「我們的歷史書上說：在中原和西部地區的拜火教因為被朝廷宣佈為邪教後，就慢慢的衰亡了。但是我知道在十九世紀初，鴉片戰爭以前，已經有帕西人到廣州經商。廣州的長洲島上有『帕西教徒墓地』。在香港，部分帕西人是以販賣鴉片起家。原來在香港居住的帕西人在銅鑼灣以『白頭教』之名建立一所神廟，在九〇年代改建為善樂施大廈。香港比較著名的帕西人有香港大學創辦人之一的麼地、律敦治醫院名字來源的律敦治、天星小輪前身九龍渡輪公司的創辦人，一八六五年香港上海滙豐銀行創辦人，香港總商會的創辦委員和聯交所上市公司董事等，都是瑣羅亞斯德教徒。此外，香港旭和道和碧荔路也以瑣羅亞斯德教徒而命名，香港現時亦有名為瑣羅亞斯德教墳場的帕西人墓地。在澳門仁伯爵綜合醫院下方，有一個白頭墳場，也是瑣羅亞斯德教教徒的墓地。所以我工作的香港還有很多拜火教的痕跡，你要研究這門宗教，就應該來香港找我。」

瑪麗莎笑著說：「哈！我要是出現在香港，在你面前，你不怕我把你嚇死嗎？」

徐鏡濤也笑著回答：「我一定恭候大駕。」

瑪麗莎說：「那我們就等著瞧吧！」

隔了一會兒，瑪麗莎低著頭說：「徐鏡濤，我喜歡你。」

徐鏡濤移動身體靠著瑪麗莎，握住了她的手說：

「你是個很有內涵的美女，我也喜歡你。」

她掙脫了被握住的手：「別這樣，員警看見了會來管的。」

太陽剩下了最後的餘暉，把大地上所有的一切都染成金色，在閃爍著，花香仍然在空氣中蕩漾著，但是幽靜的花園裏就只剩下了他們兩人。徐鏡濤說：

「瑪麗莎，你是害怕員警，還是在擔心安彼拉？」

「你知道嗎？我曾經有過毀滅性的感情生活，都是安彼拉把我從黑暗裏拉出來的，她對我很好，帶給我快樂。但是她有時也很霸道，非得聽她的才行，很煩人的。」

徐鏡濤在黃昏的光線裏看著她說：「告訴我，你們是戀人嗎？」

「你好厲害，什麼事都能看出來。昨天晚上我還跟安彼拉說，我們的事是瞞不過你的。所以她才要我把你擺平，你以後就會一切都聽我的了。我看她完全是一廂情願，想控制你是她的白日夢。」

徐鏡濤把話題拉回來：「安彼拉是有家的人，她要把你擺在那裏呢？」

「從古到今，有成千上萬的人都說過：愛情是不可理喻的，是沒有邏輯的。而我一個小女子又能說什麼呢？不說她了，你不是要說我的是嗎？告訴你，我還是巴黎索邦大學的博士研究生，我是來伊朗收集論文資料的，我早晚得離開這裏。」

「瑣羅亞斯德教的歷史是你論文的題目嗎？」

瑪麗莎說：「其實我的論文是針對五世紀末到六世紀初，波斯薩珊王朝時代的瑪茲達克運動。」

「我很好奇，瑪麗莎，說給我聽聽，好嗎？」

「早期阿拉伯半島的居民大多數都是遊牧民，它是以父親家長制為單位所組成的極小社會集團分散在各地。這種社會集團實際上就是以親緣為紐帶的大家庭，社會聚落中最大的單位是部落，最多可達到三千人左右，部落實際上是一種戰爭單位，包括了兄弟、堂表兄弟的各個家庭。正如布羅代爾所說的，阿拉伯文明本質上是一種『缺少人力的文明』。即便到了伊斯蘭統一以後，在它最繁盛的時期，伊斯蘭世界的人口至多只有三千萬到五千萬左右。所以不斷大量征服和招募奴隸是阿拉伯文明不可或缺的基礎。同時阿拉伯人為了征服同化被占土地上的居民，增加阿拉伯人口數量，殖民軍事貴族們大量蓄養女奴以繁衍子孫，這就是後來伊斯蘭一夫多妻制和使用女奴的起源。」

「也有人說，這種制度可能也是二十世紀頭尾兩次，在巴爾幹半島上發生的種族強姦事件的歷史淵源。但是你知道嗎？在中國歷史中的蒙古人，也被稱為匈奴的人，他們在征服敵人的過程裏，就包括了把男人都殺死，把女人都強姦了的行為。」

瑪麗莎說：「我想這和巴爾幹半島所發生的『種族清洗』不一樣，他們不僅是把男人都殺了以後，還把女人關進俘虜營，連續強姦，直到她們懷孕。這是男人企圖把某一個人種的基因從一個族群裏消除，和人類的性生活需求無關。」

徐鏡濤說：「是嗎？你是學歷史的，你應該知道，在第二次大戰時，納粹德國佔領法國，將一百多萬法國年輕人關進了集中營，但是在戰時的法國，出生率沒有下降，反而上升，當時也沒有類似巴爾幹半島的『強姦營』，所以一定是法國女人對性生活的需求，把身體獻給德國男人，才造成出生率的上升。」

瑪麗莎說：「我不同意，自從有人類歷史後，就有戰爭，而戰爭的規律是：戰勝國不僅要佔領戰敗國的土地，而且要佔有戰敗國的女人，只有在蹂躪了戰敗國的女人後，才會有和平。你們中國的歷史裏，就充滿了獻出自己最美麗的女人，向敵人求和的史實。你能說不是嗎？」

瑪麗莎看徐鏡濤啞口無言，就繼續說：

「回到我的論文研究，在波斯薩珊王朝時期，有一位社會改革家，瑪茲達克，他領導推動了一場帶有原始共產主義性質的教門運動，提倡人人平等，財產公有，據說甚至連妻子也在信徒之間共用。瑪茲達克的說教團結了廣大被壓迫的農民、手工業者和奴隸。國王卡瓦德一世為了抑制專橫的大貴族，一度支持瑪茲達克運動。」

徐鏡濤說：「他的運動有沒有形成一個教派呢？」

「瑪茲達克認為世界上存在著光明與黑暗的鬥爭，也就是善與惡的鬥爭。他宣揚人人平等，要求實現土地、水源和其他財產的公有。他對民眾說；人類最高的目的就是為所有的人，在地上準備了維持生活的資料，讓人們平均分配。必須把富人所佔有的物質財富和婦女分給窮人。他主張節欲和苦修，戒絕肉食，鼓勵友愛互助而防止貪欲與爭鬥。在國王的支持下，瑪茲達克教派成立了。」

「但是顯然的，瑪茲達克是個有共產主義思維的理想主義者。他不會被當權者容納的。」

「你說得沒錯，徐鏡濤，國王卡瓦德一世企圖利用瑪茲達克運動，來抑制大軍事貴族日益強橫的勢力，使得瑪茲達克運動很快蔓延開來。但是在五世紀末，群眾採取暴力行動，闖進貴族的堡壘，奪取財富，佔有邸宅，解放婦女。大貴族和瑣羅亞斯德教的高級僧侶震驚。國王卡瓦德一世在地位穩固後，召開神學會議，他的兒子庫斯魯部署埋伏，出席會議的瑪茲達克教派包括瑪茲達克本人，全部被捕。此後，庫斯魯一世即位，瑪茲達克教派被宣佈為邪教，被屠殺和鎮壓，瑪茲達克本人被絞死。」

徐鏡濤說：「瑪茲達克教派就此消亡了嗎？」

「伊斯蘭興起以後，阿拉伯帝國繼續實行軍事貴族制度，瑪茲達克運動從未真正熄滅。日後出現了各種各樣將瑪茲達克原則同伊斯蘭教義和索羅亞斯德教儀式相融合的神秘主義教派。西元七五〇年，阿巴斯利用前奴隸，阿布・穆斯林，在呼羅珊的新瑪茲達克教派力量，聯合什葉派，在西元七五〇年的大扎布河戰役，一舉擊敗伍麥耶王朝的軍隊，旋即又攻陷了都城大馬士革，建立了阿巴斯王朝。」

「我知道了，阿巴斯王朝就是我們歷史上所說的『黑衣大食』。我們的歷史書上還說，是後來繼任的阿巴斯帝國哈里發，曼蘇爾，指使別人刺殺了阿布・穆斯林。」

「徐鏡濤，真沒想到你的歷史知識很到家，跟你談天好開心。」

「我就是知道一點皮毛而已，在你這位專家面前是只有獻醜的份兒。我就從來不知道原來的共產主義或是後來衍生出來的社會主義，他們的始作俑者是來自波斯拜火教的瑪茲達克運動。」

「這一點都不奇怪，現代的社會主義和共產主義創始者，馬克思和恩格斯都是經濟學家和社會改革的推行者，他們是看到了大資本家和大財團壟斷了資源和剝削勞工階級，因而產生了社會均富的觀念。他們不是歷史學家，也不是宗教學家，他們當然不知道伊斯蘭的什葉派在教義上吸納了瑣羅亞斯德教的瑪茲達克運動。其實，這也是我在巴黎索邦大學博士論文裏的一部分。」

徐鏡濤不說話，只是目不轉睛的盯著她，瑪麗莎被看得有點發毛：

「你怎麼這樣看人呢？一副壞心眼的樣子。」

「是嗎？男人看美女是天經地義的事，怎麼就成了壞心眼了呢？」

「我知道你在心裏把我的衣服一件一件的脫下來，要看看我的身體是真的，還是假的。告訴你，我沒有做過整形手術。」

「你自己的說詞是需要我的實地觀察來證明的。」

「你看，終於原形畢露了，你就是對我不壞好意，想要侵犯我。你看天都黑了，我餓了，我們去吃飯好嗎？」

「我也是很久沒有這麼高興的和人聊天了。好！我請你吃飯，想吃什麼菜？」

瑪麗莎說：「再給我補充一次營養好不好？」

徐鏡濤說：「你是說，到酒店去吃自助餐嗎？太好了！」

德黑蘭國際大酒店是個接待外賓的地方，外籍人士只要是在酒店範圍內，服飾的要求就沒有宗教的嚴格規定了，因此在酒店的餐廳，酒吧和咖啡館裏的女顧客大部分都是不戴頭巾的非穆斯林，同時還穿著各式各樣的服裝，包括了露著兩條大腿的迷你裙和熱褲。在游泳池和健身房裏，還有穿著更是暴露和前衛的衣著。

瑪麗莎是在徐鏡濤的房間裏換上了她喜愛的西式服裝，剪裁非常合身的連衣裙將她的誘人身體包得緊緊的，但是把深深的乳溝露出來。裙子的布料是素色有暗花，非常高雅，裙子的長度是在膝蓋之上，把勻稱的小腿都顯露出來。瑪麗莎在穿衣鏡前左顧右盼，自己覺得很滿意，等她把身體轉了一圈，裙子飛起來，不但把性感的大腿全露出來，連小小的黑色比基尼內褲都看見了，她禁不住，吐了吐舌頭，噗嗤的笑出聲來。但是馬上就聽見身後有聲音說：

「克羅埃西亞來的性感小貓，原來是這麼的迷人。」

「徐鏡濤，你不許偷看！」

「是你在穿衣鏡前，左一個架式，右一個架式，擺來擺去，還把裙子飄起來，讓春光外泄，不就是要我看嗎？」

「安彼拉一定要我穿這身衣服給你看，但是我已經很久都沒穿它了，不曉得還是不是合身，所以才在試穿。」

「你不覺得安彼拉是管得太多了嗎？連你穿什麼衣服她都管。」

「她是怕我不夠漂亮，引不起你的興趣，所以要我穿這件衣服，來擺平你。」

「漂亮的衣服只能是襯托，衣服裏的人，還有那個人的內涵，才是最能吸引我的。」

「是嗎？那你怎麼一點表示都沒有呢？」

有了這句話的鼓勵，徐鏡濤就毫不猶豫的摟住了瑪麗莎親吻，她的反應是出乎意料的熱烈，一直到兩人都需要氧氣了，他們才彼此鬆手，徐鏡濤意猶未盡，吻著她的脖子在她耳根說：

「那個小不丁點的比基尼也是安彼拉的主意嗎？」

「不是，是我的主意。」

徐鏡濤立刻恢復了他和瑪麗莎的擁吻，並且比前次更為熱烈，充滿了情欲，兩人的身體在全方位的接觸，他握住了瑪麗莎的臀部，兩人的下身緊貼著，上下的磨蹭。她一手撫摸著他的背，另一手徘徊在他的臀部，還主動的將舌頭伸進徐鏡濤的嘴裏，給他火熱的濕吻，把他弄得渾身發熱。互相享受了對方好一陣子，瑪麗莎把他推開：

「我餓了！」

徐鏡濤看著她說：「我知道，我也感覺到了。」

說完了，他就開始解開她衣服的扣子，瑪麗莎一下就抓住他的手：

「徐鏡濤，你想到哪去了？我是說我想吃飯了。」

他曖昧的說：「啊！對不起，我以為你是有另外一種饑餓。」

和前一天一樣，他們是在西餐館吃的自助餐，也是叫了同樣的白酒，瑪麗莎也同樣的努力補充營養，酒足飯飽後也是同樣的開心。他們轉移陣地到隔壁的咖啡館吃甜點，喝咖啡，但是更重要的是，他們坐在燈光昏暗的包廂卡座裏，可以完全不顧忌伊朗的伊斯蘭宗教法規，緊緊的靠在一起，他摟著瑪麗莎，她把頭埋在徐鏡濤的胸脯上，兩人的手握手。瑪麗莎說：

「按照你的行程，明天我送你去設拉子，見完了安彼拉，後天你就要回香港。以後我們還會見面嗎？」

「我們在伊朗有兩個大客戶，為了業務，我會經常來伊朗，相信每年至少會來一兩次。我認為我們是朋友了，但是我不曉得你會不會想要見我。」

「看你說的，我抱了你，濕吻了你，磨蹭了你，還讓你看了我的小比基尼，你居然還不能確定我想不想見你，太讓人失望了。」

「別失望，我一定會來看你。我還看見了小比基尼緊緊包住的外形，美極了，一見難忘。」

瑪麗莎的手從他的膝蓋往上移動，終於找到了目標，握住它。徐鏡濤不甘示弱，手伸進她的上衣，發現沒有胸罩的阻擋，就把玩她堅挺了的乳頭。瑪麗莎抬起頭來說：

「你說一見難忘是在騙我，我知道你就是想要穿刺我，是不是？」

徐鏡濤的回答是吻住了她，瑪麗莎張開了她的嘴唇，接納了他的舌頭，讓他佔領。兩人的全方位愛撫持續了一會兒，她推開了徐鏡濤，把上衣拉好，她說：

「不能太囂張，否則會出事的。」

他們重新坐好，各喝了一口已經涼了的咖啡，瑪麗莎說：

「昨天晚上安彼拉發現了我沒有勾引你上床，把你擺平，她很生氣，狠狠的罵了我一頓。其實我有開始想引起你對我的興趣，但是虎頭蛇尾，當了逃兵，落荒而去。」

徐鏡濤說：「我是很想你能留下來陪我，我還以為你被我說動心了，結果是我魅力不夠，留不住你。」

「不是你的問題，我已經被你迷住了，是我心理有毛病。安彼拉是我最要好的朋友，我都無法告訴她，所以沒人知道我是個心理有病的人，但是我決定要跟你說。可是我知道你還有些問題要問我，等你問完了，我再說我自己的事，否則你聽了我的事，也許會把你嚇跑了。」

喝了一口冰水，清了一清喉嚨，徐鏡濤才問：

「安彼拉的父親，阿馬內貝德，在伊朗的軍界，政界和經濟企業裏都是大權在握，絕對是個最有實力的大紅人。但是他個人的興趣是在宗教學術，這一點我是可以理解。但是他又跟你說，他之所以還不能退出政治權力的圈子是因為他女兒安彼拉。我說得對嗎？」

瑪麗莎回答說：「沒錯，他是這麼跟我說的。」

「根據你對安彼拉的瞭解，是不是她碰到了什麼困難，連她老爸都無法一時為她解決，是嗎？」

瑪麗莎思考了一下才說：「我倒是沒想到這一點，無法想像在伊朗會有什麼事連阿馬內貝德都沒法解決的。」

徐鏡濤說：「你對安彼拉的感情生活都很清楚嗎？在她和阿戴爾結婚前，有過別的男朋友嗎？」

「有過，他是我們巴黎索邦大學的同學，是個小男生，比安彼拉小兩三歲，也是伊朗人。」

「你對他的背景清楚嗎？」

「安彼拉曾經告訴我，說他的家人是伊朗政府的高官，地位很敏感，所以為了安全，到法國來念書不能用真實的姓名，是用化名，神神秘秘的，很可能是幹特務的家庭。」

「安彼拉和她小情人的感情好嗎？」

瑪麗莎說：「他們的愛情很火熱，愛得如膠似漆，一刻都不能分開。」

徐鏡濤：「所以他們和一般的情人一樣，而不是大姐姐照顧小弟弟的姐弟戀，是不是？」

「是的，皮耶，就是安彼拉的小情人，年紀雖然小，但是很成熟，並且非常的聰明，是我們大學的頂尖高材生。在學校裏，我們都認為他們是郎才女貌的一對金童玉女。」

「瑪麗莎，為什麼這位皮耶小情人後來就沒戲唱了？」

「因為他死了。」

徐鏡濤驚訝的問：「什麼？他是怎麼死的？你清楚情況嗎？」

「皮耶小情人回德黑蘭探親，出車禍死的。安彼拉當時立刻就趕了回去，因為學校還在上課，我以為她參加了葬禮後不久就會回來，但是過了三個星期，她請我替她辦理了休學手續。」

「情人的不幸車禍，顯然給了安彼拉很大的打擊。」

瑪麗莎思考了一下說：「當時我也是這麼認為，但是現在回想起來，整件事情非常的詭異。」

徐鏡濤握住她的手說：「這是很重要的，請你詳細的告訴我，為什麼你會感到它很詭異。」

「我替她辦完了休學手續後，越想越不對，安彼拉是個很專心和用功的學生，不僅喜愛她的主修學門，也從來不輕易曠課。她一定是碰到了非常大的困難才會決定休學的。所以我利用一個長週末飛到德黑蘭去看她，結果把我嚇了一跳。」

徐鏡濤專心的聽著：「請繼續說。」

「安彼拉原來是個整天嘻嘻哈哈，充滿了歡笑的一個人，認識她的人都說，這世界上沒有任何事情會讓安彼拉感到悲傷。瞭解她的家庭、身世和在校念書情況的人都不難明白安彼拉一定會是個快樂的人。但是我在德黑蘭看到的安彼拉卻是個來自悲慘世界的人，極度的哀傷使她的人都變形了。她什麼都不說，就是抱著我痛哭。等她稍稍平靜一點時，她也不肯說她要休學的理由。就只說為了我的安全，我知道的越少越好，然後就趕我一定要馬上回巴黎。」

徐鏡濤：「她有沒有告訴你，小情人皮耶的車禍經過？」

瑪麗莎回答說：「沒有，我曾直接的問她，她也不說，就只告訴我，不要再問這件事了。」

「你不覺得這太不合理了嗎？」徐鏡濤還是不放棄：「有沒有從別的管道去打聽？」

「我去找了一位安彼拉中學的好朋友，她說沒聽說過有這麼一起車禍。在離開德黑蘭之前，我到警察局的交通事件處查詢，在皮耶車禍的時間段，並沒有發生任何有傷亡的交通事件。」

「看來只有兩個可能，一個是根本沒有車禍這件事，另一個可能是，車禍事實被掩蓋了，但是這背後的理由是什麼？這的確很詭異。瑪麗莎，你確定小情人皮耶死了嗎？」

「如果安彼拉的哀傷是在演戲，那她的演技該是世界一流的，光是那開了水龍頭似的眼淚就能拿好萊塢金像獎了。」

徐鏡濤說：「你說得沒錯，這的確是很詭異。」

「但是最讓我驚訝的是，安彼拉一再的哭著說，她不想活了，但是想到她和父親多年來相依為命，她要是走了，她父親也會崩潰，因此她不知如何是好了。」

「也許安彼拉和小情人皮耶的愛情深似海，她想做同命鴛鴦是能理解的。」

瑪麗莎說：「安彼拉是很愛皮耶，兩個人在一起一有空就昏天黑地的做愛，安彼拉對性生活的要求是很強的。但是她也會和別的帥哥眉來眼去，還背著皮耶和別的男人約會，每次都要我替她掩護。所以我不認為安彼拉會想和皮耶作同命鴛鴦。」

徐鏡濤說：「可憐的男人，厲害的女人。」

「我回巴黎時，安彼拉和她父親一起送我到機場，登機前，阿馬內貝德跟我說，他沒能好好的保護他女兒，讓她陷入了苦海，使他十分苦惱。如果有一天他不在了，請我要好好的照顧安彼拉。我看見他的眼睛裏含著淚水，不會是在演戲。徐鏡濤，你說，這像一個國家領導人說的話嗎？別忘了，阿馬內貝德是個傳統軍人，是個頂天立地的漢子，更是伊朗的國家英雄。是什麼事情讓他如此的感傷？」

「只有一個可能。」徐鏡濤思考了一下說：「就是他的國家領導人地位受到了威脅。」

「我的想法和你一樣，但是安彼拉不許我問。我建議你明天見到她時，就問她。」

「我會的，這是至關重要的問題，沒有滿意的答案，我的任務是無法進行的。瑪麗莎，後來安彼拉有沒有再回到索邦大學繼續念書？」

「她在六個月後回來了，但是整個人都變了，以前的笑容不見了，沉默寡言。除了上課，也不出去了，就是在屋子裏沒完沒了的纏著我。但是沒多久，她告訴我說她訂婚了，男方是親友介紹的，是一位科學家。安彼拉在畢業後就回伊朗結婚，一年後艾利菲就出生了。」

「你是什麼時候第一次見到阿戴爾的？」

「我在畢業後就回到克羅埃西亞和父母住在一起。因為對歷史研究有興趣，才又回到索邦大學，一年多前，安排我到伊朗來收集論文資料，就又見到了安彼拉和她的家人，還有阿戴爾和艾利菲。」

徐鏡濤說：「在這期間你一直和安彼拉有聯繫嗎？」

「是的，我們是好朋友，當然會保持聯繫，我們也常見面。我是看著小艾利菲長大的，一晃就是五六年過去了。」

「所以你是在近距離觀察阿馬內貝德一家人，這些年來，安彼拉的婚姻生活快樂嗎？」

她沉默了一陣才回答：「小艾利菲給她帶來很多的快樂。」

「你沒有回答我的問題。」

「我想你已經知道答案了。」

徐鏡濤和瑪麗莎都沉默不語，顯然的，安彼拉的突然轉變震驚了瑪麗莎，轉變的幕後原因驚動了徐鏡濤，他現在能確定了，中情局的赫伯．費特勒所交給他的任務是關係在這個轉變上，如果不能徹底的瞭解，他就要勸赫伯．費特勒不要去冒這風險了。他聽見瑪麗莎說：

「我把安彼拉的事都講完了，如果你還想聽我的故事，就替我叫一杯白蘭地，我需要酒精來壯膽。」

「沒問題，但是有什麼事會讓你害怕嗎？」

「我怕你！」

等兩杯白蘭地酒送來後，兩人舉了一下杯，喝了一口，瑪麗莎說：

「其實，安彼拉和小情人皮耶熱戀的時候，我也是在熱戀之中。有人說，住在巴黎就躲不開愛情。不同的是，我愛上了一位老男人，他是我大學一年級的社會學教授。是他開始了我的噩夢。」

「瑪麗莎，愛情是沒有年齡的差別，年輕的女學生愛上年長的老師，比比皆是，怎麼能說是噩夢呢？我念小學的時候就曾經愛上了我的音樂老師，那是我一生裏的第一次單相思。」

「結果呢？」

「老師一狀把我告到我老爸和老媽那，害得我挨了一頓痛打。」

「那還不是噩夢嗎？」

「打過了就算了，第二天照舊在學校裏嘻嘻哈哈找樂子。音樂老師知道我為她挨了揍，就對我特別好，還親了我。雖然被爸媽狠狠的揍了一頓，但是太值得了。」

「我沒有你那麼好命，我的老情人是有婚姻的人，我有眼無珠愛上了他，他是個傻瓜，讓老婆發現了他有婚外情，而他又沒膽子和黃臉婆離婚，他老婆就成天到學校裏來找我理論，罵我是個無恥的淫婦和妓女，把我弄得灰頭土臉的，都沒法見人了。但是最讓我無法忍受的就是他極端的妒嫉心和佔有欲。只要是看見我跟別人，無論是男的還是女的，有任何的溝通或互動，即使是班上的同學討論功課，他都受不了，我一再的向他表明，我是愛他的，只要他跟老婆離婚，我馬上就嫁給他。但是他不能離開他老婆，也不許我和任何人來往，我們幾乎每天都在吵架，他罵我風流、花心、喜歡別的男人。所以我成天都生活在噩夢裏。」

「這樣的男朋友是太過分，給人太大的壓力了，顯然他是有心理上的問題。」

「我一勸他去看心理醫生，他就說我是要遺棄他，就跟我吵個沒完。最後我被噩夢弄得快崩潰了，毅然決定和他分手。但是他開始以死來威脅我，說如果我不理他，他就自殺，並且告訴所有的人，我是殺他的兇手。」

徐鏡濤說：「很難想像這樣的人還能在著名的巴黎索邦大學當教授，居然以尋死來嚇唬學生。」

「但是他沒有嚇唬我，我們分手後的三個月，他就從我正在上課的教室大樓頂層陽台跳樓自殺。我跑出來看見他全身脫得精光，一絲不掛，赤裸裸的屍體在地上，死狀非常恐怖。在這之後，他老婆就在我們學校貼大字報，說我是殺他老公的兇手，所以我的噩夢還是延續著沒完。」

「男女之間的愛情是很美的，但是相愛的人中會有悲劇性的人物，我想是你的命裏註定要碰見這麼個想不開，鑽牛角尖的男人。我自己的戀愛也是如此，所以我才放棄了在台灣的事業，逃跑到了香港。」

瑪麗莎說：「你是說，你的愛人現在是另一個男人的妻子了，是嗎？」

「那另一個男人是我的事業夥伴，所以我不僅失去了我的愛人，更讓我失去了事業，所以我不得不離開台灣，落荒而去。但是也有意想不到的結果，我們中國人說的；『塞翁失馬焉知非福』，我在香港也發展了事業，有了個伊朗的大客戶，然後又讓我碰到了你。」

「可是我跟你不同，不僅愛情是支離破碎，而且還帶給我嚴重的後遺症。後來我跟男人約會時都會想到他那血肉模糊的死狀，如果男人想碰我和我親熱，我就會噁心，把胃裏的東西都吐出來，搞得我都不敢約會了。所以才讓安彼拉有機可乘，玩了我，和我假鳳虛凰。」

徐鏡濤說：「你們可也真是的，一個是死了小男人，一個是死了老男人。所以就走到一起了，這也難怪。但是根據我對同性愛情的理解，一種是生來就是存在基因裏，追求同性的愛情。另一種是碰到了打擊，暫時的排斥異性，我想你和安彼拉都是屬於後者，你們早晚都會回到男人的懷裏。」

「安彼拉已經是有丈夫的人，她和阿戴爾還生了孩子。她就是在我身上滿足她強烈的性欲，現在她又看上了你，我看你是早晚要被她吃了。安彼拉，還有她的家人都對我很好，我很感激他們，如果不是安彼拉，我想那個死了的老鬼會把我也毀了。」

「人的一生裏要有一、兩個知心的好友，他們可以一路相隨著你，在危難時伸出援手。你很幸運，有安彼拉在身邊。」

徐鏡濤沉默不語，陷入深思。瑪麗莎問說：

「你是在思念失去的愛情和友情，是不是？你和那位遺棄了你，嫁給你事業夥伴的人，曾經是長期的情侶嗎？」

「我現在明白了，認識的時間長久並不重要，重要的是你對她有多瞭解。我和她有過愛情外，還對我們的未來做過承諾。但是事後我才知道她有許多事都沒告訴我，在她陷入困境時，遺棄我就成為她解決問題的方法。其實如果她能早一點告訴我，也許我能幫她度過難關，這些都是事後的話，說了也沒用。更有可能的是，也許她老早就打算和我分手，只是我自己糊塗而已。」

瑪麗莎問：「她的婚姻快樂嗎？」

徐鏡濤沉默了一會兒才回答：「不知道，分手後就沒聯繫過，我人又到了香港，連我們共同的朋友都不見面了。好了，不說我了，還是言歸正傳，安彼拉說你要把她的一切都告訴我，你都說了嗎？」

「只要是我知道的，我都說了。還附帶的把我自己的事也告訴你了，不過你還是可以問我，我一定滿足你。」

徐鏡濤看著她，曖昧的說：「是嗎？無限的期待，太好了。」

瑪麗莎捶打他的大腿：「又是往歪裏想，我們是說正經的。」

她沒有把手從徐鏡濤的大腿上拿開，還開始移動搜索，他說：

「如果我直接找阿馬內貝德，問他知不知道他女婿和女兒在計畫要做的事，你認為合適嗎？再進一步，如果他們的計畫是會損害伊朗的，能不能問他是如何的反應？」

瑪麗莎思考了一會兒才回答：

「我認為很不合適。安彼拉和她父親多年來相依為命，他們是無話不談，阿馬內貝德一定會知道她女兒和女婿一家的計畫，也就是因為他們的計畫會損害到伊朗，他才不能直接的和你討論，他作為國家的領導人，必須要有一條退路。必要的時候，他可以說他完全不知情。」

「瑪麗莎，我想你也會同意，每一個國家的權力階層都有它的矛盾，因此也就有鬥爭。你能很誠實的告訴我，我會不會是他們權力鬥爭的工具呢？」

她的手終於找到了目標，停止了在大腿上的撫摸：

「從安彼拉的異常言行，還有你的問題裏，我大約能想像出來你是他們計畫裏的關鍵。所以你成為權力鬥爭的工具是有可能的。如果是如此，而你又不能及時脫身，那你的後果不堪設想。但是我認為你目前是安全的，因為安彼拉在得到你之前是不會讓你受到傷害的。」

「我和她才見過一面，彼此還是陌生人，還沒到產生感情瓜葛的時候。」

徐鏡濤想到了他和安彼拉單獨在書房裏的經歷，但是他沒提。瑪麗莎說：

「一見鍾情是最強烈的愛情，也是最致命的。安彼拉親口對我說的，她被你迷住了，她一定要得到你。」

徐鏡濤不說話了，過了一會兒，瑪麗莎說：

「你不用擔心，安彼拉不會傷害你的。徐鏡濤，我想求你一件事好嗎？」

「沒問題，只要是我能做到的，我會替你完成的。」

「安彼拉覺得你對她的計畫有保留，大概不會去幫她，所以她要我勾引你上床，用我的身體作為交換你幫她的條件。跟你交談了兩天，我知道你是個很有原則的人，如果你不想幫她，我既是獻身，你也不會要的。但是我需要在你的房間過夜，否則安彼拉會殺了我。」

「瑪麗莎，真的有這必要嗎？」

「安彼拉說，一定有這必要。但是，徐鏡濤，我們雖然同房，但是你不必和我做愛。不少男人接近我，就是想要得到我的身體。我能感覺到你和別人不同，你只是禮貌上跟我打情罵俏，給我一點面子。另外我也擔心我的心理病發作，在緊要關頭會把剛吃的自助餐吐了你一身，那你一輩子都不要再見我了。」

徐鏡濤說：「瑪麗莎，你有漂亮的臉孔和惹火的身材，是吸引男人的本錢。但是對於我來說，是你的內涵吸引了我，和你談天說話讓我對你另眼相看。你完全知道，我是在劍拔弩張的狀態。但是你放心，既然你這麼說了，我明白，我不會傷害你的。」

兩人回到樓上的房間後，瑪麗莎一言不發就把備用的毯子和枕頭拿來鋪在長沙發上，做好了入睡的準備，宣佈她晚上睡沙發，然後就進浴室去洗澡了。她在浴室裏待了很久，徐鏡濤不時的聽見浴缸的水聲，顯然她是在享受洗泡澡，等到水聲停了不久，瑪麗莎就從浴室像一陣風似的衝了出來，身上穿著酒店的浴袍，手裏拿著一疊脫下來的衣服，一頭就鑽進了長沙發上的被窩，她說：

「我要睡了，晚安。明天早上叫我。」

徐鏡濤把房間裏的燈全關上，在浴室裏換下衣服準備洗澡。一進浴室時，他才明白為什麼瑪麗莎在裏頭待了很久，她不僅將浴室整理得乾乾淨淨一絲不亂，浴缸裏也放滿了熱水，他感到這位克羅埃西亞的美女還真的很會體貼人。

他在淋浴下著實的用肥皂把全身的汗臭都洗乾淨，也洗了頭髮，然後才進了浴缸泡在熱水裏。徐鏡濤渾身泡在熱水裏，全身的毛孔都張開了，他已經很久沒有這麼的舒暢過，本來是想把阿戴爾的事好好的思考一下，理出個頭緒，也好向他的好友，也是美國中情局的情報官，赫伯．費特勒，有個交代，但是浴缸裏高溫的洗澡水，迷漫著的水蒸氣和全身都完全鬆弛了的肌肉，讓他昏昏欲睡，眼皮都睜不開了。等到他再度睜開眼睛時，浴缸裏的水溫已經從燙人的溫度變成了微熱。

他趕快起身，把渾身擦乾，頭髮上的水也都弄乾，穿上掛在門上的酒店睡袍，走了出來，他將浴室的燈關上才發現全屋子已經漆黑，將落地窗的窗簾打開，看見屋外是沒有月亮的夜晚，但是滿天的星斗頓時將全屋子都灑滿了星光和影子，他看見躺在長沙發上的瑪麗莎，天使般的面孔上帶著微笑熟睡著，高高的胸部均勻的起伏著，薄薄的毯子將她堅挺的乳房，平坦的小腹和修長的大腿勾勒出誘人的輪廓和線條。

徐鏡濤完全的明白了，眼前和他睡在同房間的女人是他少見過的美女，雖然她從克羅埃西亞來到伊朗的理由是缺少說服力，但是兩天的相處，互相向對方釋出了愛意，但是不時參雜了似是而非的戲謔，她是真心的嗎？還是另有其他目的。到頭來，瑪麗莎還是有一股不可捉摸的神秘，百思不解的迷惑讓徐鏡濤沉沉入睡。

開始的時候，他以為是在做夢，夢中有美女在撫摸他，但是等到稍有一點知覺時，徐鏡濤發現了他不是在做夢，而是有一個活生生的女人在撫摸他。

她把頭放在他的肩上，一個乳房壓在他的左胸，她的右手則在他身上游走。從臉往下，皮膚細膩潤滑的手經過和徘徊在脖子，胸脯和小腹，一步一步的向下前進，終於找到了目標，握住後開始把玩。

徐鏡濤把眼睛睜開些許，進入他眼簾的影像讓他震驚，半趴在他身上的是個完美的赤裸女神，均勻但是惹火的身材包在雪白細緻的皮膚裏，落地窗外射進來的星光瀰漫在屋裏，在美女的皮膚上反射和跳躍著，絕美的影像所造成視覺的震撼，再加上命根子被美女把玩的感官激蕩，徐鏡濤的身體起了反應。他聽見瑪麗莎說：

「哎呀！嚇死人了，有這麼厲害的男人，睡著大覺還會劍拔弩張。」

「沒有男人能受得了你這麼樣的摸來摸去，還把命根子往死裏玩。已經修成正果的老和尚都會被你逼得要還俗了，何況我是個有血有肉的凡夫俗子。」

「是嗎？那你的男性荷爾蒙還行嗎？」

「極豐富，你不是看見了嗎？睡著大覺的時候還能起作用呢。」

瑪麗莎裝著生氣的說：「那你洗完澡後，為什麼不來找我？」

「是你一再聲明，不要跟我做愛。我總不能找你去自討沒趣啊！我只能知難而退了。」

「你騙人，你是根本不想理我，看都不看我一眼，倒頭就呼呼大睡。我到床上來把你的內褲都脫下來了，你還是沒醒。我是說你不能穿刺我，可是我喜歡你吻我，摸我。」

瑪麗莎的手又開始了積極的行動，徐鏡濤說：「那太好了。我要是再不表態，克羅埃西亞的美女就把我當成中國的病貓了。」

窗外的星光勾畫出她誘人的胴體，特別是豐滿的乳房在散發著強烈的性感，看著在他懷裏的原始赤裸女神，徐鏡濤情不自禁的說：「瑪麗莎，我覺得你真的好美啊！」

「是嗎？那你不能欺負我。」

徐鏡濤感到他的身體像是一具壓縮的彈簧，隨時將會爆發出巨大的能量。他如果不能進入她的體內，這份能量會將他自我毀滅，他通紅著臉說：

「瑪麗莎，我要爆炸了，我必須進到你的身體裏。」

「不行，我們說好了的，你不能穿刺我，安彼拉會殺了我的。」

「你不跟她說，她不會知道的。瑪麗莎，我全身都著火了，只有你可以為我滅火。」

「讓我用嘴來為你消火吧！」

「不行，我要你玩真的，一定要讓我到你的身體裏。」

他們迫切的互相接觸，嘴唇在糾纏著，徐鏡濤的心跳加速，全身發熱，他翻身壓住了瑪麗莎，開始深深的吻她，瑪麗莎張開了自己全面的迎接。雖然是被壓在身下，被侵犯著，但是她全身蠕動，無法分出來她是在反抗還是在迎接。瑪麗莎一邊輕聲的呻吟，一邊弓起身體配合著上挺。

徐鏡濤將她帶進了神奇的虛幻世界，瑪麗莎的感官昇華到九霄雲外，她完全失控，呼叫著，全身劇烈的扭動掙扎，汗水已經將她全身濕潤了，夜晚的星光在她光滑的皮膚上反射。她的高潮終於來臨，徐鏡濤吻住了她的嘴，她的身體本能的上挺著，但是臥室裏還是頓時充滿了她從喉嚨深處發出的嘶喊，她呼喊了一聲：

「上帝救我！」閉上了眼睛，全身都癱瘓在床上。

過了好一會兒，瑪麗莎才睜開了眼睛：

「我被你徹底的毀了，現在你該滿足了吧。」

徐鏡濤將她的上身扶起來，捧著她的臉濕吻她張開的嘴，撫摸著她帶著汗水的後背和前胸，兩人近距離的臉對著臉，他說：「瑪麗莎，你聽我說，我們相處了兩天，老實的告訴我，你對我沒有一點感覺嗎？」

瑪麗莎嬉皮笑臉的說：「我感覺到你就是想征服我，穿刺我的身體。」

「除了我對你身體的欲望之外，你沒有任何其他的感覺嗎？」

她能感到徐鏡濤是認真了，趕快用雙手摟住他的脖子說：

「我是說著玩的，別認真。我當然感到了你釋放出的真情，有時候排山倒海而來，壓得我透不過氣來。」

「男女相悅的愛情應該是靈肉合一的，從古到今，很多持久不渝的愛情都是從肉體上的男歡女愛開始。在我們中國古代，男女第一次見面是在新婚之夜的洞房裏，他們在床上赤裸裸的肉帛相見，佔領了對方，開始了數十年的愛情。瑪麗莎，我很確定你和我一樣，兩天來很享受我們之間的交流，但是你在感情上卻不越雷池一步。為什麼？」

「徐鏡濤，你讓我過了兩天非常快樂的日子，我很喜歡你，但是我不能背叛安彼拉，又不忍心讓你失望，本來我是想裝成被你征服了的樣子，滿足你的大男人佔有欲。沒想到我是一敗塗地，真的被你征服了。」

徐鏡濤說：「是真的嗎？還是你在騙我？」

「有像我那樣假裝到了高潮的女人嗎？那我不成了三級片的最佳女主角了嗎？」

「瑪麗莎，我不清楚你和安彼拉是什麼樣的關係，從你口口聲聲的宣示裏，你認為和我有了親密的感情，就是背叛她。但是你想過沒有，如果你真的喜歡我，而瞞著安彼拉，那不是更殘忍的背叛嗎？」

「這些我都想到過，但是我沒有答案，我都快煩死了。所以我才一不做二不休，在你睡著時來侵犯你。沒想到反而被你帶進了高潮。那是我從來沒有經驗過的最美妙經驗。徐鏡濤，如果我是安彼拉的同性戀人，你會在意嗎？你還會要我嗎？」

「只要安彼拉是真心的愛你，我不會在意的，有多一個人愛你，體貼你，我會更放心的。」

「徐鏡濤，我是你的，你就全拿去吧！」

「你能挺住嗎？我們不一定要繼續下去。」

他格外的溫柔和體貼讓瑪麗莎動心，她說：

「你不能停下來，我要你在我的身體裏。你剛剛把我帶進了爆炸性的高潮，我現在全身還在發熱，渴望和你的身體融合起來。」

瑪麗莎發現他還是停留在她身體裏的深處，徐鏡濤溫柔的在她耳邊說：

「瑪麗莎，讓我再愛你一次，好嗎？」

瑪麗莎的感官又進入了九霄雲外的神奇虛幻世界，一聲滿足的呼喊在瑪麗莎出乎意料的收縮後變成了呻吟，最後從喉嚨深處發出一聲無法辨認的呼喊。她將赤裸的身體緊緊的鎖住了徐鏡濤：「我的心跳得好快，腳趾頭發麻，好像要掉進很深的洞裏，徐鏡濤你不可以放開我。」

「瑪麗莎，你好會伺候男人，我想我會死在你身上的。」

「你敢！」

瑪麗莎緊緊的抱著他，給他充滿了情欲的親吻，徐鏡濤發起了全面的進攻，一波又一波毫不留情地蹂躪著她，時間的邁進失去了意義，她又被帶進了昏迷，向後倒在枕頭上，從喉嚨裏發出氣若遊絲的聲音：「我愛你，饒了我吧，我會受不了的。」

「瑪麗莎，我更愛你，我要帶你到天堂去。」

她睜開了眼睛，看見他充滿了愛情的眼神，她說：「你是真的愛我嗎？」

瑪麗莎捕捉到他的舌頭，從那裏接收到徐鏡濤傳遞來的熱情，也讓她意識到另一個更長和更震憾的天堂之旅即將來臨。

「徐鏡濤，你一定要疼我，不能蹂躪我，否則我會死去的。」

他喘著氣說：「告訴我，你的感覺。」

「感覺太奇妙了，無法形容。一切都似乎是虛無縹緲，就像是書本上說的靈魂出竅。」

「你和安彼拉，兩個女人在一起做愛，也會有高潮嗎？」

「安彼拉是一件藝術品，每次我這麼說，她就生氣。但是她的全身每一部分都美，臉蛋、身材、皮膚、全身的動作、講話的聲音都美得讓人窒息。和她做愛就像是在欣賞藝術品，唯一不同的是還有互動，我會讓她的肢體、皮膚的溫度、臉上的表情，還有發出的聲音都完全失控，出現了想不到的變化。徐鏡濤，我也想看你臉上表情的變化，所以我一定要睜開眼睛，你不能把我弄得迷迷糊糊，什麼都看不見了。」

徐鏡濤說：「你喜歡我帶給你的感覺嗎？」

「當然喜歡了，你知道嗎？我全身都像是通了電流，連腳趾頭都發麻了。」

她張開了嘴，接納了他的舌頭，當那奇妙的時刻到來的剎那，她身體的上下都被他佔領著。他的動作加速，讓她沉迷在肉體的歡愉裏。當麻醉人的閃電再次觸及她時，她的呼吸停止，不由自主的全身顫抖，從喉嚨深處發出了一聲低沉的滿足呻吟後，全身就癱瘓了。

房間裏的燈光沒有打開，但是屋外的星光照亮了大床上的兩個身影，一聲輕歎傳了出來。

「我本來只是徘徊在天堂的大門口，這次你把我推進去了。你是從哪裏學來的功夫？」

「是嗎？那太好了。別動，我喜歡你壓在我身上的感覺。」

「我太重了，你會被我壓得不舒服。」

「被你整死了三次，壓一下，算不了什麼。」

隔了一會兒，她又說：「我知道你的小心眼，你在我身上拚命，不就是要把安彼拉比下去嗎？」

又隔了一會兒，他回答說：「瑪麗莎，我是因為愛上了你，才不要命的。」

突然來臨的愛情讓她喜悅，但是想到了她將無法回報他的情意，甚至還會傷害了他，讓她無奈和無限的傷感，她的心碎了，她伏著的枕頭濕了一大片。

安彼拉的密屋是在設拉子，徐鏡濤和瑪麗莎是搭早班飛機，從德黑蘭來到了位於伊朗西南部的設拉子，那是一座具有四千年歷史，波斯民族和伊朗文化的發源地。西元前九世紀，古波斯人就在這裏出現，它是法斯省的首府，在十四和十八世紀曾兩度成為伊朗的首都，也是伊朗的文學藝術之都，花園之都，美酒與花朵之都。它還有一個「詩與玫瑰之城」的雅號。

十三世紀成吉思汗發動了數次西征，改變了整個歐亞大陸的政治版圖。蒙古人征伐是以掠劫財富為主要目的，遭到反抗就會大肆殺戮來報復。阿拉伯帝國被征服後，首都巴格達就慘遭屠城，當時伊朗的一千二百萬人口，在屠殺和隨之而來的饑荒之後，就只剩了約一百萬人，一直到了二十世紀伊朗才恢復到蒙古人入侵前的人口。

但是設拉子的黃金歲月就是開始於被蒙古統治的兩百七十多年時期，設拉子總督先後向成吉思汗和帖木兒開城獻降，送上自己的女兒，因此設拉子的百姓和繁榮才得以倖免。並且發展成為中東最繁榮的城市之一，伊斯蘭世界的文人與藝術家彙聚於此，博得了「知識之屋」與「伊朗的雅典」等美譽。從這裏出來了不少文學家、藝術家、哲學家，影響力廣及四方，印度著名的泰姬馬哈陵就是由來自設拉子的建築師所設計。

這裏的市場經濟極其繁榮，設拉子的大巴扎是建於四百年前，到今天還在擴建中。在飛機上，瑪麗莎興致勃勃地介紹：設拉子被伊朗人稱為葡萄、玫瑰和詩人之城，那裏出了好幾位大詩人，其中之一就是家喻戶曉的十四世紀民族詩人哈菲茲，美國詩人愛默生讚譽它是「詩人中的詩人」。

十八世紀，哈菲茲的作品翻譯傳入歐洲，西方的文學家和哲學家，包括愛默生、梭羅、歌德、尼采、黑格爾等都受到他的影響。波斯人雖然有各種宗教教義規範，但生性浪漫，詩歌是波斯文化很重要的組成部分。一個普通波斯家庭裏一定會有兩本書，一本是古蘭經，另一本就是哈菲茲的詩集。哈菲茲詩裏面多歌頌愛情、鮮花、酒和春天。

他們是在飛機上吃的午餐，等離開了設拉子機場來到市中心時，已經是日正當中的下午，瑪麗莎用流利的伊朗話指揮著計程車穿大街過小巷，顯然瑪麗莎進入了緊張狀態，不時的朝後張望，等到徐鏡濤發現了他們在相同的大街小巷走過兩次以後，他終於明白瑪麗莎是在確定沒有人在跟蹤他們，但是讓徐鏡濤震驚的是，她給司機指示的反跟蹤路線顯然是很有系統的行動，走完一段路後即刻反向行駛，讓跟蹤者無所遁形，毫無疑問的，她是受過專業訓練的。問題是，瑪麗莎真的是安彼拉的閨中密友，還是阿馬內貝德手下的特工？

最後他們在一個路口下車，瑪麗莎領著他快步走進一條很窄的，連小型汽車都無法通行的小巷子。兩邊都是二層樓的住宅，看起來相當新穎。每家的大門都有一大一小兩個門把，並且是用兩種不同的圖案所做成。

據說，因為大的門把敲門的聲音沉悶有力，小的門把敲門的聲音巧。大的門把是給男性訪客敲門用，小的門把是給女性訪客敲門用的，這樣在房子裏面的人就可知道門外的來客是男是女，房子裏的女性就可以知道要不要迴避了。

瑪麗莎在一棟房子前停下，她向左右看了一下後，用小的門把敲門，但是不等屋內有人來應門，她就取出門鑰匙打開了大門，用力的把徐鏡濤推進門裏，立刻就關門。屋內的光線雖然昏暗，但是他看見進門的穿衣櫃邊上站著一個女人，一身傳統衣著，從頭到腳都包在黑色的長袍裏，只露出兩個藍色的大眼睛，但是讓徐鏡濤嚇了一跳的是她手上握著一把手槍，槍管上還裝著滅音器。黑衣人開口說：

「瑪麗莎，有情況嗎？」原來黑衣人就是安彼拉，她將頭套取下，露出了美人臉。

「我反覆的觀察了兩次，沒有發現有聖城軍的人。」

「我剛接到消息，他們有一個小組出發到設拉子來。」

瑪麗莎說：「你需要在他們到達前離開。」

安彼拉說：「巴斯基在設拉子的安全人員已經動員了，但是我還是很擔心。」

「對的，現在還是要避免正面衝突。你們趕快談，三小時後你必須走人。我在外面等候巴斯基的人。」

瑪麗莎轉身開門走了，安彼拉把大門鎖上：

「我們到客廳去，你一定有很多話要問我，我去倒杯茶給你。」

徐鏡濤在客廳的沙發坐下，安彼拉就端出兩杯熱騰騰的茶和一小盤水果，坐在他前面的小沙發椅上，滿臉是燦爛的笑容，和剛剛手裏握槍，充滿殺氣的黑衣女人，像是換了個人，她說：

「怎麼樣？瑪麗莎這位大美女，把你累壞了吧？」

徐鏡濤很嚴肅的說：「安彼拉，你的時間緊張，我們馬上進入正題好嗎？瑪麗莎回答了我的問題，都是背景方面的描述。但是好些節骨眼上的事，還是要有您來回答的。」

徐鏡濤接著把瑪麗莎說的有關阿馬內貝德和安彼拉的背景事實詳細的告訴她，安彼拉說：

「雖然她說的都沒錯，但是我知道那還是不能回答你的問題，所以你就問吧！」

「那我就不客氣啦，請你千萬不要生氣。用瑪麗莎的話，她說你『是個沒心沒肺，整天嘻嘻哈哈，充滿了歡笑的一個人，認識她的人都說，這世界上沒有任何事情會讓安彼拉感到悲傷。』但是你的情人皮耶因車禍在德黑蘭喪生的事件改變了一切。」

徐鏡濤等了一下，看安彼拉不說話，他就繼續的說：

「瑪麗莎到德黑蘭去看你，她發現了整個車禍事件非常詭異，她認為你的悲慘世界是因為你父親為了你而陷入了危難。」

安彼拉說：「她的觀察和結論都是完全正確的。」

「那麼阿戴爾和你要帶著女兒全家叛逃的計畫是經過您父親阿馬內貝德同意的了？」

「我父親不需要同意，因為整個計畫是他提出來的。」

安彼拉的回答讓徐鏡濤驚愕不止。他說：

「安彼拉，我認為你必須把整件事的來龍去脈告訴我。」

「是的，這也是我正要做的。整件事要追溯到伊朗的伊斯蘭革命，雖然是把伊朗最後一個帝國，巴勒維王朝推翻了，但是伊朗一直是存在著一股保皇勢力，他們和當年王朝有著絲絲縷縷的血緣和利益關係。這股勢力的幕後黑手就是『聖城軍』。有人將『聖城軍』說是前伊朗國王巴勒維皇宮衛隊成員的後人，總指揮是庫克霍強尼。」

徐鏡濤說：「但是令尊領導的巴斯基是其中最大、最強的一個組織。」

「說得沒錯，但是父親的領導地位和政治影響力受到了嚴重的威脅和挑戰。」

安彼拉注意到徐鏡濤盯著她看，沒有出聲，她就繼續的說：

「多年前父親就發現伊朗有地下的保皇組織，因為沒有具體的叛國行動，所以就沒有進行積極的調查。但是皮耶的死亡暴露了這個地下組織，同時也發現了他們的矛頭是指向我父親，最終的目的是推翻政府，恢復王朝。」

「既然發現了他們的陰謀，為什麼不清除或消滅他們呢？」

「兩個原因：一個是他們有了個強大的後盾，另一個原因是他們偽造了置我於死地的證據，如果對他們有所行動，他們就要毀了我。」

徐鏡濤說：「安彼拉，你需要說得更清楚些，我還是不能完全理解。」

「我明白，請聽我慢慢的說。保皇勢力的地下組織就是聖城軍，多年來他們一直和流亡在海外的巴勒維王朝餘黨和後人保持著聯繫，他們最大的海外組織就是在美國洛杉磯市的伊朗人團體，巴勒維王朝為他們累積了龐大的錢財，成為美國的超級富豪。而這群伊朗保皇派又是美國共和黨保守派的支持者。目前美國的保守派是支持巴勒維王朝復辟最有力的團體，也就是我剛剛說的強大後盾。」

「但是美國的保守派在政治舞台上是少數，他們在節骨眼的問題上，對美國政府或是美國外交政策雖然是有影響力，但是還沒有到有決定性的影響力。」

「但是這次不同了，他們在幕後有一個天大的陰謀。卻被我父親發現了。」

安彼拉看徐鏡濤沒有作聲，她就繼續說：

「聖城軍和國外勾結的勢力所計畫的陰謀是要毀滅伊朗，同時在此之前，他們要毀了我。你在我們家書房裏傳出去的那張名單就是參與這陰謀的美國保守勢力，他們秘密的向伊朗輸出製造核武器的設備和技術，在時機成熟後，就會在伊朗的沙漠裏引爆一個核彈。以色列多年來一直就想找理由來轟炸伊朗的核子設施，引爆核彈會給他們正當的藉口，但是美國的保守派和以色列的軍方達成協議，他們轟炸的目標就是要摧毀我父親領導的『巴斯基』部隊，然後聖城軍就發起政變，奪取政權。」

徐鏡濤說：「安彼拉小姐，您父親，阿馬內貝德，在伊朗的軍界，政界和經濟企業裏都是大權在握，是最有實力的領導人。他既然已經有了這些資料，為什麼還猶豫不決，即刻出手打擊敵人呢？」

「沒錯，只要我父親出手，聖城軍不是對手，他們沒有抗拒巴斯基的能力。但是他們有毀滅我的能力，這就是父親面對的最大問題。但是他已經下定決心，不能讓歷史重演，讓西方的保守勢力再度控制伊朗。所以，他才決定把家人轉移，離開伊朗。沒有後顧之憂，然後就要重拳出擊，和敵人拚個死活。阿戴爾在德國接觸美國中情局，是我父親計畫裏的第一步。」

「根據我的理解，在美國中情局裏，也有不少所謂的保守份子，他們和國會裏的同路人經常呼風喚雨，興風作浪，希望主導美國的外交政策。你們沒有考慮到阿戴爾的企圖會落入這些人的手裏，成了你們的致命傷嗎？」

安彼拉說：「父親告訴我，多年來他對西方的情報組織做了很深的研究，美國的中央情報局和英國的軍情局，傳統上都是由專業的情報人員主持，直到近年來，才有政客們安排了保守派的人進入。阿戴爾在慕尼黑所接觸的人是美國在德國大使館的科技參贊，他是接受中情局行動處指揮的。而行動處的處長是中情局裏的資深老情報員，應該不是新進的保守勢力。等到閃米從伊斯坦堡回來，過了好一陣子，我父親說，伊朗的反間組織和聖城軍特務都沒有一點動靜，他才放心說，我們的計畫沒有暴露。等到你出現了，我們就確定是安全了。」

徐鏡濤說：「你說得沒錯，我是受朋友之托來見你們的，那位朋友的確是行動處的人。我回去後，會把你們的事一五一十的告訴他，相信他會做出正確的決定。」

兩人都沉默不語了一陣，安彼拉說：

「我沒想到的是，我們全家的命運，我們的生死存亡，是和伊朗的命運緊緊的連繫在一起。如果敵人成功了，伊朗又將成為西方勢力的殖民地，而我們一家人的生命也就會從這世界上消失了。」

徐鏡濤說：「你的家人，也包括你的女兒小艾利菲嗎？不可能，阿馬內貝德不會允許它發生的。」

「所以我父親要把伊朗的未來命運和我的家人分離，但是他能辦到嗎？沒有你的一句話，我們都可能會變成灰燼了。你能陪我喝杯紅酒嗎？我想告訴你，在他們的陰謀裏，是要如何的把我毀了，同時也把我父親連帶進去。」

「我們時間有限，我看不必喝酒了。」

安彼拉說：「但是我需要用酒精來壯膽，才能告訴你，我將如何的被毀滅。」

她起身走進裏屋，端出了兩杯紅酒，但是讓徐鏡濤嚇了一跳的是，安彼拉身上的黑袍子不見了，取而代之的是薄薄的，完全透明的黑紗短袍，高高挺著的胸部，平坦的小腹，肚臍上的紅寶石和緊貼在那下面的比基尼都一目了然，高跟鞋上是一雙修長雪白的誘人大腿。她拿起一杯紅酒給徐鏡濤，然後一口就把拿起給自己的紅酒喝乾了。

徐鏡濤說：「安彼拉，我是男人，你這身打扮不是要我的命嗎？」

「我再怎麼打扮，比得過瑪麗莎的惹火身材嗎？她身體的每一寸肌膚都散發著迷人輻射，這是你最明白的了。你別以為我不知道，她徹底的被你征服得死去活來。但是我看到瑪麗莎那副春心蕩漾的表情，就知道你給了她前所未有的高潮。所以你一定是享受過她身上每一寸的肌膚，我有自知之明，只好拿這身薄紗衣服掩蓋我的身材。」

「你讓人熱血沸騰，就趕快說正事吧！」

安彼拉說：「是嗎？那我們就走著瞧，看你的血熱到什麼程度。」

緊靠著徐鏡濤坐下，安彼拉的手開始在徐鏡濤身體的重要部位遊走。她繼續的說：

「聖城軍的總指揮是庫克何梅尼，他的二把手是『康伯．巴拉克』。據說他的祖父是前伊朗國王巴勒維的私生子。最近幾年來，庫克何梅尼的身體健康情況不佳，經常臥病在床，因此巴拉克成了聖城軍的真正掌權人。多年前，在我進大學前，巴拉克看上了我，開始追求我，但是我對他沒有任何感覺。等我到索邦大學念書，和皮耶開始談戀愛時，巴拉克就露出了真面目，威脅我，非要嫁給他，否則我會後悔的。」

徐鏡濤說：「這都是什麼年代了，居然還有這樣的事。」

「起初我也是這麼認為的，所以根本就沒有去理會巴拉克。一直到了皮耶回家探親，在德黑蘭遇到車禍喪生。我覺得事情蹊蹺，因為德黑蘭所有的報紙都是隻字不提。是父親動用了他的人脈關係，從德黑蘭員警的內部取得了車禍的真相。皮耶不是因車禍喪生，他是被謀殺，兇手是聖城軍的特務，而兇器是一輛汽車。父親命令巴斯基組織深入調查，結果是我剛剛說的天大陰謀慢慢的浮現出來。就在同時，巴拉克鋪天蓋地的給我壓力，要我當他的情人。」

徐鏡濤說：「你剛剛說，聖城軍勾結美國的保守勢力，密謀發起政變奪取政權，顯然令尊阿馬內貝德和他指揮的巴斯基是他們最大的阻攔。那麼聖城軍的實際頭頭巴拉克追求巴斯基頭頭的女兒，這合乎邏輯嗎？還是愛情真的是不可理喻的？」

「哈！巴拉克是德黑蘭有名的一頭大色狼，他玩弄過很多的女人，玩厭了就遺棄。他就是想要玩我，同時還要用我來打擊和傷害我父親。」

安彼拉拿起了徐鏡濤只喝了一小口的紅酒，一口喝完後繼續的說：

「巴拉克的特工暗地裏在我巴黎的住所，還有皮耶住的住所，都安裝了攝影機，把我們做愛的過程都錄了影，還寄給我一份拷貝。威脅說要上傳給全世界的色情網站，等它成為新聞後，我父親的政治前途也就毀了。後來，他又請了電腦繪圖人員，把錄影裏的皮耶人像換成巴拉克自己，他還找了外國的三級片女明星和他拍做愛的電影，然後用移花接木的剪接技術，把主角換成了我，送給我看。我整個人都幾乎崩潰了。」

徐鏡濤說：「巴拉克是個野心家，也是個卑鄙的小人。」

「我父親認為首先要將我個人的愛情生活脫離開政治，我需要結婚成家，讓巴拉克失去利用我的機會。所以我很快的就和閃米．阿戴爾結婚，也很快的就生了孩子。」

徐鏡濤說：「但是你不怕聖城軍的特務還是會加害你的丈夫嗎？」

安彼拉回答說：「閃米是國家的頂級科學家，有安全人員保護，聖城軍還不敢動他。」

「所以你選擇丈夫是有目的的，你把愛情給了閃米．阿戴爾嗎？」

安彼拉沉默了一會兒才回答說：「閃米很愛我，也很愛我們的女兒小艾利菲。瑪麗莎告訴我，你是個非常熱情的男人，把愛情看成是人性的光輝。所以我知道你會很看不起我，我是個玩弄和利用愛情的女人。但是你要明白，我和我的家人是在面對粉身碎骨的生死危機，我還有別的選擇嗎？」

徐鏡濤看見安彼拉閃亮的大眼睛裏充滿了淚水，他說：

「安彼拉，請聽我說，每一個人都有不同的人生遭遇，這不是他人可以說三道四的。聽了你的敘述，我很佩服你的勇氣，在這麼強大的打擊前，你不但沒有退縮，還起來對抗。說到愛情，那是需要培養的，你和丈夫來日方長，沒有人敢說不會擦出火花。」

「我感謝你說的這番話，我從小就是個敢愛敢恨的人，為了愛情，即使是烈火我也會奮不顧身的撲上去。但是現在擺在我面前的不僅是我的一生，還有我家人的生死，都放在我一個人的手裏。我如果不能說服你，我們面前剩下的就只有死路一條。」

安彼拉的手在徐鏡濤的大腿間停留了許久，時而用指尖輕輕的撫摸，時而用手掌重重的抓揉，她感到徐鏡濤在她手裏起了變化，於是輕聲的說：

「你站起來，我想要吃你。」

安彼拉輕快說著，手指把徐鏡濤長褲的拉鍊打開，然後單膝點地，抬起頭來看著他，一位美豔誘人的婦人呈現在他面前。她濕潤的嘴唇張開發出聲音：

「難道這不是你想要的嗎？」

徐鏡濤被釋放了出來，他感到一股電流從頭皮流竄到了腳趾，當她張開了嘴唇，將它放進了那性感和豐盛的嘴裏時，他以為在半秒鐘內他就會完全崩潰了。他以為這都是情欲，但是它的感覺要比情欲更為強烈，還有比超過情欲更多的感覺。

他感到這女人已經進入到他的血液裏，也滲透到他的骨肉裏，他無法想像這世界上還會有任何其他的女人會如此的對待他。安彼拉的舌頭在嘴裏圍著他轉，一圈又一圈，不自覺地抓住了她的頭部大口的喘氣。

徐鏡濤的兩手伸進她的頭髮裏，將她輕輕的但是堅定的握住，他已經無法控制局面，雖然安彼拉可以停下來，但是她並沒有，她的嘴和舌頭似乎是有一股神奇的力量，驅使著他，像是一列高速行駛的火車，沒有能力停下。當她吸乾了他時，徐鏡濤顫抖和呻吟，感到像是自由落體，掉進了一個無底的地縫，帶給他無限的快感。

正當他的雙膝要頂不住倒下時，安彼拉又開始了整個過程，讓他重振雄風。安彼拉一次又一次的周而復始，徐鏡濤就一次又一次的進入天堂，同時一次又一次的被她吸乾。等到瑪麗莎帶著巴斯基的人來接安彼拉時，徐鏡濤已經是筋疲力盡，倒臥在地板上。

在瑪麗莎細心的照顧下，徐鏡濤去洗了個熱水澡，然後又小睡了片刻，醒來時他發現瑪麗莎躺在他懷裏合衣而眠，他感到一股溫暖，覺得瑪麗莎不僅是位美女，更是個善解人意溫柔體貼的人，他情不自禁的吻了她。瑪麗莎即刻睜開了眼睛說：

「啊！你醒了，感覺如何？」

「覺得自己好窩囊，被安彼拉整得一敗塗地。還得要你把我從地上拉起來。瑪麗莎，你是不是覺得我是個很不中用的男人？」

「可是你這不中用的男人卻能把我蹂躪得死去活來。你是沒有預防到安彼拉的特異功能，才被她乘虛而入，把你吃了。」

徐鏡濤說：「她有什麼特異功能？」

「她研究過印度的慾經，那是一本西元前一世紀年代的古書，裏頭對口交有詳細的描述。」

徐鏡濤說：「她是不是個很喜歡男色的女人？」

「非常喜歡，安彼拉和皮耶熱戀的時候，她也跟別的男人約會，有時還整夜不回家，把皮耶急得直跳腳。」

「你知道她會在和她約會的每個男人身上施展她的特異功能嗎？」

「我不知道，沒聽她說過，她是很保密的，因為和她約會的男人有些是有老婆，或是女朋友的。」

「你知道嗎？瑪麗莎，我們中國人把女人以性行為來增進自身的健康稱為『採陰補陽』。中國在唐朝時代有一位女皇帝，她每晚要許多個男人和她睡覺，這些男人後來都短命，活得不長。」

一隻軟玉溫香的手撫摸著徐鏡濤，讓他心猿意馬，他發現自己是沒穿衣服，裸體睡在床上：「瑪麗莎，你不公平。」

「你是說什麼事我不公平了？」

「你把我剝得全身光溜溜的，到處摸我。但是你把自己包得緊緊的，滴水不漏，太不公平了。」

「本來是想要帶你去看哈菲茲的墓園，那是設拉子著名的觀光勝地。但我看你睡得很香，不忍心叫醒你。可是時間到了，我們該去機場了。」

「對不起，我是太累了，才睡過頭。」

「還不是因為你貪心不足，沒完沒了的整我。趕快起來沖個澡吧！」

徐鏡濤是從設拉子直飛香港，他們在機場餐廳喝咖啡，瑪麗莎說：

「我們沒機會去看詩人哈菲茲的墓園，所以我就把他的一首詩寫下來，放在信封裏，你在飛機上才能看。」

在進入出境大堂時，所有的送行者都必須和旅客告別，她說：

「請你告訴費特勒，阿戴爾夫婦投奔西方的意願是真誠的，沒有背後的陰謀。」

徐鏡濤大吃一驚，正要問她：「你怎麼知道費特勒？」

但是瑪麗莎已經走了。他在飛機上陷入了深深的思考，但是他不能理解瑪麗莎是如何知道費特勒是他到伊朗來的最大原因。徐鏡濤打開信封，看到瑪麗莎寫給他的短信：

哈菲茲是我最喜愛的詩人，他曾在一首詩裏寫到：

我與每一座教堂

每一座清真寺
每一座廟宇
和所有的神殿相愛
因為我知道，在這些地方
人們用不同的名字稱呼同一個神

徐鏡濤，也許所有的信仰都是殊途同歸，只是我們還沒有看清自己，以至於「神」的面貌在我們的心中模糊了。這一首詩影響了我，讓我投入了不歸路。但是你的出現顛覆了我所有的一切，過去的，現在的，還有未來的，全都天翻地覆。我不會忘記你，你會永遠的存在我身體裏。但是你一定要忘記我。

愛你的瑪麗莎

第五章：帕米爾高原風雷

一段又一段的短程巴士雖然進度緩慢，但是漸漸的進入了山區，地勢越來越高，溫度越來越低，因此像他身邊的旅客一樣，他將頭戴的氈帽壓低，用大頭巾把整個臉包住，只留兩個眼睛在外，無人可以認出他來。他發現路面情況越來越惡劣，景色也改變了，非常的荒涼，人煙不僅稀少，並且看來都是貧困的居民，其中帶著槍支的武裝份子慢慢的多了。

沙伊德知道他已經進入了阿富汗和巴基斯坦北方邊界的「三不管地區」。歐洲人稱這裏的居民是「帕坦族」，意思是「操普什圖語的人」。而他們自稱是「普什圖人」或「巴克同人」，在阿富汗又稱為「阿富汗人」。

帕坦族主要分佈在阿富汗和巴基斯坦，是阿富汗的主體民族。在巴基斯坦是少數民族，多居住在巴基斯坦西北邊境省。他們的祖先是伊朗人和突厥人的混血種，帕坦族形成於阿富汗，十三至十六世紀南移，一部分移居現在的巴基斯坦境內。

歷史上帕坦人就是世界上最尚武好戰的民族之一。在西方近代史的記載中帕坦人似乎就是靠襲擊、搶劫和綁架為生的。在那方圓兩萬多平方公里幾乎與世隔絕的，無以維生的山區裏，帕坦男人經常會面臨這種抉擇：要麼挨餓，要麼下山去搶劫平原上那些富裕人家，或者是從中亞到印度的商人，以便養家糊口。帕坦人不把襲擊看成是犯罪，相反，他們認為，襲擊越激烈，男人越勇敢。

在巴基斯坦的部落區基本是自治的，「國中之國」；據統計，巴基斯坦現有的六百多條法律中，只有四十四條在部落區適用，而這些法律條款對於封閉的帕坦人生活幾乎沒有太直接的影響；部落裏的人幾乎都是依照自訂的法律與傳統生存。部落區幾乎每個男人都可自由帶槍，沙伊德的故鄉白沙瓦也是在巴基斯坦的北方邊區，有不少的「帕坦族」，以販賣槍支為生，所以成為世界上著名的「黑市槍城」，近半個世紀以來，特別是自蘇聯入侵阿富汗以後，由於抵抗和自衛的需要，輕武器甚至包括可攜式導彈大量流入巴基斯坦的北方邊區。

沙伊德認為只有在這種環境中，他可以短暫的逃避塔利班恐怖組織發出對他的「紅色追緝令」。原來的大型巴士，在幾天前就換成小型巴士。等到達了運輸汽車的終點站時，已經用的是麵包車了。

沙伊德小時候曾隨著他父親來過這個札巴克小鎮，它的市區雖然是小，但是還很熱鬧，這裏是離開帕米爾高原，重新回到文明的最後城鎮，有不少「背包族」遊客，還有來自各地的「登山友」，都會在此歇腳，所以這裏也開了兩家「民宿旅店」，他在較大的一間住下，為前往下一個目的地做準備。

有一家登山用品店販賣歐美登山人士留下的半新舊裝備，他採購了質地高檔的禦寒衣褲，登山靴，羽絨睡袋，兩個水壺和一些罐頭食品，還有一個簡易的輕便帳篷。在鎮裏的市場買了一袋脫水的水果乾，三個大餅和二十個新鮮雞蛋，但是最重要的是他買到了一個大型背包，可以把所有的以後二十多天衣食住行的必需品都放進去，背在背上，因為步行將是唯一的交通工具。

沙伊德將行李袋裏所有的東西都攤出來，放在床上，不必要的不帶，必要的放進大型背包。行李袋是他來阿富汗臥底時就準備用來逃生的，裏頭有一個衛星電話，但是想到了軍情六處裏有叛徒，他沒有信任的人可以聯絡，衛星電話有什麼用呢？但是還是帶上了。還有三個牛皮紙信封，裏頭分別裝了兩萬元的美金、歐元和人民幣，這是「救命錢」，因此放在貼身的錢袋裏。

行李袋的最底下還有一把克魯格手槍和槍套，這也是救命用的，也戴在身上。小鎮上也有一個市集，遠近的當地人每星期一次來賣東西賺點錢，同時也買一些需要的生活品。

沙伊德在市集裏選中了一隻健壯的毛驢，和三十天吃的「驢料」，臨行的前一天，他請民宿酒店的老闆把二十個新鮮雞蛋煮熟，又要了一包鹽，都裝進了背包。他早早的入睡，好好的休息了一晚。

沙伊德的下一個目的地是阿富汗的「瓦罕走廊」。他記得在歷史書上有寫過：在中國的絲綢古道上有一座古老的門樓，抬頭仰望橫匾上刻著：「絲綢路瓦罕走廊千古輝煌，公主堡漢日天種百世流芳」。

從這座門樓往前行不遠，便踏上極具神秘色彩的「瓦罕走廊」。它是位於帕米爾高原南端和「興都庫什山脈」北段之間的一個山谷。

整個瓦罕走廊呈東西走向，北依帕米爾高原與塔吉克斯坦相鄰，南傍興都庫什山脈與巴基斯坦相接，西起阿姆河，東接中國新疆塔什庫爾干塔吉克自治縣，東西長約四百公里，其中在中國境內約一百公里，南北寬約三至五公里，最窄處不足一公里；其餘三百公里在阿富汗境內，最寬處約七十五公里。這裏的主要河流是瓦罕河，由西向東流一百六十公里後與帕米爾河交匯，然後流入東西向的噴赤河谷，以及阿克蘇河一帶，這都是在阿富汗境內並成為「瓦罕走廊」的組成部分。因此國際上也稱為「阿富汗走廊」。

在兩千多年前，漢朝時期開始，它就是一條世界著名的國際通道。當年的人們都是沿著這條河流逆流而上，從這裏進去有將近兩百公里的路，那是一個狹長的一個通道，也是絲綢之路的一個咽喉要道，前方是阿富汗，右邊是塔吉克斯坦，左邊是巴基斯坦。

有人說；在瓦罕走廊，毛驢叫一聲，就可以驚動四個國家，說的就是它獨特的地理環境。

它在歷史上是古絲綢之路的一部分，也是華夏文明與印度文明交流的重要通道。是帕米爾高原的八帕之一。沙伊德牽著他的毛驢走進了瓦罕走廊。這裏平均海拔四千公尺以上，東面和南面地勢較高，西部和北部地勢較低，屬於高寒山區，每年除了六、七、八，三個月外，都是大雪封山。

瓦罕走廊大約有一萬五千多居民，西部地區主要是吉爾吉斯人，東部地區主要是瓦罕塔吉克人，絕大多數都是伊斯蘭教什葉派的信徒，屬於遊牧部落，居民多用瓦罕語。沙伊德是塔吉克族後裔，能說流利的塔吉克語，又是什葉派的穆斯林，所以這裏的環境對他非常有利。

瓦罕走廊大部分地區都是乾旱缺水的沙漠，僅有極少量的耕地，居民基本靠天吃飯，主業是牧業。瓦罕走廊南部的山麓地帶零星分佈著一些高山牧場，雨季時易遭山洪襲擊。整個瓦罕走廊是阿富汗最為貧瘠的地區，居民面臨著貧困、缺乏糧食、醫療和教育以及毒品、恐怖主義等一系列問題。

沙伊德在離開札巴克小鎮的第十七天到達了瓦罕走廊的主要村莊，卡勒尼亞茲貝格，瓦罕河就是在這附近和帕米爾河交匯。這裏有一間不大的什葉派穆斯林清真寺，按穆斯林的傳統，過往旅客可以在這裏住宿和飲食。沙伊德就在這好好的洗了澡，換一身乾淨的內衣，也好好的吃了一頓熱騰騰的飯菜。

清真寺裏也有一隊從歐洲來從事考察的科學家，他們的目標是在這裏棲息的瀕危動物，阿富汗雪豹和馬可波羅山羊。

但是也有兩個可疑人物，他們拿著照片四處打聽有沒有人看見過「紅色追緝令」裏的目標，沙伊德離開喀布爾已經快有一個月了，他現在是滿臉的大鬍子，一點都不像「紅色追緝令」裏的照片。但是他對這兩個塔利班行動員還是不放心，在晚飯後他外出到札巴克小鎮逛街，看見兩個穿著像是塔吉克人年輕人，就和他們搭訕：

「你們想要賺點外快嗎？」

其中一個大個子回答說：「那要看是什麼活，還要看你能付多少錢了。」

沙伊德拿出一疊歐元在兩人的面前晃一晃：「一天一百歐元，感興趣嗎？」

兩個人的眼睛都睜大了，小個子說：「你一天付一百歐元是要我們幹什麼呢？」

他鬆開了上衣夾克，露出了身上的槍袋和黑呼呼的克魯格手槍：

「你們看見了有一隊從歐洲來的科考人員，他們是來收集有關這裏的雪豹和山羊的資料。我是他們的保鏢，負責他們的安全，不受襲擊。整個隊伍會跟著我們的嚮導，我會跟在隊伍的後面五十至一百公尺，而你們兩人遠遠的跟著我，要把眼睛和耳朵睜開，但是不露聲色，隨時注意有沒有人要襲擊我們。出現任何蛛絲馬跡時，要馬上通知我。」

也許是大把的歐元和手槍的出現，大個子的態度變了：「這事不難，我們一定讓你滿意。」

「那好，就這麼定了，我每三天付你們一次。」

兩人看著沙伊德從一疊鈔票裏數出了六百元，一輩子都沒看過這麼多錢，他們的眼睛瞪大了愣在那兒，他說：

「這些歐洲的科學家們的後台老闆是很有錢的人，同意付你們每天每人一百元。如果一路平安的回到喀布爾，他們還會給你們一筆可觀的獎金，這些錢會讓你們有機會改善以後一輩子的生活，所以好好的幹，不要三心二意。他們萬一有個三長兩短，不但拿不到每天一百歐元，獎金也就泡湯了。」

沙伊德很清楚，塔利班是會用威脅利誘的方法，從當地人的口中探聽消息，他要這兩個年輕人知道，不要為了小小的利益，把大把的歐元收入搞砸了。

他是牽著毛驢，隨著歐洲人的科考隊伍離開了瓦罕走廊的卡勒尼亞茲貝格小鎮，一路向東走去，地勢越來越高，道路越來越陡，溫度越來越低，人畜都一樣的舉步艱難，進度很慢。五天後，他們看見了群居的野山羊，科考隊決定紮營進行觀察。沙伊德也在同一地方支起了他的帳篷。

第二天晚上入夜後，他花大錢找到的兩位為他工作的探子抹黑來到他的帳篷，告訴他聽來的消息。夜晚越來越深沉，營地裏一片漆黑，伸手不見五指，只有部分的帳篷內還有微弱的油燈或蠟燭光在閃爍，但是到了午夜，這些也都熄滅了。塔利班組織和極端的遜尼派武裝組織「真主旅」有著藕斷絲連的關係，為了優厚的報酬，「真主旅」會以雇傭方式為塔利班賣命。他們是在凌晨兩點，也就是夜晚最黑暗的時刻，對營地發起了毀滅性的攻擊。

沙伊德已經離開了營地，藏身在不遠的亂石堆後面，他安全沒有受到傷害，但是他的帳篷和毛驢都毀了。天亮時，真主旅的人把科考隊員的財務搜刮後都撤離了。沙伊德背上了背包，繼續他的旅程。中阿兩國在狹長的瓦罕走廊東端相毗鄰，邊界線只有九十多公里。中阿接壤的邊境地區基本上是人跡罕至的荒漠高原，地勢複雜，氣候惡劣，不適宜人類生存。中國一側的瓦罕走廊沒有永久定居的居民，他就是在這裏進入了中國境內。

在中國的古絲綢之路上，有個咽喉地段叫做「卡拉其峽谷」，它是在「明鐵蓋」的一座海拔四千多公尺的高山上，是沙伊德的下一個目的地。沿著明鐵蓋河往上游行走了十餘公里，穿過瓦罕走廊的三座橋樑，就看到了著名的「明鐵蓋山口」，此處雪山高聳，冰川形成的冰舌直瀉山下。這個海拔四千多公尺的山口一直是帕米爾高原上連接東西方絲綢之路的主幹道。「柯爾克孜語」說它是「千隻公羊的山口」，在帕米爾高原，它是中國與喀什米爾間的山口，橫穿喀喇崑崙山，中國新疆通往巴基斯坦的公路就在此附近經過。

沙伊德想起歷史書上曾寫過，在這條路上走過了不少世界級的偉大人物，這裏佇立著三塊石碑紀念他們，最早的是「安世高」，他是最早把佛教帶入我們中國的人；第二個人是法顯和尚，他在六十多歲時通過這條路把佛經帶進中國。第三個人就是玄奘大師，這裏是他取經東歸回來時的一條古道。

和他們一樣，沙伊德靠著所帶的乾糧，雞蛋和水壺，以及堅強的意志，終於越過了帕米爾高原。明鐵蓋山口與鄰近的克里克山口是從北通往巴基斯坦的上罕薩谷地的兩個主要的山口。明鐵蓋山口自古以來就是溝通中國西域和印度次大陸的最重要的傳統通道，只是近幾百年來由於冰川的發育和侵襲，越來越多的商隊選擇了更寬闊的並且沒有冰川之擾的克里克山口，新建的中巴喀喇崑崙山公路就是在它南部的紅其拉甫山口進入巴基斯坦。

罕薩谷地是巴基斯坦北部靠近吉爾吉特的一個山谷。沙伊德的最終目的是要到吉爾吉特去見一個人，他自知當「紅色追緝令」罩在他頭上後，他能活著的日子，剩下有限。理論上說，他是在瓦罕走廊越過了無人值守的邊界進入到中國，因此是非法越境。現在他面對著明鐵蓋山口，又要進入到巴基斯坦，他身上有一個偽造的阿富汗護照，但是為了逃避追殺，他不能留下任何行蹤的痕跡。

明鐵蓋山口是中國的口岸，有海關和邊防人員在值守，但是口岸在夜間是不開放的。沙伊德是在天黑後，在距離口岸有幾百公尺的亂石堆中，摸索越過邊界。他將睡袋打開，手槍槍膛裏頂進一顆子彈，合上眼睛等候天亮。中國和巴基斯坦在帕米爾高原的兩個口岸，明鐵蓋山口和紅其拉甫山口，都是只有中方在邊界設有關口，派有人員值守。巴基斯坦方面的關口是設在距離紅其拉甫山口有一百二十五公里處的蘇斯特口岸，那裏是因為海關的設立而形成的一個鎮子，有幾個小旅館在那營業，雖然設施很普通，但是還算乾淨舒適，並且還提供早餐。

自從離開了瓦罕走廊的卡勒尼亞茲貝格小鎮附近的科考隊營地後，沙伊德失去了他所有的露營工具和馱運的毛驢，吃著帶著的乾糧，喝著溶化的山泉雪水，露宿在滿天星斗的大地上，當他迂迴越過關卡，到達市鎮時，已經是下午時刻接近旁晚了，他身心疲憊，就在一個小旅館落腳，好好的洗了個熱水澡，在附近的飯館裏，補充營養和一飽口福。他必須養精蓄銳，做好萬全的準備，來完成他這一生裏最後的任務。

兩天後，沙伊德的體力完全恢復，他開始了最後目的地的行程。他要去的地方是蘇斯特南方一百五十公里的巴基斯坦北部地方首府吉爾吉特。

它是在南亞次大陸西北部喀什米爾西北部的一個城市，位於喀喇崑崙山和興都庫什山脈的分界河；吉爾吉特河的南岸，曾經是個佛教中心，而現在是喀什米爾北部的經濟和交通中心。

吉爾吉特地區靠近喜馬拉雅山脈，不少山峰是登山者的攀爬勝地，以自然美景著稱。南伽峰是喜馬拉雅山脈西端的一座山峰，海拔八千多公尺，是世界第九高峰，當地地勢險峻，居民很少，是登山愛好者和探險者經常前往的聖地。

在古代，絲綢之路就已蜿蜒在這裏的山間，那連綿了十幾個世紀的商隊，載著不僅僅是絲綢香料瓷器，還載著思想，哲學，和宗教，特別是佛教和伊斯蘭教就是從這裏先後傳向中亞和中國的。

從吉爾吉特的宗教史上，可以看到它在兩千年裏，先是佛教，再是印度教，最後是伊斯蘭教，變換著成為吉爾吉特人的信仰。

沙伊德是搭乘裝飾得非常豔麗、誇張的巴士從蘇斯特出發，開往吉爾吉特。首先要經過的地方是「罕薩」，即是以前所謂的「坎巨提」地區，在中國的史書上還有許多別名，如「棍雜」和「乾竺特」等。它的首府名叫「巴勒提特」。位於罕薩河右岸，是當地的貿易中心。再往前就到了俯瞰罕薩河的岱雍村，過了罕薩河再開二十分鐘，就看到了吉爾吉特河，它不同於罕薩河裏銀灰渾濁的冰川融水，它的水色如綠松石，兩座鐵索橋橫跨河面，不同方向的車各行其橋。

罕薩原本是一個存在上千年的小山幫，曾經在清朝乾隆二十六年歸附成為外藩。當英國殖民主義急速在亞洲和非洲擴張時，印度和巴基斯坦同為英屬印度，是英國最大的殖民地。

二次大戰後，隨著世界許多國家民族解放運動的蓬勃發展和印度人民反帝國主義的殖民鬥爭日益高漲，英國政府不得不同意向印度人移交政權。但是，為了達到在撤走後仍能控制印度的目的，英國極力在由其一手造成的印度教和伊斯蘭教兩大教派政黨對立的基礎上，繼續推行「分而治之」的政策，極力在印度各民族，各教派和各黨派之間製造矛盾，擴大分裂。

一九四七年，印度總督蒙巴頓提出了充分體現這一政策的「蒙巴頓方案」。將印度一分為三，即印度教徒的印度，伊斯蘭教徒的巴基斯坦和北方山區的「王公山邦」。各山邦有權按自願原則選擇加入上述兩個國家，或保持同英國的舊有關係。這樣一來，印度兩大教派政黨，即國大黨和穆斯林聯盟圍繞國家統一還是分治，以及爭奪各王公土邦，展開了激烈鬥爭，兩大教派間發生了大規模仇殺事件。

一九四七年印度和巴基斯坦正式分治後，分治矛盾以及民族、宗教、領土等各種矛盾愈益加深。一九四七年十月和一九六五年八月，印度和巴基斯坦圍繞喀什米爾邦的歸屬問題發生了兩次喀什米爾戰爭。一九四七年印巴分治時，將罕薩成為巴基斯坦所屬的喀什米爾山邦的一部分，但仍然保持自治，由罕薩王管理。一九七四年巴基斯坦政府解散了山幫政府，將其置於北部地方政府管理。

沙伊德的巴士到達吉爾吉特時已經是傍晚了，市面看來和他多年前來過的記憶沒有太大的變化，只是顯得更亂了些。他走到一條小街，看見了一間二層樓的「山景旅店」小旅館，他在櫃檯登記入住，出示的證件是從白沙瓦來的登山客，順便來看望嫁到吉爾吉特的妹妹。要了一間二樓的住房，預付了一星期的房費住了下來。

他將窗簾拉上，但是留下一個空隙，站在那裏觀察小街上的人來人往，一個小時後，他確定了沒有可疑的人在附近停留，才去好好的洗了澡，換上一身乾淨的衣服。打電話請樓下的餐廳送來豐盛的晚餐，在房間裏狼吞虎嚥的把盤子上的食物一掃而光，也把多日來的饑餓排除了。天黑後，他到當地最大的百貨公司買了一個手機和儲值晶片。

回到旅館房間，他撥打了牢記在心裏的電話號碼，響了一聲就被接聽：

「請問要找哪一位？」

清脆的聲音還是那麼的優雅動聽，激起他無限的回憶：「我是沙伊德。」

激動又急迫的聲音說：「你在哪裏？」

「剛到吉爾吉特，我能見你一面嗎？」

「在哪裏？我去找你，我有重要的事跟你說。」

「我住在一個叫山景旅店的小旅館。」

「我知道在哪裏，你等我，我馬上就來。」

但是來到山景旅店的並不是他日夜思念的查拉，而是兩個彪形大漢，他們是塔利班的行動員，對沙伊德一陣毒打後，捆綁了他，連帶著他的背包，將他推進一輛汽車，開到市郊的一棟大房子裏。

他被關在一間窗子有鐵欄杆的小屋裏，每天都給吃的，但是每天也會來人毒打他一頓。讓沙伊德難受的不是皮肉之苦，而是查拉的背叛，將他出賣了。他覺得自己的命不好，先是被軍情六處的上司出賣，因此被塔利班的殺手追殺。而在他千辛萬苦跑到吉爾吉特，想在被處決前，去見初戀情人最後一面，又被她出賣了。

唯一讓他納悶的是，紅色追緝令是要立即對他執行處決，可是他卻被關起來，雖然每天都有人來對他施刑，但是還是給他吃的，顯然是還不想要他死。但是在等什麼呢？

查拉的丈夫馬蘇年歲大了，除了在她進門的那天晚上，他吃了春藥把查拉強姦以後，對她的身體提不起興趣。馬蘇是需要一個「親人」，一個「自己的人」，來為他做文書和整理帳目的工作。他身邊有文化的知識份子不多，因此查拉成了塔利班頭目馬蘇的得力助手。

在她的要求下，查拉被安排住在單獨的一棟小房子裏，遠離他另外三個老婆。馬蘇有一位遠房侄子，哈立汗，他在英國讀過書，是馬蘇身邊唯一和查拉能對話的人。但是哈立汗也是金新月地區最大的毒梟，是塔利班的大金主，他呼風喚雨，所有的人都要買他的賬。他也是個大色鬼，看上了查拉的美貌和動人的身材，常常利用替他整理帳目的機會，對她動手動腳，還企圖要和她上床。

當哈立汗說他瘋狂的愛上了她的時候，查拉也表達了對他的好感。但是他們不能在巴基斯坦做任何違反伊斯蘭教規的事，否則被發現後兩人都是死路一條。可是她又不想一輩子待在這上不著天，下不著地的山裏，總有一天她是會發瘋的。如果哈立汗真的愛她，就把她帶到歐洲，她可以改頭換面，生活在倫敦或巴黎的大城市裏。

查拉將身體貼上來，在他的耳根輕聲地對他說，到時候他們就能過著神仙似的生活，誰也不能干涉他們了。同時查拉還提醒他，從他目前的帳目上看，她認為替哈立汗在歐洲行銷「特別貨品」的「上盤」，在費用裏加了不少「水分」，如果她能經常的坐鎮查帳，相信他的利潤會大大的增加。最後還語重心長的告訴哈立汗，如果他能提出來，在具體為他工作的「上盤」中安排了她的角色，她會馬上讓哈立汗玩她，玩到讓他「爽死」。

就在哈立汗出發到歐洲去「視察」工作時，沙伊德來到了吉爾吉特，渴望著要見查拉一面，於是和她聯繫，告訴了她藏身的旅店，但是來找沙伊德的不是查拉，而是來捉拿他的塔利班行動員。

在他當了階下囚的第十天黃昏，沙伊德被五花大綁的押解到一棟有院子的獨立房子，他見到了讓他刻骨銘心、日夜思念的查拉，她還是和往日一樣的美，他們的熱戀愛情和柔情蜜意，天長地久的承諾，一幕幕的在他腦海裏閃過，現在天使變成了魔鬼，一切都煙消雲散了。

查拉的身邊站著一個男人，沙伊德一眼就認出來，他是「金新月」的大毒梟哈立汗，原來他之能多活了十天就是在等此人，從他看著查拉的眼神可以知道他是查拉的新男友，沙伊德有一點變態的喜悅，查拉的丈夫終於當了烏龜，有人給他戴了綠帽子。

查拉走到他面前，兩眼瞪著他看，沙伊德開口說：

「查拉，你……」

她提起手來，重重的打了沙伊德一個耳光，打得他眼冒金星，正要開口時，查拉回過手來，又在他另外一邊的臉上打了一個耳光，查拉說：

「沙伊德，你看著我，我要你聽好了你進地獄前，我跟你說的話。」

沙伊德看著她，突然明白了她是在用眼神傳給他資訊，認識查拉的人都說，查拉有一對會說話的眼睛，她傳出的資訊是；「相信我，我還是你的查拉。」這是真的嗎？她又開口了：

「沙伊德，你這個大混蛋騙子，你跟我說，你是為了偉大的阿拉，要去參加聖戰組織，去消滅那些該死的異教徒，為被害的兄弟姐妹復仇。我被你感動得把我的初夜都給了你，讓你玩了我，沒想到你原來是去當臥底，去傷害我們穆斯林。恨死我了。」

沙伊德很努力的不讓臉上出現笑容，查拉說的都不是事實，他去當臥底是查拉已經離開了倫敦回到巴基斯坦以後的事，她的眼神資訊驗證了。

哈立汗摟住了查拉說：

「別太激動，現在終於真相大白，真主會明白你做的犧牲，何況是你提供的情報，把沙伊德拿下交給了我。我在來這裏之前，已經通報了塔利班的高層，他們要以伊斯蘭法庭公開的審訊他，揭穿西方國家對伊斯蘭國家的敵對行為和對穆斯林人民造成的傷害。查拉，我很感謝你，讓我來完成了塔利班的紅色追緝令，讓我在領導圈子裏的地位增高了不少。」

「只要你高興就好了，以後多照顧我一些。別老是一走就是個把月，讓我一個人孤獨的活著。」

沙伊德看見查拉情深的看著身邊的哈立汗，她抬起頭來，微微的張開了鮮紅的雙唇，哈立汗把嘴印上，查拉將舌頭伸了進去，沙伊德就真的笑不出來了。哈立汗放開了查拉：

「你不用擔心，我有好消息給你。我已經安排好你到法國的馬賽，在那裏檢查我們上盤買家的帳目。我們仔細的看了過去幾年的流水帳，如你所說，發現不少水分。所以同意派你常駐馬賽，然後到倫敦，巴黎和巴薩隆拿進行查帳。你看這樣行嗎？」

「那這個上盤是什麼人？」

「是一家叫『歐風物流』的公司，因為公司的性質，運送我們的特別貨品非常方便。」

「太好了，我聽過這家公司，規模不小，老闆是英國有來頭的人物，和國會議員的關係非比一般。你把他們的帳目和文件帶來了嗎？」

「給你，就在這大信封裏。」

查拉打開了牛皮紙信封，拿出一疊文件，上面密密麻麻的打字說明了一批批毒品的進口及賣出給「中盤」和「下盤」的明細，包括他們的身分，背景和聯繫方式，最後是貨品進出的價格。

查拉看到最後一頁的『歐風物流』負責人簽字，一位國會議員的名字進入她的視線。

「謝謝你，我唯一的要求是你要常去歐洲，別讓我一個人孤零零的，老是想念你。說實在話，我現在很住不慣巴基斯坦。」

「當然，我會儘量找機會去歐洲，但是我們一定要注意安全，我們都在他們情治人員的黑名單上，不能大意。並且塔利班的權力中心還是在這裏，我需要常常露面，保住我的地位。這次有了你帶給我的紅色追緝令功勞，加上以後我給他們帶來更多的利潤，不久我的地位就會超過你老公馬蘇，我們就能名正言順的在一起過日子了。查拉，我現在帶人把沙伊德送到塔利班地下指揮所去關押，回來後我們就可以盡情的歡愛了。」

「沙伊德騙了我的初夜。哈立汗，我要報仇，我要他眼睜睜看著我們做愛，看著你是如何的把我帶進高潮，玩得我死去活來。我要你把他牢牢地捆綁在臥室裏的椅子上，我去把你的衛隊打發回去，叫他們明天早上十點再來接你。」

「這樣安全嗎？」

「當然，別忘了，這裏是馬蘇頭目老婆住的地方，有什麼人敢來撒野？別擔心，我會把門鎖好。」

沙伊德被捆在椅子上像一個粽子似的，動彈不得。他看見查拉的臥室似曾相識，在調暗了的燈光下，顏色和佈置很像她在倫敦的公寓，是他曾經在那裏將她帶進高潮，把她弄得死去活來，像是一條離開了水體的活魚，在床上呼喊著全身翻滾。現在是同一條魚，但是換了將要使她翻滾的人。她和哈立汗深深的吻著，然後將他推開，從喉嚨的深處出聲：

「把衣服脫了，我要你在他面前好好的蹂躪我，讓我大聲的呼叫。」

查拉脫下了黑袍，裏面除了一個小小的比基尼三角褲之外，只有赤裸裸的雪白胴體，均勻的身材和動人的曲線，使哈立汗全身發熱，他很快的將衣服脫下，赤裸的身體已經完全的膨脹，

「我已經受不了，我必須馬上就進入你的身體。」

「我也是全身發熱，快要爆炸了。你喜歡怎麼穿刺我？從後面還是前面？」

「快點去趴在床上。」

查拉彎曲著膝蓋趴著，兩手伸進了枕頭下面，把臀部翹得高高的，迎接已經完全膨脹了的哈立汗，當他正要跪在床上時，查拉轉過通紅的臉說：

「慢點，以前那個混蛋在進入我身體的時候，是一副征服了我的得意樣子。我倒要看看現在當你穿刺我時，他是個什麼德性。」

「那你翻過身來，躺著，把兩腿完全分開。」

哈立汗跪在查拉長長大腿的中間，對準了目標，正要往前推送用力穿刺時，查拉的一隻手摟住了他的脖子，把他拉下來吻他的嘴，就在此時，哈立汗突然感到將要穿刺的目標變得冰冷，低頭一看，冷汗馬上也出來了，一把黑乎乎，裝著消音器的白瑞塔手槍頂在他的下體，顯然這是她預先就藏在枕頭下面，在翹起屁股時才伸手握住了手槍。他驚呼一聲：

「啊！你要幹什麼？」

他本能的反應揮手，想要把手槍撥開，但是為時已晚，查拉扣下扳機。哈立汗慘叫一聲，握住了血淋淋，已經破碎了的下體，兩隻眼睛瞪得極大，似乎是對這突來的變化感到極度的迷茫。

查拉坐起身來，連續兩次槍擊哈立汗的小腹，他像是一隻動物被撲食撕裂時的哀嚎，聲音慘烈無比。她站起來，把哈立汗推到床下，對準他的後腦開槍，突然整個世界變得非常的安靜。被捆綁在椅子上的沙伊德，瞪著眼睛看著在眼前所發生的一切，他張開著嘴，似乎不敢相信正在發生的事。查拉，全身還是赤裸著，走過去兩手捧起他的臉說：

「沙伊德，難為你了。」

她熱吻沙伊德的嘴唇，一隻手向下游走，許久後才鬆手：「活見鬼了，一點反應都沒有。」

「你的婚外情都是這麼血淋淋的恐怖嗎？」

「你說你想見我最後一面，這就是你要跟我說的話嗎？你明知道我是幹什麼的，這種事還少嗎？」

「我是剛剛才明白你也是來臥底的。你該替我鬆綁了。」

「就你這副德行就要我替你鬆綁，你就等著吧！」

查拉還是沒穿衣服，赤裸著高挺的胸部，一對大乳房在沙伊德面前一晃一晃的。她將隱藏在牆上掛畫後面的櫃子打開，取出背袋裏的密碼對講機，上面的一個小紅燈已經在閃爍：

「蘇珊已經到了，我們要撤離了。」

她將開關打開：「夜鶯呼叫大雁，請回答。」

反應是立即的：「這是大雁，信號清楚，山間的暖風開始吹了嗎？」

蘇珊通告她的情況安全，同時也知道對方的安全情況，她回答：「從正東方向吹來。」

這是一切情況正常的密語，查拉接著說：「目標毀滅，取得物件，要求清理現場，即刻撤離。」

蘇珊的回答非常簡短：「觀察待命。」

查拉終於穿上了衣服，一個多小時後，蘇珊和兩位著當地服裝的男人到了查拉的房子，兩個女人千辛萬苦終於在異地重逢，她們熱烈的擁抱。

蘇珊說：「你一定見過他們了，他們是派來暗中保護你的行動員。」

「是的，我好像在市場裏見過他們，我還以為我是孤零零的一個人被你放逐到這裏。」

「怎麼捨得呢？除了他們之外，我們還有一間安全屋，就在離這裏不遠的地方。帶我來接你的還有兩人，就在那等我們。天黑後，公路上都是塔利班的武裝分子，所以我們在天一亮時撤離。咦？沙伊德在那裏？」

查拉的語氣有些曖昧：「他在臥室裏，我帶你去看他？」

沙伊德還是被捆綁在椅子上，他兩眼直挺挺的瞪著前面的大床，上面曾經躺著全身赤裸的查拉和另一個全身赤裸的男人，現在成了床邊的一具男屍，握著曾要穿刺查拉的下體，面部的表情非常恐怖。蘇珊說：

「你怎麼還沒替他鬆綁呢？」

「他看到了我格殺哈立汗的過程，大概是受不了，發神經了。」

蘇珊說：「不要胡說，查拉，他是愛你的男人，快來幫我替他鬆綁。」

鬆綁後的沙伊德還是一語不發，他過去把他的背包打開，看了一眼，取出一瓶礦泉水，全部喝光。

兩個行動員把現場做了最後的處理，啟動了裝置，蘇珊叫查拉把哈立汗的手機拿走，裏頭會有重要的資料。一夥人分批，小心翼翼的離開，回到了安全屋，在那裏他們看見了徐鏡濤和解放軍的士官長。蘇珊向大家說明了他們撤離巴基斯坦的計畫。

首先，在天亮之前，查拉住的房子會起火燃燒，並且火勢會變得很大，哈立汗的屍體上撒了鎂粉，它會在高溫下燃燒，不留下任何實體的痕跡，但是現場留下了金屬的飾物，分別是屬於哈立汗，沙伊德和查拉隨身戴的。

塔利班的人知道這三個人是留在那棟屋內，因此他們會取得這三人都是燒死在屋內的結論，也就是說紅色追緝令的任務完成，不必再追殺沙伊德了。

天一亮時，大家就開始撤離巴基斯坦，採取的路線是往北直奔蘇斯特，從紅其拉甫口岸進入中國，這是塔利班的人意想不到的路線。有了查拉拿到的金新月在歐洲販賣毒品的詳細資料，他們將受到致命的打擊。行動員繼續留在此地觀察六個月，然後撤離。蘇珊環顧了左右，意思是看看還有什麼問題，沙伊德開口了：

「我有問題，之所以這麼的折騰，尤其是我本人，被人日夜的追殺，翻山越嶺的逃命，關進黑牢，最後還要親眼看著自己的女人被別的男人玩，這不都是因為我們內部出現了叛徒，洩露了我的臥底任務嗎？我想問的是叛徒找到了嗎？他是誰呢？」

沙伊德的語調出奇的平靜，但是所有的人都能感到他內心的憤怒，他手裏緊握著一把克魯格手槍，直指著蘇珊。但是她也很平靜的回答：

「你不必用手槍指著我，叛徒就是英國上議院的議員李查．泰勒，也就是我的丈夫。」

「但是我的任務是國家一級保密，只有你和軍情六處的處長知情，叛徒是從哪裏得到的資料？是在枕頭邊上，他老婆告訴他的嗎？」

「所有的一級保密臥底資料都有一份文檔存在總部的特別保險箱裏，那是為了長期在外臥底人員歸隊時，有關人員已不在世，用來做為證據的。軍情六處懷疑李查．泰勒有叛國行為已有多年，但苦無證據，他們把調查任務交給我，我去當了他的老婆，查出他買通了保險箱管理員取得資訊，來進行通敵叛國和為己謀利的行為。」

「你是如何懷疑保險箱管理員出了問題？」

蘇珊說：「我在阿富汗和巴基斯坦有兩個臥底，一個是你，沙伊德，我按規矩在軍情六處的特別保險箱存檔備案。另一個臥底就是查拉，但是我沒有在保險箱裏存檔。當你出事而查拉卻安然無恙，我就明白了問題是出在什麼地方，同時也發現了我丈夫曾經是管理員的戀人，分手多年後又開始來往了。」

沙伊德問：「為什麼還不逮捕他們呢？」

「保險箱管理員神秘的遇害，我們失去了唯一的證人，所以你的臥底任務就是要你成為我們控告李查．泰勒的證人。沙伊德，你滿意了嗎？在這世界上我最恨的人就是李查．泰勒，我活著就是要看著他一輩子關在監獄裏，最後死在監獄裏。」

一屋子裏的人都沉默不語，最後沙伊德放下了手槍，他說：

「我現在明白了，當初我就是無法想像一個女人為了要把叛徒繩之於法，會嫁給那個叛徒，還每天和他同床共枕。要有無比信念的人才會有這樣的勇氣，做出這樣的犧牲。蘇珊，對不起，我錯怪了你。」

「沙伊德，你不必向我道歉，是軍情六處出了問題才造成這樣的情況，這不是你的錯，你的臥底工作是非常令人滿意的。但是你不明白，我們也許為了某種原因會背叛了我們的承諾，但是絕不會背叛我們的愛情。塔利班對你發出了紅色追緝令，通常在三天之內他們的殺手就會取你的性命。但是他們沒想到你會隱身於崇山峻嶺之中，因此讓你延續了生命。可是當你出現在吉爾吉特時，查拉以一個單身女子，孤軍在外，置身在敵人陣營裏，她唯一能救你的方法就是把你關進塔利班的監獄，等待援手。你明白了嗎？」

查拉第一次看見沙伊德的淚水流在臉上，他說：「我明白了，我會一生感激她。」

查拉開口了：「沙伊德，你不用感激我，這是蘇珊的主意。你只要不恨我就行了。」

「在執行的過程中，最重要的因素是查拉的女性誘惑力，再加上哈立汗的男人好色。但是在任何環節都可能出差錯，哈立汗就會得逞。然而她不會放棄她的愛情，她會在被蹂躪後奮起抵抗，擊斃哈立汗。沙伊德，你明白嗎？查拉別無選擇，如果她不配合哈立汗要玩她的企圖，你就死定了。」

徐鏡濤突然說話：「我是過來人，對一個男人，我認為能夠得到女人的心，是最珍貴的。她把身體給了誰，久而久之，就成為過眼雲煙了。在我們的記憶裏，就只會留下你和她曾有過的男歡女愛和無限的纏綿，誰曾佔有她的身體都不重要了。」

蘇珊指著徐鏡濤說：「你知道他是誰嗎？」

「徐鏡濤大律師，他是你的初戀情人。」

「是的，我背叛了我們之間的承諾，嫁給了別人，但是我從來沒有背叛我對他的愛情。當我要去救援我派出的臥底時，發現已經走投無路，但是徐鏡濤義無反顧，挺身而出，伸出了援手。如果明天此時，我們還活著，就是他的功勞了。沙伊德，巴基斯坦人不會不如中國人吧？你們有同樣悠久的文明，不是嗎？」

蘇珊的語氣變得哀傷，她說：

「但是我背叛了諾言，帶給我的愛人不能挽回的傷害，這將是我一生的遺憾。」

天還沒有亮時，解放軍士官長就駕著大馬力的越野車來到了安全屋，他向徐鏡濤報告，一切都已安排妥當。

和以前不同，他身穿解放軍的野地迷彩軍裝，但是配戴了幾枚勳章。他說；中巴關係非常良好，持中國護照的遊客進公園可以不必買票。中國軍人更是受尊重，沒人干涉。

天光微亮時，查拉住的房子起火，很快的火勢擴張，消防車的警聲此起彼落，他們很快的上了主要的公路向北直奔一百五十公里外的蘇斯特。轉上了由中國工程人員建設的喀喇崑崙公路，開始爬坡，凌晨時分，路上沒有任何人車，大馬力的越野車沒有減速，繼續高速行車。

查拉打開筆記型電腦，發出訊號，啟動了被她暗中裝在馬蘇座車下的信號發射器。越野車開足了馬力不斷的爬高，終於進入了「死亡山谷」，看見了「萬山堆積雪，積雪壓萬山」的景象。一個小時後，他們接近紅旗拉甫陸運口岸時，赫伯．費特勒交給徐鏡濤的中情局密碼手機響了，頻幕上出現了：

「無人機進入帕米爾高原上空，目標信號清楚並增強中。請等待影像。」

徐鏡濤宣佈：「中情局的無人機正在接收查拉裝置的發射器信號。影像馬上就會傳來了。」

查拉拿出一根信號線，徐鏡濤把手機和查拉的電腦連起來。電腦螢幕出現了一輛在行駛中的豐田小卡車，畫面下面有字幕：

「目標車輛為白色豐田牌兩千年小卡車，車牌號是：J四五六，請證實。」

徐鏡濤說：「查拉小姐，您可以證實螢幕上的目標就是塔利班組織的領導層之一的馬蘇嗎？」

「是的，這是馬蘇的座車，車號J四五六。」

徐鏡濤輸入簡訊：「目標證實。」

螢幕顯示：「目標雷達鎖定，獄火導彈發射，四十五秒命中。」

螢幕上的白色豐田小卡車在移動，但是突然出現了爆炸煙火，給人的感覺很奇怪，因為在無聲的沉默中，小卡車消失了，剩下的只是向上升起的煙火。徐鏡濤說：

「我以目擊證人和律師的身分宣佈，查拉小姐現在是寡婦身分，任何男性都可以接觸而不違反法律和社會風俗，更不違反伊斯蘭宗教律法。希望麥金利夫人注意。」

從紅旗拉甫口岸入境後，喀什市南疆大酒店的貴賓車已經在等候，他們向解放軍士官長道謝和道別後就上路，貴賓車是德國賓士的大房車，非常舒適，車速也高，從口岸到喀什四百多公里的路程只用了三個小時。

徐鏡濤、蘇珊、沙伊德和查拉四人天還沒亮就在準備動身，一路僕僕風塵提心吊膽，擔心塔利班的殺手隨時會出現，現在終於可以好好的休息了。一整天下來，除了喝水及吃些乾糧水果外，並沒有好好的吃過一頓飯，所以第一優先就是去餐廳，然後洗澡。兩個相連客房之間的門是虛掩著，查拉探頭過來問說：

「蘇珊，可以和你說話嗎？不會打攪你們的親熱吧？」

「別胡說，沙伊德都恢復了嗎？」

「還是陰陽怪氣的，也不碰我，我跟他說，我現在已經是寡婦了，都是他的了，但是他還是一直逼問我是不是和哈立汗上過床，到過幾次高潮。」

「他還是個大男人主義，他現在幹什麼？」

「還在洗他的淋浴，他說被關的那十天都沒洗澡，全身都臭，他要洗好幾遍才行。」

「那你趕快進去，乘他赤裸的時候把他做了。」

「你是要我把他強姦了？」

「男人都一樣，你把他們的小頭搞定了，大頭就自然的投降了。」

不久從虛掩的連接門傳出來的淋浴水聲中，夾帶著說話聲：

「你脫了衣服進來幹什麼？我還沒洗完呢？但是快了！」

「你想幹什麼？啊！不行，快停下來。」

當徐鏡濤從浴室裏出來時，房間的燈已經關上，只有窗外的夜光照明了蘇珊坐在床上等他，除了她臉上燦爛的笑容外，她身上沒有任何東西。虛掩著的連門傳來男歡女愛的喜悅，以及查拉一聲聲的哀求、溫柔、體貼和愛惜。

蘇珊：「來吧！我要你讓查拉知道，我有多幸福。」

「那我一定得努力的蹂躪你，讓你呼喊著進入高潮，向世界宣示你的幸福。」

「你太恐怖了！」

一周後，塔利班組織宣佈，他們的領導人之一，馬蘇，被美國的無人飛機襲擊而喪生，成為烈士。另一位重要的領導班子成員，哈立汗，成功的執行了紅色追緝令，將叛徒處決，但是在過程中負傷犧牲。通告中沒有提到馬蘇的妻子查拉。

很多人認為，以色列和周邊阿拉伯國家不斷衝突的原因之一，是宗教上的矛盾。在十七世紀完成的「詹姆斯國王聖經」是被公認最完整的原始聖經，在此之前還有另一本《阿勒頗抄本》聖經是在西元第十世紀完成的，雖然它們都是根據拉丁文版所翻譯過來的，但是後者的翻譯人是懂得古代希伯來文的學者，他們將流傳出來到民間的古卷也包括在內，作為參考資料，附在聖經的後面。

這兩本舊約聖經內容有很大的出入。傳說猶太先祖亞伯拉罕在聖殿山領受上帝旨意，祭獻兒子，他的孫子雅各在此和天使摔跤，並被賜名「以色列」，就是「與神角力」的意思。

根據舊約聖經裏《列王志》記載，古以色列第一代統一王朝的國王大衛在耶路撒冷建立了猶太人國的第一個首都，他的兒子所羅門王為了紀念猶太民族最神聖的地方，西元前一〇一〇年在耶路撒冷的摩利亞山，也就是現在的聖殿山，建立了敬拜上帝的「聖殿」，並在此存放了「約櫃」，裏頭放置了兩塊刻有十戒的石板，諾亞方舟等聖物，它是在西元前九五七年竣工。「聖殿」從此就成為了猶太教最高的聖地，而「聖殿」的所在地也被命名為「耶路撒冷」，意思是平安之城。舊約聖經寫的是「上帝的話」和猶太人祖先起源的記錄。

有研究宗教考古的學者指出，《阿勒頗抄本》聖經裏，隱約的意味著猶太人的祖先並不是來自「聖地」，而是後來才遷移到巴勒斯坦地區。

以色列的第一任總統，大衛・本古里安，在一九四八年的五月十四日宣佈，「根據自然和歷史的真意所給予猶太人的權利，以色列在這裏建立了國家。」他是根據《舊約》裏所寫的，先知以賽亞曾說過，上帝在「亞伯拉罕承諾」中將聖地，也就是「巴勒斯坦地區」還給猶太人。猶太人將它說成是「上帝承諾的土地」。這是以色列的猶太人在巴勒斯坦建國的基礎，絕對不容許質疑。

但是另一群不同信仰的人，幾乎在同一時期出現在同一個發源地，造成他們互相砍殺了一千多年。

耶路撒冷又是伊斯蘭教創始人穆罕默德「登天」接受「天啟」的地方，因而被列為伊斯蘭教的第三聖地，其地位僅次於第一聖地麥加和第二聖地麥迪那。

根據傳說，西元六二一年七月十七日夜晚，五十一歲的穆罕默德在天使加百利勒的帶領下，乘天馬從麥加火速趕到耶路撒冷的聖殿山。他信步登上了巨石升霄，遨遊七重天，天園和地獄。穆罕默德見到了古代的諸位先知，並帶回阿拉對穆斯林的啟示。

穆罕默德從天降下，在黎明前又乘天馬回到麥加。穆罕默德告訴穆斯林，阿拉指定耶路撒冷為穆斯林朝拜的方向。

西元六二三年，穆罕默德才把穆斯林的朝拜方向改為麥加。聖殿山上至今還留有穆罕默德登天時的腳印。穆斯林把這塊巨石視為聖石，認為它和麥加禁寺天房中的玄石同等神聖。

據說是一塊淡藍色的巨石，被放在寺的中央，以銀銅鑲嵌，銅欄杆圍著。巨石上有一個大凹坑，相傳是穆罕默德在此處「登霄」時留下的腳印。在耶路撒冷最完整的寺廟就是「薩赫萊清真寺」，「薩赫萊」是岩石的意思，所以也被稱為「岩石清真寺」，寺內就有穆罕默德夜遊登上七重天時踩著的巨石。

它是三大「一神教」，猶太教，基督教和伊斯蘭教的共同聖石；猶太人認為他們的始祖亞伯拉罕捆綁兒子以撒後，放在這塊聖石上準備殺死，來獻給上帝耶和華，猶太人最重要的聖物約櫃和諾亞方舟都曾經放在這聖石上。基督教認為上帝是在聖石上用泥土捏造出了人類的始祖亞當。穆斯林認為真主的最後一位使者穆罕默德夜遊登霄時，就是踩著這塊巨石登上了七重天的，石上還有他的腳印。

聖石下有個洞穴，相傳是聖人亞伯拉罕、大衛、所羅門、穆罕默德等人祈禱的地方，穆斯林稱之為「靈魂之窗」。

這塊巨石是這三大宗教最重要的聖物。但是它是放在伊斯蘭教的清真寺裏。西元前五八六年，巴比倫殺到這裏，摧毀了聖殿，西元五一六年猶太人又在第一聖殿的原址上補建第二聖殿。但是西元七〇年，羅馬王鎮壓猶太人起義，將重建的聖殿徹底焚毀，只留下一段西牆牆基，並在牆基上壘出一道護牆。

羅馬時期，每年的十一月九日聖殿毀滅日這天，才准許世界各地的猶太人到聖殿西牆遺址祈禱。飽受苦難的猶太人面對聖殿的殘垣斷壁總忍不住唏噓哀哭，「哭牆」才因此而得名。今天聖殿山和哭牆都成了猶太教最神聖的聖地。

以巴衝突是從十九世紀八〇年代後的以巴衝突開始而持續至今的。數個世紀以來，許許多多流亡海外的猶太人一直試圖返回以色列。散居在世界其他地區的猶太人為了逃避迫害，開始回流到古猶太國之地，巴勒斯坦。

猶太人從奧斯曼帝國和阿拉伯人手中購買土地並且定居。隨著猶太居民的增多，他們與阿拉伯人之間的關係也日趨緊張。一八九六年，猶太復國主義運動，號召全世界猶太人回歸故土，恢復本民族的生活方式。「猶太國民基金」和類似的相應機構成立，幫助世界各地的猶太人向巴勒斯坦移民。

一九一七年，英國外長貝爾福發表《貝爾福宣言》：「英王陛下政府贊成在巴勒斯坦建立一個猶太人的民族家園，並將盡最大努力促其實現。」

一九三三年，納粹黨在德國執政，掀起第五次猶太人回歸浪潮。

一九四〇年，猶太人已占當地居民總數的百分之三十。後來在歐洲發生的猶太人大屠殺，進一步推動了猶太人回歸。

一九四四至一九四八年之間，約有二十萬猶太人通過各種途徑輾轉來到巴勒斯坦地區。第二次世界大戰結束後，巴勒斯坦地區已經有六十萬猶太居民。

猶太人的移民數量自從十九世紀末以來一直穩定增長，受到二戰中的猶太人大屠殺影響，猶太人復國的理念也獲得越來越多的國際支持。

一九四七年十一月聯合國大會表決將巴勒斯坦地區再分為兩個國家，猶太人和阿拉伯人分別擁有大約百分之五十五和百分之四十五的領土，分治方案在已開發領土上大致採取照顧傳統聚居點、按人口比例均分的原則，但考慮到未來大量猶太難民的遷入，將南部人煙稀少的沙漠地區劃入猶太國。故猶太人以相對少的人口獲得了較多的領土。

一九四七年十一月二十九日，聯合國通過分治方案的當日，大衛・本——古理安接受了該方案，但阿拉伯國家聯盟不接受。

阿盟委員會高層下令對以色列的猶太平民展開為期三天的暴力襲擊，攻擊建築、商店、以及住宅區，緊接著猶太人組織的地下民兵部隊展開還擊，這些戰鬥很快便蔓延為大規模的衝突，繼而引發了一九四八年的以色列獨立戰爭。

一九四八年五月十四日，在英國的託管期結束前一天的子夜，以色列國正式宣佈成立。以色列在一九四九年五月十一日被承認為聯合國的成員國。

在以色列建國之後，埃及、伊拉克、約旦、敘利亞、以及黎巴嫩向以色列宣戰，開始了以色列獨立戰爭。在數個月的戰鬥後，雙方在一九四九年達成停火協定並劃清暫時的邊界，這條邊界線被稱為「綠線」。

以色列在約旦河的西方獲得了額外的百分之二十四的管轄領域，約旦則佔有以色列南部一塊山地區域和撒馬里亞，後來那裏被稱為西岸地區。埃及在沿海地區佔有一小塊的土地，後來被稱為加薩走廊。隨著一九四八年的戰爭，西岸地區和加薩走廊的猶太人口開始遷入以色列，大量來自阿拉伯國家的猶太人難民使得以色列的人口遽增了兩倍。在接下來幾年裏將近八十五萬名瑟法底猶太人從阿拉伯國家逃離或遭驅逐，其中約有六十萬人遷移至以色列。

在政治舞台上，以色列和阿拉伯國家的關係在一九六七年五月再次緊繃。

敘利亞、約旦和埃及透露了開戰的意圖，埃及並且驅逐了在加薩走廊的聯合國維和部隊。以色列於是以埃及挑釁為由在六月五日對埃及展開先發制人的攻勢。

在這場六日戰爭中，以色列擊敗了所有阿拉伯鄰國的軍隊，並且在空軍戰場上獲得完全的勝利。

以色列一口氣奪下了整個西岸地區、加薩走廊、西奈半島和戈蘭高地，一九四九年劃定的綠線則變成以色列管轄國內領土和佔領區域的行政分界線。後來在簽訂大衛營和約後，以色列將西奈半島還給了埃及。

但是以色列和它的阿拉伯鄰國並沒有達到真正的和平，一方面背負著猶太人被迫害的歷史，以色列是抱著強硬的態度，寸土必爭，絕不相讓。

另一方面是阿拉伯鄰國自己之間的矛盾重重，有政治上的，也有宗教上的，不能團結一致，對抗共同的敵人。阿拉伯聯盟在人口、土地和經濟上和以色列相比是占絕對優勢，但是在歷次的以阿衝突，都是失敗的一方。

因此他們就只能對猶太人展開恐怖攻擊，在一九七二年夏季奧林匹克運動會中爆發了慕尼黑慘案，巴勒斯坦的武裝人員挾持以色列的代表團運動員作為人質，最後所有人質皆遭殺害。以色列對此展開了報復行動，以色列特工「摩薩德」，在世界各地暗殺了那些籌畫慕尼黑慘案的幕後兇手。

在當今世界，人們將與核武器有關的國家分為三類，即有核國家、匿核國家和棄核國家。

所謂有核國家是指公開承認擁有核武器的國家。到目前為止已有美國、英國、法國、俄羅斯、中國、印度和巴基斯坦等國公開承認，進行過核子試驗，擁有核武器。所謂匿核國家是指涉嫌研製核武器，但對外保密的國家。所謂棄核國家即停止或放棄核武器的國家。

事實上，以色列擁有核武器早已是公開的秘密，但美國科學家聯盟最近公開的以色列用來研製核武器的核設施的照片，就如同投放了一枚「圖片原子彈」，令世人瞭解了以色列研製核武器的事實真相。以色列的秘密核反應爐建在迪莫納沙漠地區，核專家們通過對這些照片進行分析，判斷出了以色列核技術的大致發展歷程及目前的規模，也由些斷定，以色列已經製造出一百枚至兩百枚核武器。

問題是在什麼情況下，以色列會使用核子武器。毫無疑問的是，當國家遭遇到毀滅性的威脅時，以色列一定會動用核武。但是在此之前，會不會預防性的動用核武呢？公認的看法是沒有美國的同意，以色列是不會輕舉妄動的。以色列和阿拉伯鄰國間的「和平談判」與「武裝鬥爭」一直是在不停的持續著。

多年來以色列一直努力的設法和某些阿拉伯國家建立密切關係，用來制衡和它敵對的鄰國。一九七七年，伊朗方面的哈桑・投法尼安將軍出訪以色列。他在在以色列會見了以色列外交部長，也就是赫赫有名的獨眼龍將軍摩西・達揚，和國防部長埃澤爾・魏茨曼。

會見中，雙方商討了兩個國家的若干軍事合作項目，其中包括「鮮花工程」。它是以色列和伊朗開始共同進行的一項軍事專案合作。專案的目的是使用以色列生產的零件來仿製美國設計的導彈。

第二年，作為首付，伊朗向以色列提供價值二億八千萬美元的原油。伊朗的專家開始在伊朗中南部的錫爾詹和拉夫桑詹附近建造導彈組裝廠和導彈試驗場。一九七九年二月，巴列維的統治在伊朗伊斯蘭革命中被推翻。「鮮花工程」也隨即停止。以色列方面的技術人員和國防官員也撤回。武器系統的設計圖紙也通過外交管道被運回了以色列。

伊斯蘭革命成功後，伊朗宣佈的重要國策之一，就是聯合其他的伊斯蘭國家，消滅在巴勒斯坦的猶太人，伊朗伊斯蘭共和國成了以色列的眼中釘。但是巴列維的忠心餘黨和以色列的極端復國主義者，還保持著聯繫。可是以色列的執政者卻是十分擔心，原來的可能朋友現在成為死敵，會給他們帶來什麼樣的災難？從早先合作的「鮮花工程」，以色列很清楚伊朗對核子武器和長程導彈的發展不止是感興趣，而且也邁出了一大步。

因此以色列對於伊朗的軍事工業發展特別關注，他們曾數次企圖要先下手為強，摧毀伊朗的軍事設施，但是美國沒有同意。

得益於巴列維國王時代與美英等西方國家緊密的防務聯繫，伊朗國防工業在五〇年代開始起步，同時引進了許多水準先進的生產設備，形成了一定規模的生產能力。但在一九七七年伊斯蘭革命後不久，就爆發了兩伊戰爭。

突然爆發的戰爭很快就耗盡了伊朗的武器儲備，孤立的國際環境使伊朗一時難以得到足夠的武器補給，在戰場上處於十分被動的局面。伊朗領導層想盡了一切辦法為軍隊提供武器裝備，伊朗的國防工業也克服重重困難為前線提供了大量裝備。在戰爭期間，伊朗的軍隊武器有相當一部分是多次使用後又經國防工業部門重新維修的，還有大量繳獲的伊拉克武器。伊朗甚至通過和美國「武器換人質」幕後交易，獲得了急需的反坦克導彈等武器。

伊朗的軍工技術人員表現出了極強的創新能力和綜合素養，美國曾認為戰前交付伊朗的F十四戰鬥機因為得不到必要的配件和技術指導已經不具有戰鬥力了，但伊朗仍想盡辦法維持住了F十四的長時間正常使用，甚至在它的「不死鳥」遠端空對空導彈使用完後，伊朗人將「霍克」地對空導彈改裝，成為空對空導彈，取代「不死鳥」，以備急需。

但是伊朗的國防工業還是在伊斯蘭革命後的政治清洗和兩伊戰爭中受到了極大的破壞，巴列維王朝時代遺留下來的大量裝備消耗殆盡，同時伊朗根本無法從國際市場上購得自己真正需要的高水準武器。

在伊斯蘭革命後，美國就連同西方各國對伊朗進行了全面的貿易制裁。兩伊戰爭結束後，伊朗通過外交政策的調整，獲得了相對緩和的國際空間。伊朗軍工在近乎於一窮二白的基礎上開始重新蹣跚起步。

務實的伊朗軍工選擇了「小步快跑」這一簡明有效的發展思路，從現有設備的改造做起，從對早年引進的西方裝備的「技術吃透」做起，從零件的生產做起，從裝備的維修保養做起，重點在於真正地掌握早年來自美國的軍工生產技術，為自己獨立自主的軍工打下一個在技術上也許有些落後，但卻相對扎實的基礎。

在短短的五年時間裏，伊朗軍事工業基本完成了對巴列維王朝時代遺留下來的兵工企業的改造重建工作。多條已經頻於廢棄的生產線在經過改造後重新煥發了生機，再次加入到了伊朗的軍工生產中。

經過多年的建設，伊朗的國防工業有了長足的進步。到今天，伊朗的軍工體系已經是伊斯蘭世界中最全面的，已經能夠較完整地生產伊朗三軍需要的武器裝備，滿足國家防務的要求。

在二〇〇九年初，伊朗就成功地用國產的運載火箭把本國製造的小型人造衛星送入了太空，成為伊斯蘭世界中的第一個。

在二〇〇六年的黎巴嫩衝突中，武裝民兵使用伊朗製造的小型反艦導彈擊傷了以色列的護衛艦。同時伊朗還大力發展高科技和光電技術，已有多型無人機、靈巧炸彈、導彈在閱兵式中亮相。伊朗軍工大力發展的一個領域是彈道導彈，通過二十多年的努力，已經有所成就，達到幾乎實用階段。在核子武器領域，伊朗的大規模開發工作引起了西方的警惕和制裁。伊朗核問題成為了世界的焦點，並將影響海灣地區的未來安全走向。

但是在今天的巴勒斯坦地區，耶路撒冷的聖殿山上看見的，就只有被以色列管轄的伊斯蘭清真寺。所以在中東地區的伊斯蘭激進分子們，誓言有朝一日，一定要收回耶路撒冷。

伊朗的伊斯蘭共和國建立後，這份「誓言」成為他們的國策。當伊朗的軍事力量漸漸的壯大，尤其是長程導彈與核武器的發展讓以色列寢食不安，耿耿於懷。它一直主張要以武力摧毀伊朗的核子設施，並且極力反對西方國家與伊朗達成核子協議，以色列總理甚至到美國國會演講，企圖說服國會議員們不要同意政府簽署任何與伊朗達成的核武協議。就在此時，中情局副局長赫茲姆爾來告知，伊朗保皇黨的政變企圖，這給以色列帶來了一個天大機會，可以讓他們神不知鬼不覺的一舉摧毀伊朗的軍事工業，也包括核武發展設施。

這是從天上掉下來的機會，絕不能放棄。

第六章：走出哈薩克大草原

哈薩克共和國，簡稱「哈薩克」，是橫跨亞歐兩洲的國家，國土包括中亞北部和東歐的東南部，西部毗鄰裏海。是世界最大的內陸國。與俄羅斯、中國、吉爾吉斯、烏茲別克、土庫曼等國接壤，並與伊朗、亞塞拜然隔裏海相望。

國土面積相當龐大，有兩百七十三萬平方公里，約占地球表面積的百分之二，位居世界第九位，相當於整個西歐國家面積的總和。領土橫跨亞歐兩洲，住在阿特勞市的居民每天都可以在歐亞兩大洲之間穿行。

十六世紀之前，哈薩克境內生活的是遊牧的突厥民族，直到十八世紀初期，俄羅斯帝國將哈全境吞併，哈薩克開始淪為俄羅斯帝國的殖民地並接受歐洲文化和斯拉夫習俗，至今哈薩克的民族和文化屬於突厥文化，伊斯蘭文化和斯拉夫文化的結合體。哈薩克一詞在突厥語中的解釋是「遊牧戰神」，為古突厥的一個直系分支民族。國名就取自其主體民族。

「哈薩克亞草原」的名稱最早出現是在西元前六、七世紀的波斯文獻中。

羅馬大帝康斯坦丁留給兒子的遺囑中說：「……在那週邊有著哈薩克亞大草原，再過哈薩克亞就是阿蘭。」古代的哈薩克人是泛指現今中亞一代的古代遊牧部落，而他們正是現代哈薩克人的祖先。

蘇維埃社會主義共和國聯盟，簡稱「蘇聯」，哈薩克是其中的一個加盟國。一九九一年十二月蘇聯解體後，它成為獨立的哈薩克共和國。首都是設在阿拉木圖，但是因為地處邊疆地區，城市擴展餘地有限，一九九四年哈薩克決定在二〇〇〇年之前，要把首都遷往哈薩克的中北部。

從一九九七年十二月十日起，阿斯坦納就取代了阿拉木圖成為哈薩克的首都。十二個前蘇聯加盟共和國，包括哈薩克，組成了「獨立國家聯合體」，簡稱「獨聯體」。哈薩克擁有豐富的自然資源和較雄厚的工業基礎；是世界主要糧食出口國之一，是獨聯體內發展最快的國家。為全球發展中的新興經濟體，亦是全球發展最快的國家之一。

哈薩克通過裏海可以到達亞塞拜然和伊朗，通過伏爾加河，頓河運河可以到達亞速海和黑海。東南連接中國的新疆，北鄰俄羅斯，南與烏茲別克斯坦、土庫曼斯坦和吉爾吉斯斯坦接壤。境內多為平原和低地。

天山山系位於哈薩克的東南端，為中國、哈薩克、吉爾吉斯斯坦三國界山，其雄奇險峻的山峰長年被積雪和冰川所覆蓋。最高峰汗騰格里峰海拔六九九五公尺，也是哈薩克境內的最高峰。

哈薩克雖然一直奉行平衡外交政策，但是外交重心依然在東歐和西方，這個與俄羅斯有著最長陸地邊界的國家形成了最牢固和緊密的關係，在哈薩克境內還有俄羅斯在其周邊地區最大的軍事設施，這些軍事設施對於確保俄羅斯的國防力繼續發揮著重要的作用。莫斯科以租賃的形式使用這些設施。其中最大的是位於克茲勒奧爾達州的俄羅斯聯邦國防部第五國家試驗靶場，也就是著名的「拜科努爾航太發射場」，它位於西哈薩克州和阿特勞州之間。

阿拉木圖歷史悠久，古代中國通往中亞的絲綢之路就經過這裏。

一八五四年，一隊由俄羅斯鄂木斯克出發的西伯利亞哥薩克軍隊在天山山腳地區建立了一個城堡，它就是最早的阿拉木圖。

一八六七年成為土耳其斯坦總督轄區的行政中心。

一九一一年，那裏發生了一場大地震，唯一在大地震中留下的建築物只是一座東正教教堂。

一九一八年建立蘇維埃政權，一九二〇年代，當土耳其斯坦到西伯利亞的鐵路建成後，阿拉木圖成為了一個主要的中途站。

一九二九年，阿拉木圖成為了哈薩克蘇維埃共和國的首都。現在是舊都的阿拉木圖，還是該國最大的城市，也是該國主要的商業中心。有一百六十萬人口，在經濟和科技等諸多領域裏是中亞的第一大城市，也是「獨聯體」的重要城市之一。

早年因盛產蘋果，阿拉木圖被稱為蘋果城，它位於哈薩克東南部，東鄰中國，是一座風景獨特的旅遊城市，是歐亞文化交匯的地方，它把哈薩克人的智慧和西方文明完美融合為一體。

阿拉木圖被稱為是全球綠化最好的城市，面積十一平方公里的市區，猶如一個童話世界，是大自然的美和現代大都市的完美組合，它兩面環天山，是氣候宜人、環境優美的花園城市，也是個完全歐洲化的城市。

阿拉木圖也是個歷史性城市，一九九一年舉世矚目的蘇聯解體宣言在此發表，宣佈蘇聯的終結。經過多年的發展建設，阿拉木圖已成為一座現代化城市。市區佈局整齊，滿目蒼翠，有寬闊平坦的林蔭道，還有許多公園和果園，是中亞地區最美的城市之一。

中國作曲家冼星海曾於一九四三至一九四五年居住於此，一九九八年十月七日原弗拉基米爾大街被命名為冼星海大街。在哈薩克，人們習慣用著名人物的姓名來命名城市的街道，以表達對他們的敬意。

冼星海於一九四三年從莫斯科輾轉到達阿拉木圖，在這裏度過了他四十歲生命歷程中的最後兩年半時間，受到當地人民無微不至的關愛和照料，並從中獲取了巨大的勇氣和信心，創作了一批激情湧蕩的傳世佳作。這一時期，他創作了第一交響曲《民族解放》、第二交響曲《神聖之戰》及《中國狂想曲》、《阿曼蓋爾德》、《滿江紅》等音樂作品，收集和改編了大量哈薩克民歌，成為用音樂傳遞中哈友誼的使者。為紀念這位偉大的音樂家，哈薩克在阿拉木圖不僅命名了冼星海大街，還建造了冼星海紀念碑和冼星海故居，它們成為中哈兩國人民友好的象徵。

冼星海大街位於阿拉木圖市東區，同拜卡達莫夫街並行。拜卡達莫夫是哈薩克的著名音樂家，當年這位異國的同行曾向流落他鄉的冼星海伸出無私的援助之手，兩位偉大的音樂家在艱難歲月裏結下了深厚友情。

冼星海紀念碑豎立在冼星海大街和加加林大街交匯處。紀念碑以荷花為造型，碑體下部荷葉層疊，上部荷花綻放。荷花純潔高雅，寓意東方文化。用中、哈、俄三種文字鐫刻的碑文寫道：「謹以中國傑出的作曲家，中哈友誼和文化交流的使者冼星海的名字命名此街為冼星海大街」。

紀念碑上還鐫刻著冼星海的簡歷以及他創作的歌頌哈民族英雄的交響詩《阿曼蓋爾德》。

阿戴爾是被邀請來到了阿拉木圖，他在哈薩克國立大學及哈薩克科學學院發表演講，然後又參加了為時兩天的研討會，活動的主題是：「核能技術的發展」。

他和當地的「觀鳥協會」取得了聯繫，希望在正式的訪問結束後，能進入山區去觀察和記錄當地的特殊鳥類。

在活動結束後的第二天，一輛有著「阿拉木圖觀鳥協會」字樣的小轎車來到酒店將阿戴爾接走。當然，負責監視的聖城軍特務的車也隨後就跟上來了。

阿戴爾是坐在前座的司機邊上，特務們沒有看見後座地上的兩個人形大布包，因為事先已經知道了目標的行程，同時也暗中在目標車上裝了「信號發射器」，不需要目視跟蹤，所以他們沒有匆忙的發動車子緊緊的跟著，只是按著顯示器上出現的路線遠遠的跟著。特務們在前一天就依照上級的命令，在目標汽車上做好了手腳，他們的任務是要確定目標車輛是否遇到了計畫中的結果。

前方的目標車輛行車路線沒有變化，一路朝著城外的山區開去，道路變得越來越彎曲，行車速度也越來越慢，特務們已經完全不能目視目標車輛了。最後是一大長排的汽車完全的停頓在只有來往雙線的山路上，一點都不能動彈，但是對面下山的車道上則是沒有任何車輛。

不久，一輛閃著紅燈，鳴著警笛的警車，隨後的救護車和救援車，從對面的車道逆向開上山來，有消息傳下來，說前方有一輛上山的小轎車，突然失控，衝出車道，墜落山谷起火燃燒。等到聖城軍特務們的車輛經過時，還可以看見燒毀的汽車殘骸上有「阿拉木圖觀鳥協會」字樣。

阿拉木圖警方介入調查，因受難者是伊朗人，調查報告沒有公開，而是送到了伊朗政府。它的主要內容是：

一．汽車在山路行車失控，墜落山下起火燃燒。

二．車中有兩個完全被燒毀無法辨認的屍體。

三．車輛的剎車和方向盤控制系統有被破壞的痕跡。

四．車牌號碼顯示，該車是為「阿拉木圖觀鳥協會」所有，根據記錄，當日上午該車除司機外，乘客為來自伊朗德黑蘭核能研究所的閃米．阿戴爾博士。

阿馬內貝德和安彼拉來到阿拉木圖將阿戴爾遺體取回伊朗，按伊斯蘭教的禮俗，迅速的下葬。

事實上，阿戴爾並沒有身亡，他所乘坐的「阿拉木圖觀鳥協會」轎車駕駛是李加洋，他是徐鏡濤手下的調查人員，在車後座底板的布袋裏是裝了兩具買來的屍體，當車行至預定的地點時，有另一輛汽車在等著，駕駛人是王凱中，也是一位替徐鏡濤工作的調查員，他們將兩具屍體移到前座，將車內淋灑了汽油，點火後推下山崖。

三人開車下山時，阿戴爾換了衣服和化了裝。

王凱中和李加洋把阿戴爾安置在阿拉木圖市郊的一個隱蔽宅子裏，由於顧慮到伊朗聖城軍的特務會在阿拉木圖活動，為了安全，阿戴爾是絕不能被發現，否則露出馬腳，後果不堪設想。

三個星期後，閃米．阿戴爾被送到冼星海大街上的一家咖啡館，一進門，他的視覺和聽覺就感到濃郁的古典音樂氣息，他看見徐鏡濤坐在角落的桌子，走上前去打招呼：「徐先生，您好！對不起，是不是我來晚了？」

徐鏡濤站了起來，愣了一下說：「是阿戴爾博士！我一下沒認出來，真高興見到您，快請坐。」

阿戴爾等到他叫的咖啡送上來後，才焦急的問說：「徐先生，德黑蘭的情況怎麼樣了？」

「我得到的最新消息是，一切都按預定的計畫進行，您的夫人和孩子都已安全的撤離了德黑蘭，並且到達了目的地。」

阿戴爾：「我可以和他們聯絡嗎？」

「為了安全，您暫時還不能和他們在電話上做正常的通話。等一下我會交給您一個手機，在今天晚上十二點，也就是午夜，你的夫人會打電話到這手機，您可以和她及小艾利菲做十分鐘的通話，但是你們雙方都不能說你們目前所在的地點。您聽清楚了嗎？」

「我明白。我什麼時候會和他們見面？是不是要乘飛機離開這裏？」

「阿戴爾博士，巴拉克和他聖城軍裏的政變團夥，對於您在阿拉木圖的車禍中遇難的事有很大的疑心。目前聖城軍的特務是在全力追查您的下落，他們在阿拉木圖是非常的活躍，尤其是在機場，車站和各個交通要道，都有他們的人或是眼線。因此我們選擇了一個特殊的路線將您安全撤離。按計劃是後天啟程，在一周內，你們一家三口就會團圓了。」

哈薩克的東南端是著名的天山山系，它是中國、哈薩克、吉爾吉斯斯坦三國的界山，越過那裏就是中國的新疆。

天山有雄奇險峻的山峰，長年被積雪和冰川所覆蓋。最高峰汗騰格里峰海拔六千九百九十五公尺，也是哈薩克境內的最高峰。中國與哈薩克的邊界有霍爾果斯山，山下是一條峽谷及蜿蜒的霍爾果斯河，在多雨的季節裏，它就變成了一條波濤翻滾的河流。

在兩個山口之間，有一座水泥橋，橋的中央有一個紅點，這就是從前的中蘇兩國分界點，北方為蘇聯，南方為中國，現在這條河是中哈兩國的界河，而「霍爾果斯口岸」是因其而得名。

霍爾果斯口岸也是位於素有「塞外江南」美譽的伊黎河谷的谷口，風景是得天獨厚的優美。霍爾果斯口岸距伊寧市九十公里，距烏魯木齊市六百七十公里。對方口岸為哈薩克霍爾果斯口岸，距中方口岸僅十五公里，距哈薩克雅爾肯特市三十五公里，距哈薩克的阿拉木圖三百七十八公里。

霍爾果斯口岸的歷史十分悠久，遠在隋唐時，便是古代絲綢之路新北道上的重要驛站。清代初年，這裏還是中國境內的駐防之地，是伊犁索倫營駐防的六座卡倫之一。同治年間，中俄劃界後，才成為邊境哨卡，當時被稱做「尼堪卡」。

歷史上的伊犁，是傳統的自由貿易區，中亞民族主要是通過民間貿易的形式與中國貿易。

一八五一年，中俄兩國代表在伊犁簽約，正式開放伊犁、塔城兩個口岸，霍爾果斯被指定為中俄通商通道之一。

一八八一年開始，規定兩國邊界百里之內的貿易不需要納稅，通商貿易擴展到新疆和內地，也成為兩國商旅過往的驛站。

一九二〇年，新疆省政府和蘇方同意，雙方分別在伊寧和阿拉木圖互設商務交涉機關，同時規定所有進出口貨物都需要走「尼堪卡」，也就是霍爾果斯口岸，尼堪卡成為當時新疆最為重要的對外貿易通道。但是霍爾果斯口岸也曾在當年的「中蘇關係」上扮演過鮮為人知，並且是負面的角色。

在歷史上，從四十年代初到八十年代末，新疆境內的分裂分子在國際勢力的影響和支持下，曾發生過多起的分裂事件。事件的原因是可以追溯到很多歷史淵源。

一八七一年，沙皇俄國出兵侵佔整個伊犁，直至《伊犁條約》簽署伊犁才複歸中國。十月革命爆發後，沙皇政府又從中亞強征哈薩克牧民奔赴前線作戰，使得當地民眾起義，他們被鎮壓後，有很大部分逃亡到新疆境內，成為當地居民。

親蘇的軍閥盛世才自一九三四年起長期執政新疆，保持了蘇聯在新疆的強力影響。二戰使得蘇聯人口損失嚴重，亟需人口的蘇聯決定從中國各地補充公民，蘇聯將爭取僑民的重點集中在新疆，利誘哈薩克，維吾爾和塔塔爾等中亞族人加人蘇聯國籍。

中華人民共和國成立初期，由於中亞語言翻譯奇缺以及出於對蘇聯的充分信任，新疆的部分民族學校甚至直接採用蘇聯的相應語言課本進行教學，一定程度上導致了青少年國家認同感的混亂與缺失，同時在新疆的蘇聯協會通常會向當地居民發放「僑民證」或「護照」。

俄羅斯人「瑪律果夫・伊斯哈科夫」早年在新疆從事教育工作，曾被新疆軍閥盛世才關進監獄，後來參加了「新疆三區革命」，在伊寧以暴動隊伍組成的遊擊隊指揮部為基礎，成立新疆民族軍。他加入中國共產黨後，民族軍在伊寧改編為中國人民解放軍第五軍。

瑪律果夫・伊斯哈科夫曾任副軍長、軍長、新疆軍區副參謀長，一九五五年授銜被授予少將軍銜，並獲一級解放勳章，當時才三十二歲，是最年輕的將軍。

一九六二年四月，他和當時新疆軍區副參謀長，維吾爾人，祖農・泰耶夫少將一同以深入牧區為名，走村串戶做了大量的煽動工作，遊說當地居民前往蘇聯協會領取非法「蘇僑證」，並意圖以此作為根據前往蘇聯。

幾乎沒有任何徵兆下，大批拖兒帶女的邊民湧向新疆伊犁霍爾果斯、塔城巴克圖等口岸，手裏拿著清一色的「蘇僑證」，要求要到蘇聯去。滾滾人流如潮水般在邊境地區湧動三天三夜，在此後的幾個月裏，中國共有邊民六萬七千餘人逃到了蘇聯，有兩個縣跑得還剩幾百人。在這人潮中還包括了解放軍第五軍的高級指揮員祖龍泰耶夫和四十多名校、尉級軍官以及他們的家屬。

這是第二次世界大戰以來，最大的一次國際間邊民外逃事件，也是中蘇邊境由局部緊張轉入全線激烈衝突的導火索。最終六萬七千多邊境居民，穿越了三千多公里長的中蘇邊界，湧向蘇聯。這便是震驚中外的「伊塔事件」，也是二戰以來最大的一次國際間邊民外逃事件。

逃離邊民中大多為哈薩克族，但是也有維吾爾族、俄羅斯族和回族，其中也有很少數的漢族。這些人主要是居住在阿拉木圖和比斯凱克地區，而且多數是農民。在前蘇聯解體後，曾有三萬多人聚集在了霍爾果斯口岸以西的潘非洛夫，打著標語，喊著他們是中國人，要求回國，但是都被武警戰士全部擋在國門之外。一九六二年的「伊塔事件」那段歷史，在新疆，要用三代人來遺忘；外逃到哈薩克的人，也用了三代方才能立住腳。

直到上個世紀九〇年代，開放了自由行以後，親人才得以相見。一腳跨過邊境線，身後是近三十年的骨肉分離。丈夫在那邊、妻子在這邊。離開的人回不來，留下的人去不了。長長的鐵絲網，兩邊是兩個世界，那是如何的感傷。如今，通過口岸，兩國人往來自由，沒有煽動與被煽動，沒有意識形態的阻隔。哪裏是家、哪裏是國，每個人都很清楚。

徐鏡濤的這番講述讓阿戴爾聽得很入神，他說：

「我知道那個年代是冷戰時期，在中國又是碰上動亂和經濟困難的時期，讓這些人顛沛流離，對他們是很不幸的。希望我的命運，尤其是我女兒艾利菲的未來，將不會是這麼的傷感。徐先生說這段歷史是要告訴我什麼嗎？」

徐鏡濤說：「是的，現在的霍爾果斯口岸每年有二百萬噸的貨物和三百萬人次出入境，也開通了新疆伊寧至清水河至哈薩克潘菲洛夫的國際旅客班車，推動中哈旅遊業的發展。霍爾果斯口岸同時也對第三國開放，是新疆對西亞和歐州各國開放的又一個窗口，它成為沿著古絲路旅遊的熱點，引起國際旅遊組織的極大興趣。由歐美等國組織發起的『東方列車』絲綢之路旅行團，就是由霍爾果斯口岸進入中國的，吸引著眾多的國際遊客。」

阿戴爾說：「在中國，各方面的變化都是突飛猛進的。」

「您說得沒錯，這些突飛猛進還包括了歡迎和接待當年外逃的邊境居民後代，讓他們到先人們的居住地觀光遊覽以及和親人相聚。針對這批特別背景的遊客，有定期的旅遊大巴，從阿拉木圖到霍爾果斯口岸和臨近的城市。大巴上的遊客不需要護照，只要憑哈薩克的身分證就可以在兩國通關，在關口取得邊區三日遊的許可。下一班大巴是在後天從這裏洗星海大街的旅行社門口出發，我們已經為您準備好了必要的證件。我的兩位同事會一路陪伴您過關。進入中國後的行程也已經安排好了，我會在那迎接您，把您交給中情局的人。」

兩天後，阿戴爾在李加洋和王凱中陪同下順利的登上了旅遊大巴，離開了哈薩克的關口，大巴經過了中哈兩國的界碑，緊鄰界碑的一座橋便是兩國疆土的分界線。再往前五十公尺就是象徵中華人民共和國主權的國門，上面刻有鮮紅醒目的「中國」二字和精緻的國徽。

阿戴爾看到霍爾果斯口岸是個獨具特色的邊境小鎮，口岸建設已有相當的規模，有邊防檢查站、海關、衛生檢疫、動植物檢疫、商檢、郵電、銀行、電視台、賓館等設施。阿戴爾看到周圍的人來人往，熙熙攘攘，感到中國和哈薩克依山帶水，兩國人民之間的親眷是很多的。

取得了三日遊許可後，阿戴爾一行三人走出了邊檢大樓，當看見徐鏡濤時，悲喜交加，不禁流下了眼淚。傷感的是他終於走上了不歸路，從此離開了從小長大的家園，欣喜的是他頭一次感到了人身的安全，有了要和家人見面的期待。他們是乘坐小轎車到了伊寧機場，再搭新疆航空的班機飛到烏魯木齊，在機場上見到了中情局的費特勒和兩位安全人員。

阿戴爾是用中情局為他準備的一份蓋了必要簽證的美國護照，登上了台灣中華航空公司的班機，直飛台灣桃園國際機場。然後換乘日本全日空的航班飛抵沖繩島的那霸機場。當晚是住在沖繩的美軍基地。三天後，阿戴爾和家人在美國團圓。

美國中央情報局使用高科技的間諜衛星偵察其他國家，包括可能的敵對國家和友好國家。但是在此之前的冷戰時期，中情局是使用高空飛行的偵察機進行空拍和收集電子資訊。

一九五七年，美國於巴基斯坦境內建設秘密情報機構的據點，以及能供U2偵察機起降的基地。最後決定於距白沙瓦市區十六公里遠處建設白沙瓦空軍基地。白沙瓦是巴基斯坦一個鄰近阿富汗邊境的城市，人口約有五十七萬人。

附近的開伯爾山口是來往巴基斯坦及阿富汗的唯一要塞。白沙瓦曾經在西元前五八年被貴霜王朝犍陀羅的迦膩色伽一世定為國都。

由於地處中亞多個的貿易要道上，多個世紀以來，都一直是南亞大陸與中亞之間的貿易重鎮。中國古代旅行家僧人，法顯和玄奘都曾到過此地。

對於美國來說該基地的位置極為優良，因為它十分緊臨蘇聯與中亞的邊界處，基地內有一座巨大的通訊消息攔截器。使得美國情報部隊能監視蘇聯的導彈測試措施、基礎設施以及攔截其相互聯絡的機密電報等。而U2偵察機也可自巴基斯坦空軍白沙瓦機場起飛，透過高空間諜行動獲得重要情報。這是在以衛星監測蘇聯前，最有效的偵察方法之一。

另一個基地是「因吉爾利克空軍基地」，它位於土耳其南部阿達納省境內，距地中海大約五十六公里，一九五二年建立，占地約四十平方公里。基地有一條長三千多公尺的主跑道和一條兩千七百多公尺的備用跑道，駐有美國空軍的遠征聯隊，在伊拉克北部「安全區」執行巡邏以及支持地面部隊等任務，將近有四千人員，基地中還有一百多架各種型號的飛機。它是美軍在伊拉克北部的作戰裝備和物資儲備中心。

「因吉爾利克空軍基地」在海灣戰爭和日後對抗伊斯蘭國行動中都扮演了非常重要

的角色，但是它的建立是早在一九四三年，第二次開羅會議時的決定。一九五一年美國陸軍工兵隊開始動工，一九五四年底正式啟用。在以後的冷戰時期，它被用來對抗共產蘇聯的威脅，同時也用來應對在黎巴嫩和以色列發生的危機。六〇年代，它成為美國中情局高空偵察機U2對蘇聯航拍的重要基地。

一九六〇年四月，一架美國中情局的U2偵察機，從白沙瓦基地起飛，飛越蘇聯的南部國界，偵察蘇聯在帕米爾高原附近的重要軍事設施，包括了專門測試核武器的塞米巴拉金斯克試驗場，部署長程戰略轟炸機的多隆空軍基地，地對空飛彈試驗場以及拜科努爾航太發射場。

當蘇聯防空部隊軍發現入侵的偵察機時，U2已經飛越蘇聯境內超過二百五十公里。蘇聯有數架次米格十九戰鬥機和Su九攔截機，緊急升空，試圖攔截，但因為U2飛行航線超出蘇聯戰機可達到的高度，都攔截失敗。最後U2從蘇聯西北方領空飛離。

由於是第一次飛越蘇聯，逗留時間過久，再加上返航路線太長，在飛返白沙瓦基地前，油料接近用竭，臨時決定降落在伊朗東部鄰近巴基斯坦邊境的紮黑丹，它是錫斯坦—俾路支斯坦省的省會，約有六十萬人口，該地原來叫「杜茲達布」，在一九三〇年代時改為現在的紮黑丹，那裏有一個無人使用的簡易機場。

很顯然的，中央情報局的第一次對蘇聯的偵查行動十分成功，他們制定了一連串的U2偵察任務，計畫U2偵察機由南往北飛越蘇聯的領空，並沿路進行偵照，陸續拍攝葉卡捷琳堡與普列謝茨克附近的洲際彈道飛彈研發基地及周遭地區，最後在挪威的博多機場降落。其中任務路途中除了自土耳其飛往出發地外，只有進入兩個北大西洋公約組織國家的領空。

四月底，一架U2偵察機，從土耳其的因斯里克克空軍基地出發，飛往巴基斯坦的白沙瓦空軍基地。飛行員弗蘭西斯・加利・鮑威爾與備用機組人員和其他裝備也隨後到達白沙瓦空軍基地。

一九六〇年五月一日天氣開始轉好。鮑威爾駕駛的U2偵察機自巴基斯坦白沙瓦空軍基地升空，飛入蘇聯。這次蘇聯的警覺性提高，從中亞的哈薩克到遠東的西伯利亞，蘇聯防空部隊發佈了紅色警報，並不斷對U2偵察機進行雷達追蹤。雖然多次的戰機攔截失敗，但當U2偵察機進入地對空導彈防區時，防空導彈部隊發射了十四枚S七五防空飛彈，其中一枚在「傑格佳爾斯克地區」命中U2偵察機，駕駛員鮑威爾跳傘逃生被俘。在以後的法庭審判中，鮑威爾以間諜罪被判十年徒刑。

因事件的暴露，造成國際醜聞，美國被迫停止了對蘇聯的高空偵察飛行。

但是中情局並沒有終止U2偵察機的飛行任務，在世界其他地區還是利用它作為反共的工具，最突出的就是在台灣成立「黑貓中隊」，訓練台灣飛行員進行對中國大陸的偵測飛行。以台灣為基地對中國沿海地區進行偵察任務，但是美國最感興趣的是以中國周邊地區，如韓國，越南，泰國和巴基斯坦為基地，對新疆的羅布泊核彈試驗場進行偵測。

多年來，中情局也培養出一批很有經驗的執行「神秘飛行」人員，其中的一位就是聶哲特，他長期參與在中東和中亞地區的秘密偵察任務，在當地建立了很廣的人脈關係。

聶哲特此人其來有自，他的父親也是中情局的官員，從年輕時就曾參與U2的偵察計畫，當年U2第一次進入蘇聯，返航時因油料用罄，無法降落到巴基斯坦的U2基地，他臨危授命，隻身駕直升機進入伊朗的邊境小城「黑扎爾」，賄賂當地的官員，開放了荒廢的簡易機場，引導U2安全迫降。隨即安排地勤人員接機，將U2飛回基地，為中情局立下了汗馬功勞。

此後，中情局派他到世界各地，參與了許多「神秘飛行」的任務。

在他退休之前，他的兒子傑克．聶哲特也進入了中情局，成為中東地區的情報官員，這時擔任「神秘飛行」任務的U2偵察機已經漸漸的被無人飛機取代了。和他的父親一樣，傑克．聶哲特不僅是位能幹的情報官員，必要時，他會成為一身是膽的行動員。他曾單槍匹馬促成美軍在巴基斯坦北方部落地區建立了「沙姆西機場」；原來位在荒無人煙的「馬克蘭中央山脈」沙漠山谷中的俾路支省，坐落在「奎達」和「瓜達爾」之間，有一個神秘和隱蔽的「瓦蘇克」的小村落，那裏的村民世世代代都以訓練獵鷹為生。

一九九二年，部落首長將該地區租賃給阿拉伯聯合大公國的王室，目的是讓他們的皇族雇傭「瓦蘇克」村民來訓練他們的獵鷹，為了來往方便，後來阿聯酋的酋長將一條泥土跑道改建成為可供噴射機起降的機場。

二〇一一年，傑克・聶哲特拿著重金，威脅利誘阿聯酋的官員，將機場轉租給美國，成為中情局及美國空軍在巴基斯坦北方部落區的秘密基地，由美國私人雇傭兵，「紅石公司」負責基地安全。它成為美國無人飛機的重要基地。

二〇〇九年，美國空軍首次證實了新型的「隱形」無人飛機RQ一七〇的存在，它採用無尾飛翼的氣動設計，裝有一台渦扇發動機作為動力，翼展為二十公尺。

報導說RQ一七〇是部署在阿富汗境內，但是有人注意到，在阿富汗的塔利班武裝敵人，目前既沒有防空導彈，也沒有雷達，所以RQ一七〇的隱形性能對於阿富汗戰場並沒有多大意義。也有報導說，RQ一七〇在阿富汗的部署很可能是針對中國，用以偵照新疆境內的解放軍設施。

還有消息稱RQ一七〇將被部署在韓國的烏山空軍基地，以便對朝鮮進行監視。

二〇一一年十二月，伊朗在其境內，擊落了一架正在伊朗東部城鎮卡什瑪律執行任務的美軍RQ一七〇無人偵察機。

伊朗電視台公開展示了深入伊朗與阿富汗交界處約二百二十五公里，而在其境內墜毀的美軍無人機。美國方面則強調，該機並未入侵伊朗領空，而是在阿富汗西部執行偵察任務時因「故障」失控，飛入伊朗境內後墜落。

美聯社援引匿名美國官員，稱該隱形機隸屬於長期在伊朗從事偵查的中央情報局隱形無人機隊，該機隊從美國中情局的秘密基地起飛，對伊朗進行監視，並準備在「有需要時採取特殊作戰行動」。後來從中情局內部傳出的消息說，這些「秘密飛行」的負責人就是傑克．聶哲特，當時，他已經從中情局辭職，以私人「紅石公司」的雇員身分，返聘回到中情局從事同樣的任務。

和他的父親一樣，聶哲特是一位很優秀的情報人員，但是他們有一個很大的不同；做父親的是個傳統的專業情報官員，他沒有個人的政治理念，即使有，也是深藏不露，更不會讓自己的政治好惡影響到工作，或是和中情局的任務混在一起，他堅信，作為一名政府官員，就是要效忠於政府的政策，因為在民主國家裏，政府的政策是有人民選出的國會議員們同意的。

個人如有不同的理念，應該依循著憲法的規定來改變，任何不同的作法，都是叛國行為。但是他的兒子傑克．聶哲特就完全不同了，他的政治理念傾向保守，同時在宗教信仰上也出現了「狂熱」的個性。

在九一一事件發生後，他開始排斥「非基督教」的信仰者，認為美國應該把「異教徒」驅逐出境。漸漸的，聶哲特靠近了中情局內的保守派團夥，這夥人的頭頭是中情局的副局長赫茲姆爾，它是南方的眾議員出身，是個極端保守份子，他在中情局主管政治事務。

波斯的卡札爾王朝因為英國和蘇聯勢力的入侵波斯而變得衰弱，一九二一年因不滿政府的統治，波斯發生了政變，而當時武力強大的「哥薩克旅」則是支持反對卡札爾王朝的叛軍。但是哥薩克旅的指揮官禮薩汗，通過鎮壓叛亂和維持秩序，將自己塑造成國家最具權勢的人物。當時的波斯伊斯蘭會議在一九二五年召開制憲議會，廢黜了卡札爾王朝最後一位統治者艾哈邁德沙・卡札爾，並任命禮薩汗為新一任「沙阿」，也就是波斯帝國統治者。

一九三五年，禮薩汗通知外國使節將國家名稱更改成為伊朗，在此之前，伊朗是波斯的古地名。

巴列維王朝是指伊朗父子君王，禮薩汗和穆罕默德・禮薩・巴列維的執政年代，其統治伊朗期間使用的國號為「伊朗帝國」。在這個王朝建立後，出現了一個特別的團體，就是負責保護王朝宮廷和皇族的衛隊，他們是清一色的由禮薩汗曾經率領的「哥薩克旅」成員所組成。它是來自俄國沙皇時期的哥薩克騎兵部隊，這支部隊裏的士兵都是哥薩克族，他們彪悍善戰，騎術精練，有對領袖絕對忠誠的特性，是天生的軍人，傳說是當年的匈奴人成吉思汗西征時，留在哥薩克地區的後裔。

禮薩汗在訪問俄羅斯時曾經要求過沙皇，請他協助建立一支優秀的部隊，沙皇從他的哥薩克騎兵部隊裏挑選出一個軍官教導團，派去波斯效力給禮薩汗，「哥薩克旅」就是由他們來組成和訓練的，除了絕對效忠於禮薩汗之外，還培養了對於敵人是趕盡殺絕，決不手軟的特性。他的「宮廷衛隊」就是從哥薩克旅中的官兵所選拔出來，負責所有皇宮和王族的安全。

禮薩汗雄心壯志地計畫在伊朗實行現代化，包括大規模發展工業、落實主要的基礎建設計畫、建設跨國鐵路系統、建立公立學校機制、改革司法機構及改善醫療衛生。他相信由知識份子領導的強勢、集權政府可以實施這些計畫。禮薩汗派遣逾百人到歐洲留學，包括他的兒子。

在一九二五年至一九四一年的十六年間，禮薩汗的發展計畫使國家都市化，公共教育的進展理想，專業的中產階層和工人階層湧現。當時英國已透過附屬的英伊石油公司控制著伊朗的石油資源，禮薩汗的發展計畫需要配合外國的專門技術，他從德國、法國、義大利和其他歐洲國家獲得技術支持。

當德國和英國成為了二次世界大戰的死對頭後，禮薩汗宣佈伊朗是中立國，但英國堅稱在伊朗的德國工程師和技術人員是間諜，企圖破壞伊朗西南部的英國石油設施。英國要求伊朗驅逐所有德國公民，但禮薩汗予以拒絕，認為這樣會對他的發展計畫造成負面影響。

由於禮薩汗拒不驅逐德國人，英蘇兩國在一九四一年六月入侵伊朗，逮捕了禮薩汗及將他流放。

一九四二年，英蘇兩國的盟友美國派遣武裝部隊到伊朗協助維持鐵路的運作。在隨後的數個月內，這三個國家全面控制了伊朗的石油資源，並開闢了各自的補給路線。禮薩汗政權突然崩坍，殘餘的政府權力亦遭到三國加以限制，禮薩汗的兒子穆罕默德・禮薩・巴列維在得到三國同意下才繼任。

美國在一九四三年的德黑蘭會議上重申會遵守戰爭結束以後六個月內撤軍的協議。此後，伊朗的政局變得較為開明，政黨得以發展。

一九四四年的議會選舉是超過二十年以來第一個真正有競爭性的選舉。雖然他曾宣誓過作為立憲君主，會將權力下放給議會政府，但是穆罕默德・禮薩・巴列維卻逐漸的干預政府事務。他致力於恢復軍隊，確保軍隊作為君主的主要力量而置於皇室的控制之下。

一九四九年，親蘇聯的「伊朗人民黨」暗殺「沙阿」未遂，導致伊朗人民黨被取締，巴列維的立憲權力一時水漲船高。

一九五一年，伊朗議會通過任命穆罕默德・摩薩台為總理，摩薩台馬上便落實石油產業國有化，巴列維則擔心西方國家會反對而不同意，因此還一度流亡海外。英國和美國在一九五三年策劃政變，推翻了摩薩台，巴列維才得以回國復職。

在冷戰和地區局勢混亂的環境下，巴列維將自己打造成西方不可或缺的盟友，他在國內進行改革，一九六三年的白色革命包括了土地改革，婦女獲得投票權及消除文盲。主要的基建計畫亦陸續實施，中產階層湧現，使伊朗在二十年內成為了中東一股不可忽視的經濟和軍事勢力。

不過，巴列維的改革措施及專斷行事令宗教領袖擔心他們原有的傳統權力將會失去，知識份子也謀求民主改革。憲法明訂限制王權，建立代議政府，但是在美國和英國的默許之下，巴列維違反憲法，擴張王權。他明目張膽的自視為古伊朗帝王的後裔，在一九七一年舉行波斯帝國成立兩千五百周年慶典，又在一九七六年改用皇曆，以二十五世紀前波斯帝國成立開始計算。

一九五七年，巴列維在美國中央情報局的協助下成立了伊朗的秘密員警和特工機構，「薩瓦克」，它主要的任務是鎮壓反對份子。「薩瓦克」的骨幹成員都是來自巴列維的宮廷衛隊，也就是早期的「哥薩克旅」。薩瓦克被稱作伊朗「最受人憎恨和恐懼的機構」，它以虐待和處決巴列維政權的反對者聞名。在其活動高峰期，約有六萬名特工活動。

一九七〇年代，巴列維利用石油收益推行更大膽的改革措施，以冀實現白色革命，他的社會經濟改革激怒了伊斯蘭教士階層，包括何梅尼在內的宗教領袖將這些不滿與伊斯蘭教旨結合在一起，呼籲推翻巴列維政權，恢復伊斯蘭傳統，開始了伊朗的「伊斯蘭革命」。

一九七八至七九年間爆發的大規模起義終於使巴列維政府倒台。巴列維和他的家族離開了伊朗流亡海外，他的宮廷衛隊，秘密員警薩瓦克，以及效忠於他的哥薩克旅也都煙消雲散。但是這些組織裏的高層骨幹人員，在巴列維時期是既得利益者，累積了巨大的個人財富。他們和富裕的伊朗人一樣，夾帶著財富，移民海外，其中有一大部分是定居在美國南加州的洛杉磯。但是也有一部分效忠巴列維的份子選擇留下來，他們隱名埋姓，潛藏在云云大眾的社會。其中還有人進入了伊朗革命衛隊的聖城軍，參加了兩伊戰爭，甚至在戰場上立了大功，提升成為重要的指揮軍官。

巴拉克就是其中之一，他成為舊日巴列維團夥的中心，圍繞著他，這個團夥的組織擴大和嚴密。同時他們也和在海外的「同事」保持著聯繫，這批分散在伊朗國內和世界各地的「波斯帝國死忠」份子，都是在等待著，想要適機而起，恢復昔日王權的榮耀。他們成為了「保皇黨」的主要成員，也是伊朗伊斯蘭共和國的最大敵人。

阿馬內貝德晉見伊朗現任最高領袖哈梅內伊，要求召開高層會議，他要控訴聖城軍的巴拉克謀害了他的女兒，安彼拉，以及女婿，閃米·阿戴爾。他將提出證據和證人。出席會議的除了被控訴的巴拉克之外，還有「聖城軍」的總指揮是庫克霍強尼，也就是巴拉克的頂頭上司。還有一位就是「昂撒馬迪」組織的司令官，亞瑟·查德。

這個組織是什葉派伊斯蘭宗教領袖的警衛隊，他們主要的任務是負責保護伊斯蘭革命政府及國會領袖們的安全。

在會議上，第一個證人是德黑蘭刑警隊重案組組長，蘭布洛，他是位資深警官，有很豐富的刑事調查經驗，他起身做報告：

德黑蘭市警察局交通隊接到一個交通事件死亡的案子，因為現場及涉及的車輛情況複雜，他們將案子轉移給了刑警隊的重案組，經調查後，案子總結如下：

一·表面看來是一起典型的山路彎道高速行車失控，衝出路肩翻車，但是油箱起火燃燒，因火勢異常劇烈，駕車者不及逃避而遇難。

二·車禍中唯一的遇難者是車主安彼拉女士，也是當時的駕車者，她是車中唯一的乘客。安彼拉女士是伊朗革命衛隊副司令和「阿巴斯組織」的指揮官，在座的阿馬內貝德將軍的女兒。

三·對車禍車輛檢查的結果顯示，剎車系統，方向盤控制系統及油箱都受到嚴重的破壞。並且是由人為的爆破所造成的。

四·隨後的調查集中在該車的維修過程。在車禍的前兩天，該車曾送到車廠進行常規維修。重案組發現車廠的兩名技工行動鬼祟可疑，並且還有大筆的不明收入。

在重案組的嚴格和加強的審訊下，他們終於招供，承認接受了一位名叫胡笙尼的人高價收買，在安彼拉女士的車上裝置了爆破和燃燒物件和遙控設備。根據他們的口供，是胡笙尼跟蹤了安彼拉女士，在一段下坡的道路上用遙控爆破了剎車和方向盤，又引爆了油箱燃燒，造成了重大車禍。

五·重案組以謀殺嫌疑犯的理由向法院申請了拘票，逮捕了胡笙尼先生。他招供說是這一切都是接受聖城軍副司令巴拉克先生的指使。

重案組組長蘭布洛看見坐在會議室裏的巴拉克突然怒氣沖沖的站了起來，他就停止了他的報告。巴拉克對著阿馬內貝德大聲的說：

「拿這樣一個人的口供，就能證明我是謀害安彼拉的兇手嗎？我的殺人動機是什麼？」

阿馬內貝德沒有回應巴拉克，他平心靜氣的問重案組組長：

「蘭布洛警官，重案組有進一步的審問胡笙尼嗎？他有沒有提供任何證據呢？」

蘭布洛警官回答說：

「在我們對嫌疑犯胡笙尼先生的第一段審訊在中午之前結束，按計劃我們要將要在午餐後進行第二階段審訊，但是一位聖城軍軍官來到重案組，出示了他是巴拉克先生副官的證明。同時，他也出示了伊朗革命委員會簽發的指令，要求重案組將胡笙尼嫌疑犯移交給聖城軍，理由是提審關於國家安全的案子。」

蘭布洛警官拿出一份公文夾，恭敬的交給了伊朗最高領袖哈梅內伊，他說：

「公文夾裏有兩份文件，一份是聖城軍給我們的伊朗革命委員會的指令，一封是副官簽署的接收嫌疑犯收條。」

哈梅內伊在看過兩份文件後問說：「重案組有沒有再繼續審訊胡笙尼？」

蘭布洛警官回答：「我們沒有。」

哈梅內伊驚訝的說：「為什麼沒有？你們不想再去追查證據嗎？」

「尊敬的哈梅內伊，我們的確是非常需要再次審問我們的嫌疑犯，但是聖城軍在第二天就通知我們說，嫌疑犯從他們的看守所中因企圖脫逃而被警衛人員擊斃了。」

巴拉克的臉上露出了笑容：「所以你們並沒有找到我要謀殺安彼拉的證據。」

蘭布洛警官非常嚴肅的說：

「如果真是如此，巴拉克先生，您認為我們重案組今天會來到此地做報告嗎？」

他轉身對著哈梅內伊說：

「尊敬的哈梅內伊，在阿拉仁慈的眷顧下，我們雖然失去了嫌疑犯證人，但是在現場卻留下了有力的證據。在車禍遇害人安彼拉的手提袋裏，有一個塑膠袋，裏頭有一個保險套和一些衛生紙，上面沾滿了男人的精液，我們的實驗室利用DNA對比，證實那是巴拉克先生的精液。這單一的物證只能說明遇害者和巴拉克先生可能發生過性關係。但是和德黑蘭刑警隊多年來所獲得的案情和調查結果結合，一個截然不同的案情就出現了。」

蘭布洛警官停住，讓在會議室裏的人消化他的論說，同時讓他們的期待感迅速的增加，然後接著說：

「在過去的幾年裏，德黑蘭警察局曾接到多次安彼拉女士的舉報，控告巴拉克用各種手段，包括使用偽造的影像光碟，對她進行騷擾。原因是她不接受巴拉克的追求。因為巴拉克的特殊職位，我們對他無法進行審訊，但是對於他追求安彼拉女士的事實，以及以各種手段進行對安彼拉女士的騷擾行為，我們已經建立了檔案。」

哈梅內伊說：「在這種情況下，你們對安彼拉的車禍是如何定論呢？」

蘭布洛警官：

「根據對維修車廠的兩名技工審訊，胡笙尼曾對他們透露說，安彼拉女士已經取得了巴拉克對她性侵犯的具體證據，可能會交給警方來控告他，胡笙尼需要阻止她的行動。同時胡笙尼也以威脅和利誘，雙管齊下的方法，取得了安彼拉女士的行蹤，在她開車去警察局的路上，造成車禍。這些人證口供的筆錄都已完成，上繳給革命委員會了。」

哈梅內伊看著阿馬內貝德說：「你對我們的巴拉克追求你女兒安彼拉的事，知道嗎？」

「我只有這麼一個女兒，她的事我當然是知道了。多年前，安彼拉還在大學讀書時，巴拉克就開始追求她，但是她已經有要好的男友，他叫皮耶，家住德黑蘭，是安彼拉的同學。後來，他遇到車禍死了。安彼拉在一年多後才從哀傷中恢復，她接受了親友們的介紹，認識了閃米．阿戴爾博士，他是個年輕有為，非常傑出的核能科學家。他們在交往一陣後就結了婚，建立家庭，他們為我帶來一個非常可愛的孫女，小艾利菲。」

「阿馬內貝德，我見過你的小艾利菲，她可愛極了，一點都不怕人，跟我說了很多話，都是在讚美她有你這麼個公公。這麼小的年紀就失去了母親，真是可憐啊！」

哈梅內伊說：「我希望她的父親阿戴爾能負起照顧她的責任。」

「是的，我怕她小小年紀受不了打擊，還沒敢告訴她，安彼拉已經死了。」

阿馬內貝德說：「他也被巴拉克謀害死了。」

哈梅內伊驚訝的說：「這是怎麼回事？蘭布洛警官，你知道嗎？」

「尊敬的哈梅內伊，根據重案組的調查，巴拉克對安彼拉女士的企圖心一直存在著，並沒有因為她有婚姻和孩子而消失。我們調查的結論是，為了取得安彼拉的愛情，巴拉克指使胡笙尼謀害了安彼拉的男友皮耶，趁她的丈夫阿戴爾博士在哈薩克的阿拉木圖出差時謀殺了他，巴拉克認為，除去了安彼拉女士所愛的男人後，他就可以取得芳心，嫁給他了。顯然安彼拉女士還是不肯就範，因此巴拉克就以暴力性侵。但是又因為要阻止安彼拉到警方報案就謀殺了她，巴拉克是三條命案的主謀兇手，由於他的特殊身分，我們請求革命委員會批准對他的逮捕。」

阿馬內貝德說：「我以被害者父親的身分，向尊敬的領袖請求，為了恢復我家族的榮譽，按照古蘭經的規律，請允許我親手將冷血的兇手巴拉克格殺，為我的女兒、女婿和女兒的友人報仇。然後我將辭去我所有的職位，從事我早時的伊斯蘭宗教研究。」

哈梅內伊手指著巴拉克說：「對你的指控，你有什麼話說嗎？」

巴拉克站起來對著蘭布洛警官說：「你們重案組查出來了我是在什麼地方對安彼拉進行性侵的嗎？」

在蘭布洛警官回答前，巴拉克又繼續的說：

「事實上，我的安全人員，還有我居住地方的閉路電視，都可以提供人證和物證，顯示安彼拉主動地來到我家，引誘我和她發生性關係。安彼拉從多年前開始就是個沒有道德和淫蕩的女人，在成為寡婦後，耐不住沒有男人的日子，就來找我。尊敬的哈梅內伊，請給我指示，讓我出示這些錄影。」

阿馬內貝德的臉色鐵青，因為兩手緊握著座椅的把手，血液不流通，手指已經完全發白了。在座的人都能感到，一個巨大的憤怒能量就將爆發了。就在這時「昂撒馬迪」組織的司令官，亞瑟．查德突然站起來，對著阿馬內貝德大聲的說：

「你慢點，我有重要的話要說。」

「昂撒馬迪」這個組織是什葉派伊斯蘭宗教領袖的警衛隊，他們主要的任務是負責保護伊斯蘭革命政府及國會領袖們的安全。同時也執行指定的反情報工作和境外的秘密行動。

司令官是亞瑟．查德多年來追隨於伊朗的最高領袖哈梅內伊，出生入死，保護他的安全。但是他也是個非常穩重的人，做事深思熟慮，有條有理，受到伊朗高層領導的尊重。他說：

「阿馬內貝德，請你稍安勿躁，聽我把話說清楚。大約在一年多，兩年前左右，我們從多方面得到了情報，顯示伊朗國內有叛徒，他們聯合了西方的保守派，包括以色列的激進份子，計畫在伊朗發起政變，恢復巴勒維王朝。當時我不相信會有這樣的事，但是為了安全，我要求阿馬內貝德，在他們海外的進出口公司裏安排我們的人，來收集情報。為了保密，我不肯說明理由，阿馬內貝德還跟我發了脾氣。」

阿馬內貝德插嘴說：「是這樣的嗎？」

「請不要打岔！在長時期的情報收集和分析下，終於把叛徒們的真相顯露了出來。在和我們敵對的團體裏，勢力最大的就是擁護前伊朗巴勒維國王的團夥，這些人都是巴勒維時代的貴族和他們走狗的後裔，他們竊取了大量的伊朗人民財富，逃到海外，去過著優裕的生活。其中最大的一股就是定居在美國的洛杉磯市，他們大多數的人後來都成為美國的永久居民或公民。但是他們身在美國，心屬伊朗，念念不忘他們曾經是伊朗的統治階層，是伊朗貴族的後代，是正統的波斯王朝後裔，時刻的夢想著要恢復往日的輝煌。而在美國也有一批保守派的勢力，他們也是念念不忘伊朗，他們的石油公司曾經擁有過伊朗大地下豐富的石油，和它所代表的財富。現在這兩股勢力結合了，他們的目的是要奪取伊朗政權和石油礦藏。」

哈梅內伊問：「你們查到了他們在伊朗的組織嗎？」

「是的，這就是我將要說的重點。原來我們敵人的伊朗同夥就在我們身邊。在我們的聖城軍裏，有一批人，他們的上代曾經是在巴勒維王朝時代的宮廷衛隊，而他們的親人和朋友也是現在海外伊朗人的富豪。很自然的他們和西方，尤其是美國的保守勢力走到了一起，成為奪取政權陰謀的臥底，而這批叛徒首領就是巴拉克。但是我們一直沒法得到他們奪權陰謀的具體行動計畫，因此也不能貿然的逮捕他們。我們取得的資訊是，除了境外的陰謀分子，只有巴拉克有詳細的行動計畫。但是它是個訓練有素，經驗豐富的情治人員，本人有堅強的意志力，身邊又有滴水不漏的保護措施，唯一能夠接近巴拉克的只有他多年來一直迷戀著的安彼拉女士，我去請求她協助我們取得這份行動計畫。」

哈梅內伊問：「查德，我認識安彼拉，看她從小長大，是個很有見地和孝心的美麗姑娘，你跟她的父親商量了嗎？」

「我曾在事前非常誠懇的和阿馬內貝德商量，想要取得他的同意，去鼓勵安彼拉女士接受我們的任務，但是阿馬內貝德堅決反對。可是意想不到的是，安彼拉女士同意為我們去接近巴拉克，伺機行事，取得巴拉克團夥的政變計畫。尊敬的哈梅內伊，還有尊敬的阿馬內貝德，我必須讓你們知道，安彼拉不僅是我們同事的女兒，她更是個愛國的伊朗人，她是為伊朗犧牲了生命。」

哈梅內伊說：「安彼拉完成任務了嗎？」

「我告訴安彼拉，巴拉克的身邊永遠有多名隨扈和安全人員，我們無法派人跟隨她，但是安彼拉毫不猶豫的隻身進入了巴拉克的居處，在他企圖性侵她之前，在他的酒杯裏放了強力的迷幻藥，巴拉克昏迷後，安彼拉就開始有系統的搜查，她不但找到了政變的行動計畫，也找到了叛徒團夥的名單。安彼拉在洗手間裏取得帶有精液的衛生紙，她原本是要用來向警方控告巴拉克性侵，在警方對他詢問而無法分身時，我們可以按名單展開逮捕行動。安彼拉不僅有美麗的外表，還有讓人欽佩的聰明才智。」

亞瑟．查德停了一下，才繼續的說：

「安彼拉安全的撤離後，巴拉克醒來立即發現安彼拉取得了政變行動計畫和叛徒名單，於是就對安彼拉展開了追殺行動。」

他從公事袋裏拿出一份紅色封面的資料夾後繼續說：

「尊敬的哈梅內伊，這是一份他們的政變行動計畫，請您過目。」

哈梅內伊接過了文件說：

「是的，安彼拉現在是在天堂，在阿拉的身邊。阿馬內貝德，你不必太悲傷，替我把你的小孫女，也是安彼拉的女兒照顧好。查德，你的『昂撒馬迪』開始行動了嗎？」

一直沒有發言的「聖城軍」的總指揮是庫克霍強尼，也就是巴拉克的頂頭上司，他突然站了起來，一把手槍出現在他手裏，對著巴拉克連續的開了三槍。按規定，有伊朗最高領袖哈梅內伊出現的場合，除了他的貼身警衛人員，任何人都不可以身攜武器。因此馬上就有人撲過來，將庫克霍強尼繳械。高層會議也就此結束。

但是伊朗最高領袖哈梅內伊隨後發出通告說：聖城軍司令庫克霍強尼因病住院，在此期間，聖城軍暫時納入「阿巴斯」民兵系統。

阿馬內貝德絲毫不浪費時間，他下令所有的聖城軍官兵一律留駐在營區內不得外出，同時出動了裝甲部隊，坦克車將營區團團圍住，沒有他的親筆手令，任何人都不能離開聖城軍的營區。他們的司令庫克霍強尼也發現，除了他的家人外，沒有其他的人來看他，醫生說他病情嚴重，也不准他出院。最後讓他徹底絕望的是，他發現所有的隨護人員都不是他認識的聖城軍，顯然，他是被軟禁在醫院裏了。

亞瑟．查德和阿馬內貝德立即展開行動，粉碎了政變的企圖。美國中央情報局的赫伯·費特勒也取得了同樣的一份計畫，美國政府也展開了行動。

伊朗「保皇黨」是首先接觸了一位當年英國石油公司派在德黑蘭的高級主管，是他將「聖城軍」的政變企圖轉達給了英國石油公司駐美國代表波爾曼，以及魏斯莫蘭，後者是美國石油協會的退休主席，曾在伊朗長期工作。他們商量的結果是，這件事是要由美國來牽頭才有成功的可能。他們去找了美國參議院共和黨的國會資深助理，美國保守派的實際頭頭，威廉森。他同意見面會談，地點就在馬里蘭州，離華盛頓不遠的威廉森住宅。

當波爾曼和魏斯莫蘭到來時，看見還有一位不認識的人，主人威廉森給他們介紹：「這位是大衛·赫茲姆爾先生，曾經是路易斯安那州的眾議員，現任的中情局副局長。多年來，大衛一直是我們保守派的領導人。我認為他是能促成伊朗改變政權的最佳人選。」

赫茲姆爾伸出手來和兩位客人握手，他說：「很高興的認識二位志同道合的人，我相信我們的合作是很有意義的，同時也會給我們帶回來昔日的輝煌和巨大的利益。」

魏斯莫蘭說：「我們非常榮幸的見到您，我相信有您在，我們未來可能要面對的困難都會迎刃而解了。」

赫茲姆爾聽到這句話很受用，因為英國人同意了他的領導地位：

「我們同心協力，密切合作，所有的困難都是可以解決的。但是我首先必須要說明的是：美國公民參與他國的政變是違背美國的法律，是要坐牢的。因此我們的行動是需要保密，絕不能曝光。一旦自由派的媒體渲染報導，後果不堪設想。」

英國石油公司駐美代表波爾曼質疑的問：

「我記得，一九五三年美國中央情報局策劃並推翻伊朗民選的摩薩台政府，當時紐約時報曾有很詳細的報導。」

赫茲姆爾說：「波爾曼先生說的沒錯，當時的情況是如此的。可是政府的說法是；推翻摩薩台政府是伊朗人民的意願，同時也符合美國的利益。重要的是當時美國人民相信政府，所以我們把巴列維國王接回來，恢復他的執政權。但是現在不同了，老百姓完全沒有對政府的信任度，政府只能按規矩依法行事。所以這件事一定要絕對保密，滴水不漏。」

波爾曼說：「當以後參與的人增加時，要絕對保密是不太容易的，我們還需要建立一個『遮掩活動』」

「我的計畫是從現在開始，我們的運作要和中情局脫離，不能有任何牽連，一切的行動都是由紅石公司的人員執行，他們的最高負責人也是我們的同路人，他會完全配合我們。」

波爾曼又問說：「請副局長介紹一下紅石公司。」

「二十世紀結束之前一家私人軍事，安全顧問公司成立了，公司的名稱是『紅石環球安全顧問公司』，簡稱是『紅石環球』，或是『紅石』。公司總部位於美國的北卡羅來納州，擁有許多專業的訓練設施和行動計畫中心，占地超過了七千英畝。其中包括『紅石航空』，從事私人包機的策略性運輸任務，擁有近二十名的合同飛行員，可隨時應召擔任特種飛行任務。它是『全球最全面的專業軍事，執法，安全，維持和平與穩定行動的公司』。它只有兩個客戶，就是美國的國防部和中央情報局，是他們在伊拉克與阿富汗的主要軍事和特別任務合同人員。」

赫茲姆爾沒有透露他自己也是「紅石」的「幕後所有人」之一，威廉森點著頭說：

「我想現在大家都應該非常的理解了。下一步，您認為我們應該向伊朗保皇黨提出什麼樣的條件？」

赫茲姆爾看大家聽著他不說話，顯然他已經成為他們的頭頭了，他說：

「條件是非常簡單，就是恢復英美兩國在伊斯蘭革命前，在伊朗的石油壟斷。但是為了對抗國際上，尤其是第三世界國家的不滿，以及俄羅斯的可能強烈反對行動，我們需要把中國拉進來成為盟友，保皇黨需要讓中國分一杯羹，成為既得利益者。」

退休了的美國石油協會主席魏斯莫蘭說：

「我看這件事會很複雜，在國際事物上，中國一直是站在俄羅斯一邊的。」

英國石油公司的波爾曼說：

「我們的上議院有一位李查．泰勒議員，他和中國的石油部門關係很好，我們可以找他談談。」

參議院共和黨資深助理威廉森說：

「我認識他，他是個保守派的上議員，聽說此人很愛錢，給錢就辦事。」

赫茲姆爾也說：「我也知道此人，他在中國有不少人脈關係，他的老婆蘇珊．麥金利是一位年輕有為的英國軍情六處情報官，她很可能是未來香港情報站的站長，我見過他們夫婦。中國的事可以和李查．泰勒個人接觸，但是要避開他老婆，她在軍情六處是個公事公辦的人。」

波爾曼說：「我明白，我會告訴他這是私事，一定要對他老婆保密，只要我們付他所要的錢，他就會聽話。」

威廉森接著問：「副局長，您對如何用外力來促成伊朗聖城軍的政變有想法嗎？」其實，這問題他們已經討論過了，威廉森是要赫茲姆爾親口告訴這兩個英國人，他們對中情局副局長的計畫應該不會有反對意見，赫茲姆爾說：

「政變是內部的人造反，但是造反要有觸發事件，我們外人要做的就是製造一個重大事件，讓造反團夥有個藉口發起政變。我的計畫是在伊朗製造一件非常嚴重的大爆炸，造成大規模的人員傷亡和財產損失，聖城軍立刻宣佈，這是現在政府的失誤，然後就逮捕執政官員，奪取政權。」

魏斯莫蘭說：「但是現在執政的政府有嚴密的組織和強大的武力，他們不會坐以待斃的。」

「不錯，但是如果大爆炸事件對執政的組織和他們的武裝部隊造成巨大和致命的傷害，他們失去了反抗的能力，政變就會成功了。」

波爾曼接著說：「整件事的開始是伊朗聖城軍的二把手，巴拉克副司令找到了我們公司的一位高層同事，多年前他曾長期在伊朗工作過，曾經和巴拉克是朋友。巴拉克要求我們幫助他的政變同時，也說明了政變的最大障礙是他們自己的革命衛隊。雖然衛隊的總指揮是伊朗最高領袖哈梅內伊，但是實際的指揮權是在副司令阿馬內貝德手裏。它是個非常正直的人，很受伊朗人的尊敬。他是職業軍人出身，曾在英國皇家陸軍軍官學校就讀，曾在兩伊戰爭中立下汗馬功勞。此人是絕對效忠於哈梅內伊和伊朗伊斯蘭共和國。」

赫茲姆爾說：「巴拉克是要我們剷除阿馬內貝德嗎？」

「他並沒有這麼說，但是他需要我們重創革命衛隊，要他們失去作戰能力。」

「但是阿馬內貝德還有一個龐大的民兵組織『巴斯基』，是一支訓練有素的武裝隊伍。」

波爾曼說：「根據我的理解。巴拉克掌握有阿馬內貝德唯一女兒的把柄，他要以此威脅，交換『巴斯基』按兵不動。政變團夥並不想要去除哈梅內伊和阿馬內貝德，以及其他的執政領袖們，因為他們在伊朗人民心目中還是有其地位的。政變團夥只是要把他們架空，交出實權。所以，我們選擇大爆炸的地點成為至關重要。赫茲姆爾先生，您有初步的目的碼？」

中情局副局長赫茲姆爾說：

「根據巴拉克的要求，目標的選擇是很容易的；大爆炸事件要把伊朗革命衛隊主要的指揮系統和領導團隊一舉毀滅。所以我們的第一目標是『薩因沙赫爾』，這個城市是位於伊朗中部，海拔高度一千六百六十二公尺的札格羅斯山脈東部，是歸伊斯法罕省管轄，距離該省首府伊斯法罕市只有二十四公里，是在一九六〇年代才建設的，現在的人口大約是十五萬人。伊朗革命衛隊的總部雖然是設在首都德黑蘭，但是它的參謀本部和所有的軍令機構，包括革命衛隊最大的營區也都是在這裏。選擇這裏為目標還有一個重要的理由，就是伊朗的主要軍事工業都是集中在這裏。例如『伊朗飛機製造工業公司』就設在這裏。光是它在此地的廠房就有幾十萬平方公尺。並且伊朗的主要核武器發展機構也是設在此地。」

魏斯莫蘭說：「如果『伊斯法汗』距離『薩因沙赫爾』只有二十四公里，大爆炸也會把伊斯法汗毀滅了。我相信伊朗人民會有很強烈的反對。」

赫茲姆爾說：「為什麼呢？」

「伊斯法罕是伊朗的第三大城市，位於伊朗的中部，在德黑蘭的南方，設拉子的北方，是伊斯法罕省的省會，人口已經超過了一百五十萬人。伊斯法罕早在瑪代王國時已經存在，在西元前六世紀中葉時成為居魯士二世的阿契美尼德帝國的一個大城市。它在塞琉古帝國，阿爾沙克王朝和薩珊王朝時期都是個重要城鎮。

「西元六百多年時，阿拉伯帝國佔據伊斯法罕後，穆斯林式的建築隨之出現，並開始了伊斯蘭時代的繁榮和輝煌。伊斯法罕曾在一〇五一年至一一一八年為塞爾柱帝國的都城。在一三八七年時被當時的帖木兒攻佔及蹂躪，一共屠殺了七萬人。十五世紀時伊斯法罕重新被建立，它的光輝在十七世紀的薩非王朝達到最高峰，人口最高曾達到六十萬人，並且第二次成為伊朗的國都。現今的伊斯法罕是伊朗的文化古都，城內的伊瑪目廣場亦被列入世界遺產之內。將它一下子毀了，是不是代價太高了？巴拉克也許都不會同意的。」

赫茲姆爾嚴肅的說：「對伊朗人的代價也許是太高了，但是對我們的利益來講，是完全值得的。更何況我們兩國的政府都不會參與大爆炸的行動，而執行這行動的國家，是要求毀滅伊朗的核武發展能力及軍事工業，他們不會在意這附帶的文化損失。」

會議結束後的第二天，中情局副局長赫茲姆爾飛到以色列，和他同行的還有中情局退休後，從紅石公司返聘的官員，丹尼．聶哲特，他曾長期參與中情局的秘密偵察任務，在中東有很廣的人脈關係。以及一位退役的美國空軍上尉飛行官傑克・伍德，現在是「紅石航空」雇傭的合同飛行員。

一行三人的目的地是海法市。它是在巴勒斯坦北部的港口城市，西瀕地中海，背倚迦密山，是以色列的第三大城市，僅次於西耶路撒冷和特拉維夫。

海法地名來自拉丁文，意思是「住在這裏」，有人認為上帝就住在這座城市，因此有幽默笑話說：「在海法打電話給上帝，不必交長途電話費，因為是市內電話。」

一九四八年之前海法居民大多數是阿拉伯穆斯林、基督徒以及巴哈伊教徒的德魯茲人，這些不同信仰的人和平共存。目前海法市的居民包括了數目可觀的猶太人，阿拉伯的穆斯林和基督徒。

海法的碼頭和工業區使得該市成為以色列工黨的大本營，因為傾向於社會主義，被稱為「紅色海法」，這段歷史也使得海法市成了唯一在安息日，公共交通不停止的以色列大城市。他們在這遠離以色列首都的瀕海城市，見到了以色列政府的代表。

在兩天的密集協商會議裏，取得了如何進行促成伊朗政變行動的重大決定：

首先，以色列要求；他們政府在任何情況下都不可以和伊朗政變有牽連。

在這前提下，以色列可以透過「中間人」提供促成政變所需的硬體裝備，也就是「核子彈頭」和「運載」工具，以及必要的後勤支援。

然後由丹尼．聶哲特提出了具體的行動方案：

一．以色列政府在絕對保密情況下，將一枚核彈頭，及一架改裝後，有投送核彈能力的F十六戰機轉移給「紅石公司」。

二．「紅石」飛行員，傑克．伍德，及地勤人員，秘密的在以色列接受必要訓練。

三．以色列境內的任何機場，不得用來作為「秘密飛行」的起降基地。

中情局副局長，大衛．赫茲姆爾，接到了從英國石油公司的波爾曼轉來的資訊說；伊朗「聖城軍」的行動已經準備完成，他通知紅石的丹尼．聶哲特，開始行動。

兩天後一架漆有「紅石航空」的C一三〇「大力士」四引擎運輸機降落在一個以色列的空軍基地，發動機停機後，一部牽引車將它拖進一個機棚，機棚內已停著一架F十六戰機，C一三〇被拖進來後，隨即機棚的兩扇巨大拉門就緊緊的關上，門口出現了兩名武裝憲兵把守，沒有特別通行證是不能進入的。

在第二天接近午夜時分，機棚打開，F十六被拖出機棚，傑克．伍德是坐在駕駛艙裏，他將發動機啟動，在所有的儀表顯示正常狀態時，隨即緩緩的向跑道滑行，在起飛點等待，接到離地許可，他即刻加足馬力起飛，消失在夜暗的天空裏。

以色列和土耳其的關係並不是最友好，一架從以色列起飛的戰機是很難進入土耳其的領空。在起飛之前送交給航空管制的飛行計畫，是說明這架屬於以色列的戰機是在執行特別任務。但是在地中海的國際領空上，它變成是屬於「紅石航空」的，同時在送交土耳其航空管制中心的飛行計畫裏，也是說明它是「紅石航空」為美國國防部執行特別任務後，要求降落在土耳其的美國空軍基地。這種事在那裏是經常發生，不會引起注意。

不到兩個小時後，位於土耳其南部阿達納省境內的防空雷達發現，在南方地中海上空出現了一架飛機，以高速接近土耳其領空，雷達螢幕上顯示的「轉發器」信號是；「紅石航空一〇七」，值班的防空軍官拿出報表，查對當天將要由他的管區進入土耳其領空的外國飛機，果然是有這麼一架飛機，但是奇怪的是沒有說明它是由哪裏來的。

他將耳機的接受頻率轉到阿達納航空管制中心，不久就聽到：

「紅石一〇七呼叫阿達納中心，要求進場，降落因吉爾利克基地。」

「阿達納中心，紅石一〇七信號清楚，請報告方向，高度和航速。」

「紅石一〇七，方向〇一五，高度三千公尺，速度六百公里。」

「阿達納中心，紅石一〇七維持方向〇一八，下降高度到兩千公尺，速度四百公里。請聯絡因吉爾利克基地航管，頻率二四七點八」

「紅石一〇七，方向〇一八，高度兩千公尺，速度四百公里，用二四七點八頻率聯絡因吉爾利克基地航管。晚安，紅石一〇七完畢。」

土耳其「因吉爾利克空軍基地」的進場塔台隨後接到：

「紅石一〇七，呼叫因吉爾利克進場塔台，方向〇一八，高度兩千公尺，速度四百公里，目視跑道，要求進場降落。」

「因吉爾利克塔台，紅石一〇七信號清楚，維持方向〇一九，高度一千兩百公尺，報告通過外場座標。」

「紅石一〇七，方向〇一九，高度一千兩百公尺，報告通過外場座標。」

傑克．伍德按照因吉爾利克基地的降落手冊，將他的F十六飛進機場的下滑航道，他聽到塔台的呼叫：

「因吉爾利克塔台，紅石一〇七，維持下滑航線，繼續進場。」

傑克．伍德看見了巨亮耀眼，向上直射的紅燈，那是外場座標，同時機艙裏的顯示板也出現了攔截到外場座標的無線電信號：

「紅石一〇七，通過外場座標。」

「因吉爾利克塔台，紅石一〇七准許降落。雲幕兩千公尺，擴散，能見度十公里，溫度攝氏三十一度，露點攝氏十五度，風向一一〇，風速每小時六海浬，高度計水銀三〇點〇五。落地後隨『跟我來』引導車進入美軍限制區。」

傑克．伍德回答：「紅石一〇七，准許降落，落地後隨引導車進入特區。」

美軍在土耳其的因吉爾利克空軍基地是獨立作業的，他在機場的北端圈出來一片

「特區」，由紅石的安全人員負責警衛，只有佩戴著美軍的識別證才能進入該區。而中情局的運作又是在美軍的範圍內，有自己的飛機棚和完整的維修車間。

當F十六被牽引進了中情局的機棚，傑克．伍德看見在以色列的那架「紅石航空」C一三〇運輸機也已經停在機棚裏，他明白所需要的核彈頭已經離開以色列運到土耳其的紅石基地了。穿著紅石工作服但是說著希伯來語的技術人員，立刻開始工作，他想到自己將成為世界上少有的曾經投放過核彈的飛行員。他也想到了將會造成多少人死亡，但是隨即想到了這次的飛行會帶來給他的財富，心情又興奮起來。

一位紅石公司的工作人員把伍德帶離機棚，來到一間一層樓的建築物，這是「紅石航空」的辦公室。中情局副局長，大衛．赫茲姆爾，政變行動的負責人，丹尼．聶哲特，還有另外五個陌生人坐在會議室裏。

赫茲姆爾將伍德飛行員介紹給大家，原來這五位陌生人都是中情局的電子專家，然後很嚴肅的宣佈，聖城軍的政變提前，因此紅石的行動要在四十八小時後啟動。接著是聶哲特的行動時程簡報，他的報告是：

現在以色列的技術人員正在加緊的把核彈頭裝進F十六的炸彈艙，隨後就要進行投擲系統的測試，到時候還需要伍德上尉在場。兩天後的清晨F十六離開這裏飛到伊拉克的巴格達機場，因為航程短，應該在早上八點前到達，飛行計畫已經送進去了，理由是執行機密任務，在巴格達機場待命，為了隱蔽，F十六必須停留在機場的「紅石航空」

特區。

伊拉克首都巴格達和伊朗的伊斯法汗有商業的空中交通，每天有兩班飛機來往兩地，早上十一點「伊朗航空二〇六」由巴格達起飛，以及下午四點十五分的「馬汗航空二〇二」，從巴格達起飛。

「紅石一〇七」的神秘飛行需要隱蔽，不可以讓伊朗的防空雷達偵測到它的侵入，因此要緊貼在「伊航二〇六」的下方編隊飛行，存在民航機的電子陰影內，而不出現在防空雷達的信號裏。

「紅石一〇七」在「伊朗航空二〇六」起飛前就要升空待命，進出巴格達機場的所有航機都在土耳其的長程雷達監測下，這幾位中情局的電子專家將會在「因吉爾利克基地」的中情局設施裏，密切的監視雷達信號和「伊航二〇六」與航管的通話，用中情局的密碼通信和伍德上尉聯絡，引導「紅石一〇七」與「伊航二〇六」編隊飛行，通過伊朗邊境。同時也會預報將要到達目標區，準備投彈。

在到達伊斯法汗機場的航空管轄區時，「伊航二〇六」會聯絡航管要求進場時，會開始降低高度，「紅石一〇七」在這時要立刻脫離編隊，飛往「薩因沙赫爾」，進入投彈高度，因為距離很近，兩分鐘內就會到達目標上空。

投彈的定點目標是革命衛隊的軍火庫，它的GPS座標已經輸入F十六的導航電腦，所以會自動的到達目標上空。伍德上尉在投彈後，立刻以超低空，貼著地面飛行，返回巴格達機場。

傑克．伍德在兩天後的清晨離開了土耳其的「因吉爾利克基地」飛抵巴格達機場，他將裝著以色列核子炸彈的F十六戰機停泊在紅石航空的機棚裏，有油車來把飛機的油箱加滿，紅石的工作人員交給他一個手機，說是丹尼．聶哲特先生要和他說話。

在電話裏，聶哲特告訴他，一切情況正常，按計劃進行。赫茲姆爾說已經把一百萬美金存入他的瑞士銀行帳戶，另外的一百萬是在他任務完成回來後給他。

其實伍德已經和他的銀行通過電話，知道這事了，他覺得很奇怪，為什麼聶哲特會打電話通知他這件事？赫茲姆爾曾經很清楚的告訴他，付他錢的細節只有他一個人知道，怎麼現在情況變了？

傑克．伍德是在「伊航二〇六」起飛前十五分鐘出發飛離巴格達機場，他和塔台航管與巴格達飛航中心做了禮貌上的招呼，開始注視機在減弱中的場監測雷達信號，當信號完全消失時，就將「雷達反應轉發器」關閉，現在即使有雷達「看到」他，反射信號裏不會有他的「識別」，因此這架飛機就成為「不明飛機」，傑克．伍德將無線電通訊轉到特定的頻率，他開始呼叫：

「『黑豹』呼叫『鳳凰』，你可以讀我的信號嗎？」

『黑豹』是傑克．伍德的新呼號，『鳳凰』是丹尼．聶哲特在土耳其因吉爾利克空軍基地，「紅石航空」控制中心的代號。他回答：

「這是鳳凰，信號清楚。改變方向到二八〇，目標飛機在你前方二十五公里。」

他們用的是「密碼通話」，語音在數位化後就變成亂碼，收聽的人要經過「解碼器」才能重新變成語音。伍德在改變方向不久就看見了前方的空中巴士機型的民航客機，機身上的標誌是「伊朗國家航空公司」：

「黑豹，目視識別目標，接近中。」

五分鐘後，『鳳凰』又接到呼叫：「黑豹，完成編隊。」

聶哲特注視著雷達螢幕：「鳳凰，雷達信號合一，繼續前進，二十一分鐘後飛越邊境。」

伊朗境內有兩個大山脈，在北方的厄爾布林士山脈，是環繞裏海的南岸，最高峰是達馬萬德山，山高五千六百多公尺，山脈腳下就是首都德黑蘭。

在南方的札格羅斯山脈是伊拉克與伊朗境內最大的山脈，由位於西北的土耳其和伊拉克邊境的庫爾德斯坦，至東南方的波斯灣和荷姆茲海峽，綿延約一千五百公里，寬三百多公里。風化作用將泥岩等較軟的岩層侵襲掉，留下了石灰岩與白雲石等較硬的岩層。這種風化的差異，使得札格羅斯山區形成許多直條狀的山脊。沉積與板塊作用將許多古代有機物封鎖於地下變成石油，札格羅斯山區是波斯灣地區的重要產油區。

伊朗的主要油田是分佈於札格羅斯山脈西部的中央丘陵山麓。山勢西高東低，四千五百多公尺高的札爾德峰是伊朗境內札格羅斯山脈的最高峰，從那裏往東南越來越低，到了伊朗的法爾斯省，海拔就只在四千公尺以下。

法爾斯省是指古波斯南部的廣闊地區，涵蓋現今的法爾斯省及附近其他省份。它是古波斯人最早定居的地方，也是阿契美尼德帝國及薩珊王朝的中心所在。西部平行山脈間的河谷山麓，海拔高，氣候較溫和，是伊朗主要的人口密集區。

在札格羅斯山脈北方山腳下，就是伊斯法汗和薩因沙赫爾，也就是傑克．伍德將要投下核彈的目標區。聶哲特的耳機又響了：

「黑豹，飛越邊境，伊朗防空雷達信號出現。」

「鳳凰，繼續緊密編隊飛行，預定到達目標的時間是五十五分鐘。為安全，開始保持無線電絕對靜音。祝黑豹一路順風，圓滿完成任務。」

但是在不到十五分鐘後，中情局負責特別行動的副局長破門而入，緊跟在後面的還有三個全副武裝，穿著中情局制服的特工，聶哲特一眼就認出他：

「副局長，您有什麼事嗎？」

「我要你立刻把控制室的電源切斷。」

聶哲特知道整個計畫將要碰到致命的難關了，他要做最後的掙扎：

「但是我們正在指揮一架紅石的F十六在伊朗上空執行特別任務。」

「我是負責所有中情局特別行動任務的人，我怎麼不知道我們現在有伊朗的特別任務呢？馬上切斷它。」

一位武裝特工過去把電源總開關切斷，頓時所有的電腦螢幕都暗下來，通信設備裏的信號也消失了。副局長說：

「是誰指派給你們這個任務的？」

聶哲特說：「是大衛·赫茲姆爾副局長指派我們支援紅石在伊朗的特別行動。」

「他是負責政治事務的副局長，居然到我的地盤來渾水摸魚，你們在伊朗是什麼任務？」

聶哲特意識到，不僅伊朗的政變是要泡湯了，他們也將自身難保，想到了在伊朗上空的飛行員，他用懇求的語氣說：

「在伊朗上空飛行的F十六飛行員是我們美國人，沒有我們地面的導航，他將會被擊落的。」

「是嗎？那你可不可以告訴我，你們在伊朗幹什麼？」

聶哲特感到絕望：「我需要馬上見赫茲姆爾副局長。」

「那麼你是需要排隊等待，我知道現在聯邦檢察官也在找他。至於說那位美國飛行員，如果他有個三長兩短，那就也只能算在你們的賬上了。」

「我需要律師，否則我是不會說任何事的。」

「我的命令是把你們送到華盛頓的聯邦檢察署，我相信你的律師會在那等你，說不定你還會碰見赫茲姆爾副局長。我們走吧！飛機還在等我們。」

Ｆ十六在飛越兩伊邊境時，伍德看到他飛機下方是一片平原，但是在前方的一片崇山峻嶺很清楚的可以看見。伍德知道那就是伊朗境內的札格羅斯山脈，也是伊拉克與伊朗境內最大的山脈，他緊貼在伊航班機下方編隊飛行，知道進入了伊朗防空雷達的偵測範圍，Ｆ十六與伊航班機的反應電磁波必須要融合為一體，才不會被發現。

編隊進入了一萬公尺的民航機指定高度，羅盤上的方向顯示編隊是直奔伊斯法汗。不久，兩架飛機進入了札格羅斯山脈上空，出現了輕度的湍流，飛機開始顛簸。

伍德看見下方的山勢西高東低，四千五百多公尺高的札爾德峰是札格羅斯山脈的最高峰，已經清楚的看見了。

這時伍德發現民航機在降低高度，同時也在改變方向，他的第一反應是民航機組決定改變方向及高度來避開前方將要出現的更大湍流，但是馬上就想到，按常理，躲避湍流是該爬升到更高的航線，並且伊航是飛往山峰密集的上空，那裏的湍流應該更強，為了安全，伍德已經開始將編隊飛行的距離加大，現在他們已經進入了伊朗南方的防空導彈陣地，那裏的雷達隨時會發現他這「不明機」。

另外，他們離伊斯法汗的目標區是越飛越遠，這太離譜了，這樣下去它是無法完成任務的。他想一定是有重要的事情發生了，他需要打破無線電靜音的限制。

「黑豹呼叫鳳凰，請回答。」

三十秒鐘後，伍德重複：「黑豹呼叫鳳凰，發生緊急情況，請立即回答。」

伍德感覺到在以後的六十秒鐘，也就是短短的一分鐘裏，時間突然變得非常的慢，似乎是過了一個小時，在這期間他發現土耳其的雷達訊號消失了，是故障還是中情局不再跟蹤他的飛行了？更讓他心驚膽戰的是，因為強大的湍流所造成的不穩定飛行，他不知不覺的拉大了和伊航班機的距離，現在是兩架單獨在飛行的飛機了。他再度呼叫：

「黑豹緊急呼叫鳳凰，無法維持編隊飛行。」

「鳳凰」仍然是沉默，伍德決定改變方向，折返巴格達機場，打道回府了。但是機艙裏的信號感應警報器響了，同時也聽到語音警告：

「地面防空雷達搜索信號增強，立即脫離！立即脫離！」

接著另一個語音警報又響了：「空中行動雷達搜索信號！」

行動雷達是來自飛機的，伍德回頭一看，後方左右兩邊各有一架伊朗的攔截機已經咬住了他，顯然在土耳其「因吉爾利克基地」的中情局小組已經放棄了跟蹤和保護他的飛行，攔截機的出現都沒有預先警告他。如果攔截機上的導彈目標雷達將F十六鎖住，後果就不堪設想了。

伍德本能的將噴射引擎的後燃器開關打開，準備將油門開到最大，產生最大推力，使Ｆ十六的速度在極短的時間達到「二點三馬赫」，也就是音速兩倍多的速度來脫離。但是為時已晚，因為耳機裏又來了新的語音警報：

「接收到對空導彈目標雷達信號。」

伍德將座艙彈射跳傘裝置打開，注視著所有的儀器，Ｆ十六的空速已經接近二點〇馬赫，但是攔截機仍然是咬住他不放，瞬間駕駛艙裏的緊急警報器發出了刺耳的音響：

「敵意導彈目標雷達鎖住，彈射！彈射！」

伍德按下了右邊的彈射椅開關，座位下的固體火箭點火，一股巨大的推力將他和座椅一起彈射脫離了戰機。降落傘打開徐徐的下降，他看見被導彈擊中的Ｆ十六起火燃燒，翻滾著向地面墜落，他聽見了戰機觸地時的爆炸聲，讓他感到奇怪的是，為什麼會有連續的兩次爆炸聲。

在他跳傘落地前，伍德終於明白了；第一個爆炸是戰機上的炸彈被引爆了，它是用壓力引爆器，在飛機墜落到某一高度時，炸彈就被引爆了。聶哲特一再囑咐他，完成投彈任務後要以超低空返回巴格達，目的就是要把Ｆ十六和他一起都成為煙消雲散，一點痕跡都不留。伍德在降落傘觸地時許下了心願，如果他能活下來，他一定要讓真相大白，公諸於世。

第七章：落幕：戀戀台灣

按常理，一架戰機侵入了伊朗的領空並且被擊落墜毀，應該是件大事，更何況戰機上還帶著一枚核彈頭。但是這件事並沒有被報導和渲染，伊朗官方只是發表了一個簡短的聲明說：

「邊防人員發現一名美國公民非法進入伊朗，已被逮捕，事件正在被調查中。」

聲明裏沒有提到這位美國人是從什麼地方進入伊朗，在何地被捕，也沒有提到此人的姓名。在外交部的例行記者招待會上，有美國記者發問，才有官方的回答說：此人名叫傑克．伍德，是由伊拉克邊境進入伊朗。因為事件還在警方調查之中，除此之外，尚不能提供任何資訊。更不尋常的是，美國國務院發言人的回答也如在五里霧中，一片模糊，逼問到關頭，只回答說是正在和伊朗的官方協商中，尋求釋放傑克．伍德先生的途徑。

實際上，伊朗和美國同時聘請了香港麥金利律師事務所，為雙方談判尋求一個「雙贏」的下台階。為此，徐鏡濤奔走於德黑蘭和華盛頓之間，最後雙方同意了「互換」的條件。它包括了：伊朗同意釋放傑克．伍德，提供所有的有關美國保守派參與政變的具體證據，以及原則上在未來的伊核談判上，同意美方提出的限制核武計畫。而美國同意遣返外逃美國的前聖城軍叛徒，以及參與政變計畫的留美伊朗富豪和他們的財產，在完成伊核談判後，解凍留滯在美國銀行的十億美金存款。

傑克．伍德是在他跳傘逃生後的一個月靜悄悄的回到他父母的家。

沒有任何媒體報導他的釋放，一直等到新聞報導了伊朗政變失敗的內幕，人們才明白是他已經離開了伊朗，揭穿了保守主義者的陰謀。但是沒有人將他的釋放和伊朗與美國、英國等六大國經過漫長的談判後，就限制伊朗發展核武及解除對伊朗的制裁問題達成協議一事，連在一起。只是聯想到有不少人被以叛國罪起訴的事是和伍德有關的。

在伊朗的被捕人員，接到了特赦通知的同時也接到了驅逐出境的判決，他們被帶上了手銬，押送到機場，上了馬汗航空的包機，直飛香港。

他們是由麥金利律師事務所簽字接收的，他們各自被帶到不同的酒店，見到了他們的家人，短暫的相聚後，又被各國的司法人員帶走了。英國上議院的李查．泰勒議員是在九龍的洲際大酒店見到了他的妻子蘇珊．麥金利，自從政變失敗被捕後，他是第一次露出笑容：

「我就知道，還是我老婆能幹，能把我們弄出來。來！快讓我親一下。」

但是蘇珊的反應是給他臉上兩個巴掌，然後告訴他，她嫁給他是為了收集他的犯罪證據，現在她的任務已經完成，司法機關以叛國罪對他起訴。還有，英國女王已經將他的貴族爵位取消，從上議院將他開除。李查・泰勒被拷在床上，等待次日的專機押送倫敦監獄候審。

當晚蘇珊和她的初戀情人在隔壁的房間過夜，因為中間的連門是開著的，李查・泰勒終於明白，自己的妻子原來不但不是個性冷感的女人，而且是個熱情如火，能把男人帶進如癡如狂境界的女人。

伊朗聖城軍所發起的政變像是曇花一現，一瞬間就煙消雲散了。但是它的後續是個複雜的過程。被俘的飛行員伍德與逃亡美國的叛徒交換，伊朗在美國的財產解凍，對伊朗禁運的終止，伊朗石油從新進入國際市場，限制觀光的解除等等都是在檯面上的談判，是由雙方或是多方的政府官員們主持。徐鏡濤的律師事務所參與了所有的整個過程，將同意的內容做成文字條款，然後「牽著雙方的手」，逐字修改，做成「協議書」。

為了此事，徐鏡濤和他的團隊頻繁地來往於華盛頓、德黑蘭和倫敦等地。徐鏡濤愛上的美女瑪麗莎也隨著政變消失了，他認為如果是發生了意外，一定會有消息傳出來，因此最可能的是她有了新的愛情，不希望再看到他。第二次的失戀，帶給他更大的傷心和無奈。

徐鏡濤還參與了一個重要的檯面下談判，那就是墜落的F十六戰機上的核子彈頭該如何處理的問題。理論上，那是戰機的一部分，而戰機是以色列所有，可是把它帶進伊朗的是美國人，它應該是美國人的財產，最後伊美雙方同意，由美方出錢把核彈頭買回去。為了價碼的事，徐鏡濤還得多跑了幾趟華盛頓。

在他把價碼的底線談妥後，準備第二天就回香港的晚上，有人敲他的房門，他開門相迎，發現站在他眼前的是一位美豔的婦人，一身藍色的職業婦女打扮，短裙，背心和淡色的襯衫，包住她誘人的身體，一頭短髮，戴著摩登的眼鏡，臉上薄施脂粉。她的臉上堆滿了笑容說：

「還認得我嗎？」

徐鏡濤的直覺感到她是安彼拉，只是她沒有一點「波斯」女人的形象和氣息，更沒有從驚濤駭浪的生死邊緣中走出來的跡象。徐鏡濤猶豫的說：

「你是安彼拉嗎？」

婦人臉上的笑容更燦爛了：「太好了，你還沒有把我忘記。」

徐鏡濤伸出手來，但是安彼拉沒有握住，她將房門關上，反身緊緊摟住他的脖子，給他充滿了熱情的長長濕吻。她說：

「我們只見過兩次面，一直擔心你會不記得我這個人了。」

「沒有幾個正常的男人會忘記你這大美女的。來，我們坐下來說話，房裏的冰箱有酒水，還是你想到樓下的酒吧？」

「給我一瓶礦泉水就行了，我還不能出現在公共地方。」

徐鏡濤從小冰箱裏拿了兩瓶礦泉水，拉著安彼拉的手在雙人沙發坐下。他問說：

「我知道，你不能透露他們為你全家做的安排，但是能告訴我，阿戴爾博士和小艾利菲都好嗎？」

「美國政府為我們做的安排很滿意。我知道你很喜歡小艾利菲，她很喜歡這裏的環境，也開始上學了，還交了好幾個朋友。閃米還是在向他們述說他在伊朗的工作，但是他的身體不是很好，不能過度的勞累。」

「我在德黑蘭見到過阿馬內貝德司令，問起你們，但是他什麼都不說。後來還是我的老朋友費特勒，他是中情局的人，告訴我你們都很好，生活都正常了。你和父親常有聯繫嗎？」

「有的，現在他是更加忙碌了。雖然伊朗的情況改善了不少，但是他的口氣是心灰意懶，我想他很想念我們，尤其是小艾利菲。」

徐鏡濤說：「你還沒說說自己呢，你都好嗎？」

安彼拉歎了一口氣說：「我一切都很好，也開始工作了。雖然還不能告訴你我在幹什麼，但是我還很喜歡我的工作，也喜歡做個正常的家庭主婦。每天要接送小艾利菲去學校，準備飯菜，一天下來也是忙忙碌碌的。就是很寂寞，常常懷念過去的事。」

「人都是一樣，我到了伊朗也是會想起你們。」

「是嗎？你有再去過設拉子嗎？」

徐鏡濤說：「沒有。」

「所以你不會想起我的，是不是？」

他把安彼拉的手握住說：「我沒有忘記你。」

安彼拉將身體靠上來，徐鏡濤馬上就能感到她身體的軟玉溫香，聽見她說：

「那你一定是忘不了我是個身穿黑袍，手裏握著短槍的女人。」

徐鏡濤摟住了她說：「不對，我的記憶裏只有一個雪白誘人的胴體和一個小小的比基尼。」

安彼拉抬起頭來看著他，徐鏡濤看見了她眼睛裏的淚光和渴求，他低下頭來吻她，她張開了小嘴迎接他入侵的舌頭，兩人在互相的享受著對方的身體，開始撫摸對方敏感的部位。隔了許久以後，她說：

「你為什麼不問我瑪麗莎的事呢？」

徐鏡濤不回答，只是繼續的享受著愛撫，安彼拉就只好再問：

「我來找你是因為我不能忘記對你的思念。但是我還有一個受人之托的任務，瑪麗莎要我傳遞一份資訊給你。」

「伊朗政變事件之後，我曾多次在德黑蘭找她，但是遍尋不著，我就想到了你。」

安彼拉驚訝的說：「我？瑪麗莎是在躲避你，跟我有什麼關係？」

「她曾告訴我，你們是同性戀人，我想到瑪麗莎不想讓你失望，所以就選擇和我一刀兩斷了。」

「真沒想到，你這個大律師，運籌帷幄，呼風喚雨，但是也有發傻的時候。沒錯，瑪麗莎和我是非常要好的朋友，她知道我的性生活裏沒有高潮，所以就用她那無敵誘人的身體，讓我為所欲為，帶給我渴望的高潮。我們只是假鳳虛凰，瑪麗莎的真愛是你徐大律師。」

徐鏡濤說：「我不信，那她為什麼要躲著我呢？」

安彼拉坐直了，拉住徐鏡濤的手說：

「你看著我，我要跟你說一件很重要的事。瑪麗莎．柯溫斯愛上了徐鏡濤大律師，並且是愛得要發瘋了。當我父親奮起對抗聖城軍的政變企圖時，她表明了身分，原來她是美國中情局派到伊朗來的臥底，她提供了很完整的聖城軍叛徒名單，以及和他們勾結的西方保守派團夥，保障了我父親的行動成功。」

「我曾隱約的感覺到瑪麗莎有個神秘的背景，我也曾問過她，她迴避了我的問題。但是我從沒有反對過她所做的事，為什麼要棄我而去呢？」

安彼拉說：「這不是原因。在整個政變的過程裏，叛徒團夥最擔心的關鍵行動是如何將載有核彈頭的以色列戰機秘密的運進巴格達機場。他們選擇的路線是經由土耳其的『因吉爾利克基地』，因為那裏的土耳其基地指揮官接受賄絡，可以神不知鬼不覺的為他們執行計畫。為了掌控政變的每一步驟，我父親和中情局需要在這位基地指揮官身邊安排一個人，瑪麗莎被選上去擔任臥底任務，因為這位指揮官曾經追求過她。」

「我知道臥底的任務是很不容易的，但是她可以跟我說，我可以等她完成任務以後再去找她。」

「瑪麗莎是以指揮官夫人的身分去臥底的。」

徐鏡濤的臉色變得很難看，他一語不發，站了起來走到窗前，看著緩緩而流的波托馬克河水：

「愛情就像是河水，它會滋潤你，但是一流過去，頭也不回的走了。我能理解瑪麗莎對新的愛情和它帶來的榮耀有需求，但是如果能跟我說一聲，她找到了更讓她心動的男人和世界，我會祝福她的。」

安彼拉也站起來，從後面把他抱住，在他耳邊說：

「你錯了，不是這樣的，瑪麗莎沒有新的男人和世界，你對她釋放出的愛情已經讓她人仰馬翻，手足無措。多年來瑪麗莎為中情局賣命是為她父親還債，她沒有拒絕中情局的選擇，也沒有面對你們之間愛情的勇氣。她明白，只要見了你，她就不會去做臥底，而她父親的生命就會陷入危險。她在我面前幾次要寫信給你，但是下筆不久就都被她撕毀，扔了。最後她求我來告訴你。」

徐鏡濤說：「此時此刻，我想她是找到了新的愛情，要去嘗試一下。如果能帶給她快樂，我為她高興。」

安彼拉把胸部緊貼在他的背上說：「瑪麗莎也說，你一定會認為她是變心了。你的痛苦使她心碎，她要我好好的安慰你。」

「是嗎？尋找愛情和愛人是一個人的權利，被遺棄的人本來就不該說三道四的。反正時間是最好的療傷藥，就請你告訴瑪麗莎，我和她結束了，我不會再到處去找她，再過一陣子，一切都會還原，我也不需要任何人的安慰。別老是說我了，說說你自己吧！我聽說你制服了聖城軍的巴拉克，也是政變的大頭兒，取得了他們的行動方案和參與政變的叛徒名單，為你父親阿馬內貝德立下了大功，我很佩服你。」

「當時我們一家老小面臨著生死存亡的關頭，而只有我可以接近巴拉克，我們從小就認識，長大後，他一心一意要把我變成他的女人，我就是不肯，他是把我恨死了。」

「巴拉克的身邊警衛森嚴，你是怎麼去接近他的呢？」

「我是直接到了他的住處，報上我的名字，他自然是求之不得，把我請進去了。」

徐鏡濤說：「聽說他是個大色狼，搞女人是他的強項，你不怕嗎？」

「我當然怕了，但是我是有備而去的。我開門見山的對他說，我知道是他指使把我丈夫殺了，我要他到此為止，不要再加害我的家人了。他說可以，但是要我當他的情婦為條件。」

「那你是怎麼回答？」

「我是不會去做任何男人的情婦的，現在我是寡婦了，如果他是真的愛我，就跟我結婚。」

徐鏡濤：「那他怎麼回答你？」

「他說他會考慮，但是他要我馬上就跟他上床。我說，絕對不行。他說他已經等了這麼多年，忍不住了。然後就對我動手動腳的，我一氣之下就給了他一個耳光，但是他回手就給了我一巴掌，打得我眼冒金星，差點就要昏過去。巴拉克不愧是個玩女人的高手，他馬上就把我的衣服都剝下來，全身光溜溜的被他推倒在床上。」

「你被他強姦了？」

「你想得好，就是想我被男人欺負。我不是說了，我是有備而來的嗎？我跟他說，如果他真的愛我，就不能強姦我，好歹也讓我進入情況，讓我也享受他超人的性愛能力，把我帶進高潮的昏迷，而不是讓我受到傷害的痛苦。」

徐鏡濤聽見她繼續的說：

「我問他，有沒有烈酒和『波斯媚藥』，那是從古代就傳下來，宮廷裏皇族用的春藥，不管男女，吃了它就會慾火焚身。巴拉克二話不說，打開抽屜就拿出來一瓶。我起身從酒櫃裏拿出一瓶白蘭地酒，倒進兩個小酒杯，巴拉克打開藥瓶，在每個酒杯裏放了兩顆藥丸，馬上就能看著它溶化。我拿起一杯酒，用手指在杯裏攪拌一下，讓藥丸快點溶化，然後抬起頭來一口氣把酒喝下。馬上又把另一杯酒拿起來，也用手指攪拌一下後拿給巴拉克，他也一口氣就喝了下去。我回到床上，他開始脫衣服。」

安彼拉說得絲絲入扣，徐鏡濤聽得走了神愣住了，好一會兒才恢復過來：

「我明白了，你們在春藥的推波助瀾之下，有了一次轟轟烈烈的性愛。」

「你要是再打岔，我就不說了。很多人都知道，巴拉克在玩女人的時候為了要淋漓致盡，他用『波斯媚藥』來助興。我在手指甲上塗滿了特種解藥，在攪拌藥酒時，就把春藥的藥效解除了。但是我替巴拉克攪拌酒時是用另一隻手指，它的指甲上是塗滿了迷藥的，喝了就會短暫的不醒人事。但是等到巴拉克脫得全身精光，在赤裸裸極度興奮的狀態下上床時，他還沒昏倒，我就急了，說是我老公剛走，我不能這麼迫不及待的去作對不起他的事，求他暫時先放我一馬。他咧開了大嘴哈哈大笑，撲了上來，我手腳並用，拚死命的抵擋，但是我不是對手，他很快的把我的兩腿張開，跪在中間，對準了，就要穿刺我時，迷藥終於生效，巴拉克昏倒了。我趕快起身穿上衣服，在他的辦公室裏找到了行動方案。」

安彼拉一口氣說完，徐鏡濤聽得很入神：「你是個很了不起的女人。」

安彼拉把他的身體翻轉過來，面對著他說：

「你不用淨說好聽的來阿諛我，徐鏡濤，我問你，你就一點都不記得我們在設拉子的事嗎？」

「一個男人當然忘不了是如何的被一個女人整得趴在地上。」

「你看到了我的全部，我就一點都比不上瑪麗莎嗎？」

「你當然比瑪麗莎更漂亮更性感，但是你有老公。」

「你是我老公的救命恩人，他要我一定要謝你。所以我想到了我們在設拉子的短暫相遇。」

徐鏡濤說：「但是那一次的相遇已經結束了。」

「可是我對你的要求還沒有結束，這一次，我是不會再放過你的。」

排山倒海和充滿了情欲的侵犯和熱吻讓徐鏡濤心神恍惚，起初的抗拒被很快的征服了，滿地都是剝下來的衣服，兩個赤裸的身體坐在床上，已經完全都準備好進入了情況。

安彼拉開始動了，抬起來，慢慢的放下，動作加快，聽見了他深沉的呻吟，聲音彷彿是在她體內振盪著。她用前額抵靠在他的胸上，下腰的動作越來越深，越來越猛，兩人的身體都出現了汗水，穿插在滿是情欲的熱吻之間，她聽見了輕聲細語的讚美和歡愉的辭令，安彼拉所有的感官都被激發了，被徐鏡濤帶入了從未有過的虛幻世界，讓她的靈魂出竅，全身在高溫中燃燒，深藏了許久的需求急遽的攀升到近於失控，她本能的收縮著，放開了最後的一絲矜持，在她的下意識裏，她必須是在男歡女愛中的主宰者，她不能失去主動，但是她失敗了，在胡言亂語的呼喊中高潮爆發。

她緊貼在他的肌膚上顫抖，輕輕哭泣，癱瘓在他的身上，努力的呼吸著，漸漸的她感覺到和男人合體的力量，她努力的收縮，想要使徐鏡濤在她的體內爆發。但是她已經失去了主動，閉上了眼睛，從喉嚨裏發出一個無法形容的介乎於呻吟和嘶叫之間的聲音，跟著他一波接著一波的深入，她一聲接著一聲的呼喊著。

她感到一股強大的壓力從下面的身體一直傳到她的喉嚨，讓她的抵抗意志和力量完全崩潰，身體上所有的部位都被騎著她的男人佔領了，讓她徹底的喪失了所有的抵抗力。呼喊變成了呻吟，雙手放開了抵擋著壓下來的胸脯，而去緊緊的抓住著床單，似乎是要迎接即將來臨的最後衝刺時，安彼拉失去了意識。

有人在耳邊輕聲細語的說著愛情故事，還有一隻手在撫摸著她，是在她嘴唇上的親吻使她清醒過來。

徐鏡濤溫柔的呼喚著她：「瑪麗莎，讓我再愛你一次，你一定會很喜歡的。」

「我不是瑪麗莎，請你一定要記住，我是安彼拉，你要疼我，我快不行了。」

「安彼拉，你是我見過最美的女人，第一次看見你，就想得到你，現在你是我的了，我會帶給你歡愉，然後你就永遠是我的。」

「你騙人，你是在報仇，因為我在設拉子吃了你，你就把我整得死去活來，對我太狠了。」

「我不是在報仇，我是在和我見過最讓我動心的美女做愛，是你的美，讓我失控。對不起。」

安彼拉緊緊的抱住他，說出她從沒有過的感覺：

「只要你喜歡就行，本來我就是要你在我身上得到滿足，沒想到的是你來得這麼兇猛，你騎著我，我當成你坐下駕馭著的一匹馬，用力的驅趕著。我把背弓起來，配合你一波又一波的驅策，我們兩個合體在波斯的草原上馳騁和奔騰，由慢而快，讓我感到好舒服，反而是給我帶來了從未有過的快感。當我在耳邊聽到了你甜言蜜語的愛情故事，又感覺到你壓在我身上的火熱軀體，讓我在喘息中有了渴望。一陣陣的高潮像漣漪似的竄出來，滲透到全身每一個細胞，把我麻醉了。我感到靈魂離開了我的身體在徘徊，而我的身體即刻就將爆炸。」

徐鏡濤說：「你記得，你都對我說了些什麼嗎？」

「我都被你整得完全昏迷了，我能說些什麼呢？」

「你對我說：『啊！親愛的，我會毀滅了，快停住吧！』我回答說：『再等一下，你馬上就會看見滿天的星星了。』可是你說：『我不行了，我愛你，你就饒了我吧！我……啊！我要死去了……』難道你全都忘了嗎？」

安彼拉說：「高潮是猛然的襲擊我，我就記得放聲大叫，跟著就是無助的歡愉和抽搐哭喊。但是你還是繼續以溫柔的愛撫和耳邊的輕聲密語，不急不徐的和我做愛，講述著愛情的故事。而我的四肢緊緊的摟抱住你的身體，包住你，強力的收縮著，希望你在我體內爆發，將你所有的一切注入給我，留在我滾燙的身體裏。」

安彼拉看見了窗外的滿天星斗，徐鏡濤的手在她的皮膚上游走，而她的一條腿還是跨在他身上。她說：「喜歡摸我的身體嗎？」

「喜歡，這麼光滑誘人的皮膚，如果一輩子都能把手放在上面，就是天堂了。」

「你摸過多少女人的皮膚？我打賭你對瑪麗莎也是說同樣的話。」

「在見到你之前，她就告訴過我，你是個大美人，身材和皮膚是一級棒，伺候男人的功夫也是非常了得。現在得到驗證了。」

安彼拉說：「你還想要我嗎？」

徐鏡濤的手遊走到敏感地帶，有了反應。他說：「但是我不敢。」

「那你為什麼還給我灌迷湯？」

「當我在你的身體裏時，我說的都是真話。但是我必須面對我的命運，因為我如何的努力，都無法改變它。」

安彼拉歎了口氣說：

「你是個癡情的男人，你說我是個美女，你想要我，等我把整個人都給了你，你一點都不手軟，把我蹂躪得死去活來，但是你還是忘不了瑪麗莎。」

徐鏡濤說：「因為你是屬於另外一個男人的，我就只能短暫的擁有你。」

他深深的吻她，緊緊的摟住她接著說：「但是我已經滿足了。」

「可是你已經是我嘴裏的一顆糖了，我捨不得放棄。」

徐鏡濤說：「我們是親密的朋友了，我會來看你的。要是想我的話，就來找我吧！」

「我還想要你，現在就要。」安彼拉把自己再度的完全攤開給徐鏡濤。

在離開台灣十年後，徐鏡濤在一個秋高氣爽的日子回到了台灣。他一身輕便的休閒裝，背著他最喜愛的破舊背包走在輔仁大學的校園，不認識他的人，會以為他是個研究生或是個教員。

他的心情特別的好，一來是終於能回到他小時候長大的地方看看，二來是他最近幫助了他的好朋友，蘇珊·麥金利和赫伯·費特勒，所委託的事，雖然是驚險百出，但是最後是成功的完成了他們任務。十年前被「情敵」打敗，落荒而去的感覺已經沒有了。徐鏡濤走到圖書館，看見有不少的人進進出出，有學生也有教員，他在台階的一個角落坐下，一邊看著手裏的報紙，一邊看著走過身邊的男男女女。一雙足蹬半高跟鞋，美好誘人的小腿出現在他眼前，抬起頭來一看，是個戴著一副眼鏡的美女，她燦爛的笑起來：「如果我沒有看錯的話，這不是我以前的鑽石王老五老闆嗎？」

「十年前的實習生，現在是教授了，但是美麗依舊，夏萍潮，別來無恙，你好嗎？」

「泛善可陳，唯一值得說的，就是我發現了自己還很喜歡當老師。所以對工作很滿意。」

「你有時間嗎？我們能坐下來談談嗎？」

夏萍潮帶徐鏡濤去到校園裏的咖啡館，找個安靜的角落坐下，各要了一杯熱拿鐵咖啡。

夏萍潮說：「你怎麼知道我回到輔仁大學教書呢？」

「哈！我們麥金利律師事務所雖然是在香港註冊，但是在台灣有臥底，你的一舉一動我都知道。」

「別唬我，我知道是你的老情人莫馨跟你說的，是不是？莫姐都是有老公的人了，還跟老情人藕斷絲連，真是膽子大。」

「莫馨什麼時候成了你的莫姐了？」

「當年我自動獻身，被人拒絕，是一生的奇恥大辱，逃到美國。十年來，你不聞不問，所以找你的老情人聊天，我們有你這共同話題，一拍即合，成為了好朋友。她管我叫小妹，我管她叫大姐。每次見面我們就是在數落你。」

「怪不得我的耳朵發癢，原來是你們在一起罵我。」

「徐大律師，莫姐告訴我，你的麥金利律師事務所現在有了世界級的知名度，業務遍及全球。她說你當年去香港發展的決定是完全正確，台灣的格局太小，你會大材小用。話說回來，是她要你來找我的嗎？」

「莫馨並沒有要我去找你，但是她把你的情況告訴了我，那才是我決定到台灣來找你的真正原因。」

「是嗎？莫姐說你幾乎走遍全世界，但是發誓一輩子不回讓你一生裏奇恥大辱的台灣。顯然你是改變主意了。」

「我不是回台灣，我是來找你的。我有兩件事需要跟你說。」

夏萍潮沒有出聲，徐鏡濤就繼續說：

「離開台灣後，讓我耿耿於懷的是南松事務所決定退回山托士祖孫委託的尋人案子，老太太一定是非常難過的。但是紐約的『史密斯和魯賓斯坦律師事務所』最近來公文通知，經過你在華盛頓的奔波和努力，美國國防部又將不少二戰的機密檔案解密，找到了『八號地道』，卡羅．山托士的屍骨和埋藏的黃金。因此老太太是含笑去世的。夏萍潮，我感激你。」

「記得嗎？其實是你要我寫一篇日本皇軍在菲律賓搶奪和埋藏黃金的調查報告，引起了我對山托士的同情心。我把報告翻譯成英文，交給了『史密斯和魯賓斯坦律師事務所』。我配合他們在華盛頓推波助瀾，要求解密。後來聽說中情局裏有官員對這些黃金有野心，他們內部開始調查，也促成了最後的真相大白。」

徐鏡濤說：「我的一個同學，赫伯．費特勒，他是中情局的官員，也介入了調查，他說美國的極右派，保守主義份子中，有個團夥也在覬覦這批黃金。現在物歸原主，你是始作俑者，功勞最大。」

「真正的始作俑者是你，我只是當跟班的，並且是受益者。我該感謝你才對。」

徐鏡濤搖搖頭：「你把我說糊塗了。」

「我在維吉尼亞大學讀了個歷史博士學位，才能來輔仁當老師。你知道我的博士論文題目是什麼嗎？聽好了，就是：『日本帝國主義在東南亞掠奪財寶的成因』，現在明白了嗎？」

「太好了，夏博士，能送我一本你的論文嗎？」

「沒問題。在我的論文裏，日軍在『八號地道』的藏金，還有陸軍中佐『酒井雄二』的下場，都是重要的內容，所以在論文前面的感謝詞裏，你是第一個被點名的。」

「除了在感謝詞裏被點名外，我還能期待更具體的感謝動作嗎？」

「我請你吃晚飯，由你來選餐館。輔仁大學之所以聘請我，都是因為我的論文是和台灣的近代歷史和社會發展有關，是你把我引到這條路上來的，是應該請你吃飯。」

「那就一言為定。夏萍潮，你的論文裏提到了南松事務所嗎？」

「當然，說到『酒井雄二』，就要說到南松的老闆程非武，因為他們是父子關係。」

徐鏡濤吃驚的說：「什麼？你是說程非武是日本人？這太離譜了吧？」

「如果你不在乎我說你從前的事，你就慢慢的聽我的研究報告。」

夏萍潮看見徐鏡濤點頭，她就繼續：

「你一定還記得，十年前，在你離台之前，我就曾查出來，程非武的母親蘇珍是和化名為鄭忠和陳翔的酒井雄二長期同居。等你到了香港後，南松事務所就起了驚天動地的變化，我的隔窗包打聽好友告訴我，不少能幹的律師都相繼離開。雖然程非武全面接收了徐鏡濤的案子，但是他不能滿足客戶的要求，於是一個個離去，南松的收入嚴重的減少。再加上為了收購你的股權，程非武以南松的辦公大樓為抵押在銀行貸款，但是因為業務減少，影響了收入，出現了捉襟見肘的情況，最後不得不變賣在黃金地段的辦公樓，而搬到市區北邊長春路上的一棟老舊辦公樓。全事務所的工作人員只剩下一百人左右。」

徐鏡濤說：「留不住好律師是律師樓最大的致命傷。」

夏萍潮握住了徐鏡濤的手說：「我要說說張慧雯，你能接受嗎？」

徐鏡濤說：「她曾到香港來找過我，看了我的律師樓，沒說什麼重要的事就走了。我沒事！你說吧！」

「後來有兩件事轟動了社會；一是程非武和張慧雯親密進出汽車旅館的形象終於被狗仔隊捕捉到而在媒體曝光。經過了『堅決否認』、『認錯道歉』、『老婆提告』到『掃地出門』的既定程序後，程非武和老婆離婚，並且很快就和張慧雯結婚，當時新娘很顯然已有身孕了。明白內幕的人說，程非武的老婆將他所有的財產都拿走，才同意離婚，因此使他身無分文。」

「張慧雯到香港來找我，就只告訴我，她和程非武分居，並且就要離婚了。」

夏萍潮說：

「也有內幕消息說，張慧雯的女兒已經改姓隨母姓了。但是對程非武最大的打擊是來自一本出版的傳記文學回憶錄，《烈士的謎》，作者就是程非武老爸程承璋的副官，李建哲。這本回憶錄是在李健哲去世後，由他的兒子整理修改出版。書中列舉多個證據，顯示程承璋不僅是個『冒牌烈士』，還可能是個叛徒。書末還附有多名參與了當年太原保衛戰的軍人提出同樣的看法和證據。一時就有人給程非武一個外號，叫他是『欺詐犯遺孤』。」

徐鏡濤說：「台灣的國防部沒出來說話嗎？他在那有很深的人脈關係。」

「他們沒說任何話，大概是遺棄他了。我以美國維吉尼亞大學歷史系的博士生，以研究中國近代史，國共鬥爭事件為理由，去到北京，要求老共證實程承璋是不是他們派到國軍裏的臥底。六個月後，他們回復，說他是個忠實的共產黨黨員，曾被派到蔣介石的部隊臥底，同時還又給了我一些他們內部的參考資料。我相信老共是想對美國釋出善意，讓我碰上了機會。」

「我記得這件事曾在台灣的媒體上報導過，程非武是如何的反應呢？」

「說來奇怪，程非武一反常態，不但沒有反擊對抗，居然默不出聲。不久又傳出國防部開始向他追討多年來程家非法冒領的『烈士撫恤金』。他一身是債，被迫把南松事務所賣掉了。」

「那他現在去幹什麼？」

「說來讓人不信，程非武現在是從政了，他加入了綠營，全面擁抱『親日反中』的政治理念。傳媒報導說，他要『認祖歸宗』，變成日本人，改名為『酒井非武』。他要競選立法委員，正在爭取黨內提名。還有我忘了說，在中情局的解密文件裏我看到，程非武的老爸酒井雄二決心要在菲律賓秘密的挖掘寶藏，因此和中情局的不法分子有了衝突，他不肯分享他的藏寶圖，結果被人殺死，連屍骨都不見了。」

「人為財死，鳥為食亡。還是不能太貪心。程非武老早就該走政治這條路，他會是個出色的政客。你有張慧雯的消息嗎？」

「我就知道你忘不了初戀的老情人，終於原形畢露，你是來台灣找她的。我聽莫姐說，張慧雯換了好幾任丈夫，也生了好幾個孩子。她累積老公，同時也累積財富，現在是個富婆了。怎麼樣？你想去播種，讓她給你生個兒子嗎？」

「我沒那麼大的膽子，她是要跟伊莉莎白泰勒比美。好了，說說你自己吧！那位數學教授怎麼了？」

「我的消息是，他娶了個年輕的大陸妹，替他生了三個孩子。相信生活得很幸福。」

「你們之間發生什麼事了嗎？我覺得你是抱著很興奮的心情到美國去的。」

「我們是只見過三次面的陌生人，如何去組織家庭和過日子呢？所以兩年後就分手了。」

「在古代，夫妻第一次見面是在洞房花燭夜，並且隨後就肉帛相見。」

夏萍潮默不出聲，隔了很久，她才說：「是我的問題，我沒把心放在我們的婚姻裏。」

又過了一會兒，她繼續說：「你說有兩件事要跟我說，第二件是關於我的婚姻嗎？」

這次是輪到徐鏡濤不說話了，夏萍潮就接著說：

「在我的新婚之夜，我心裏想著的是你的婚姻觀，你對我說過，你的婚姻最終追求的是一顆心，愛你的和你愛的心，然後相濡以沫。終老一生。當時我的心裏沒有裝著數學教授，是裝著另一個人。」

又經過一陣沉默後，徐鏡濤終於開口：「對不起，夏萍潮。」

她立刻回答：「不是你的錯，不用道歉。歸根結底是我自己不夠格，我問你要一點點紀念品，你不肯。雖然你身體裏有成千上萬個，還是被你拒絕了，越想越窩囊。」

「記得嗎？我曾說過，你我之間的愛情，不會是天翻地覆的折騰一夜後就說再見的一夜情，因為我無法面對那位數學教授和你們的一群孩子。我還說；等你解脫了婚姻的束搏，你要多少紀念品，我都給。為什麼不通知我你離婚了呢？」

夏萍潮笑了：「鏡濤，我很高興，你真的沒有忘記十年前你跟我說的話。當時我曾想過要和你聯絡，但是短暫的婚姻讓我明白，『相濡以沫，終老一生。』是要有條件的。生孩子、做飯、洗衣服、購物等等，都不重要，重要的是一個人的內涵，那才能讓你瞭解你愛人的人生，才能和他相濡以沫。所以我決定去念一個博士學位，它也改變了我的人生觀，發現自己以前是個井底之蛙。」

徐鏡濤被這番話說得動容：

「其實我現在也走到了人生的轉捩點，過去的要告一段落，開始新的未來。我要找一個一路相隨的夥伴。你有沒有合適的人介紹給我？」

「當然有了，可是我要看看你的表現，再決定要把誰介紹給你。但是首先，我問你，莫姐說，你的辦公桌上有三個美女的照片，說是她看過最美的女人，她們和你人生的新未來有關嗎？」

思考了一會兒後，徐鏡濤回答：「她們分別是來自克羅埃西亞，波斯和英國的美女，她們的共同點是：都有老公了。」

又是一陣思考後，他繼續說：「她們和我的未來關係是因為她們是我人生的一部分，在不同的時間和地方，我們曾在一起經過生命裏的驚濤駭浪，一起進出過鬼門關。但是這些都已經過去了，她們和我一樣也在面對新的人生未來，珍惜我們的過去，勇敢的面對未來。」

徐鏡濤在台灣多停留了一周，夏萍潮帶著他遊覽了不少的懷舊地方。

他們來到了陽明山，找到了隱蔽在樹林裏的麗緻溫泉酒店，徐鏡濤把大泡湯池的溫泉水龍頭打開，一股帶著濃濃硫磺味的溫泉熱水一湧而出。他全身泡在溫泉水裏，閉上眼睛，感到皮膚上所有的毛孔都張開，把連日來的疲憊都沖掉了。

硫磺味的空氣裏傳來一股香水味，他睜開了眼睛，發現一位美豔的女神，赤裸裸誘人的身體，走進了泡湯池，擁抱他。徐鏡濤感到皮膚上的滑膩，但是分不出是來自溫泉水，還是夏萍潮的皮膚，能感到的是她不斷的撫摸，他醉了，耳邊響起了輕聲細語：

「嗯！太好了，有反應了。我要收集紀念品了，這次我看你還往那裏跑。」

夏萍潮一直在恐懼著，徐鏡濤曾對她說過，要把她赤裸裸的壓在身體底下，不管她如何的掙扎，無論她如何呼天搶地的苦苦哀求，他都絕不手軟。沒想到的是，從前戲到最後的高潮，他將夏萍潮當成是藝術品，在欣賞，在品嘗，又將她當成失去多年後再重逢的愛人，有無限的愛惜，輕輕的深入，關心的愛撫，觸及到她全身每一寸皮膚，即使是最神秘和從沒有被人碰過的角落都不放過。

帶著濃濃的詩情畫意，朗誦著醉人的詩歌，帶著她同時進入最後的激情，他一瀉千里，把紀念品留在她身體裏。當一切都平靜了，兩人在舒適的大床上擁抱著，夏萍潮喃喃的自言自語：

「難怪莫馨說你是男人裏的精品，我知道要把誰介紹給你了。」

全書完

波斯的追緝

作 者：追風人
出版者：風雲時代出版股份有限公司
出版所：風雲時代出版股份有限公司
地址：105台北市民生東路五段178號7樓之3
風雲書網：http://www.eastbooks.com.tw
官方部落格：http://eastbooks.pixnet.net/blog
Facebook：http://www.facebook.com/h7560949
信箱：h7560949@ms15.hinet.net
郵撥帳號：12043291
服務專線：(02)27560949
傳真專線：(02)27653799
執行主編：劉依慈
美術編輯：MOMOCO
法律顧問：永然法律事務所 李永然律師
北辰著作權事務所 蕭雄淋律師
版權授權：陳介中
初版日期：2016年12月
ISBN：978-986-352-399-4

總 經 銷：成信文化事業股份有限公司
地　　址：新北市新店區中正路四維巷二弄2號4樓
電　　話：(02)2219-2080

行政院新聞局局版台業字第3595號 營利事業統一編號22759935

定價：320元

國家圖書館出版品預行編目資料

波斯的追緝／追風人著；-- 初版
臺北市：風雲時代，2016.11 面；公分

ISBN 978-986-352-399-4（平裝）

857.7　　105019082